Ein Häuschen im Grünen, eine Zuflucht, eine kleine heile Welt. Viele haben diesen Traum. Dass man das Unheile aber in sich trägt und an den Zufluchtsort mitnimmt, das ist der Stoff, aus dem intelligente Thriller sind. Hitchcock wusste das filmisch in Szene zu setzen, Anne Goldmann erzählt es literarisch, als Geschichte von heute – sinnlich, sehr direkt, ja intim. Feinfühlig und akkurat zeigt sie beschädigte Egos, die sich in eine abgesicherte Identität zu coachen versuchen, wie man es heutzutage als braver Konsument tun soll. Männer und Frauen in verzweifeltem Rollentanz: Regina Aigner wählt den Rückzug und sucht einen Schutzwall aus Wohnqualität zu errichten, Paul Marek strebt nach einer Bindung, die ihm Sinn verleiht. Angst, nicht zu genügen, Versagensangst, Angst vor Nähe, Angst vor Verlust: das Hier und jetzt als Puzzle aus Selbstentfremdung, Vereinzelung und Ohnmachtsverhältnissen. Die Menschen machen ihre Geschichte nicht aus freien Stücken, aber sie machen sie selbst. Und der Einzige, der sich dem inneren Gefängnis zu entziehen vermag, ist ein Mörder … Anne Goldmanns klarer, melancholischer Thriller späht in die Kluft innerhalb des gesellschaftlichen Subjekts, und sogar angesichts all dieses selbstgestrickten Elends ist ihre Erzählkunst einfach ein Genuss.

Else Laudan

Die Autorin:
Anne Goldmann, geboren 1961, wuchs in einer Großfamilie auf dem Land auf. Sie jobbte als Kellnerin, Küchenhilfe und Zimmermädchen, um sich die Ausbildung zur Sozialarbeiterin zu finanzieren. Einige Jahre arbeitete sie in einer Justizanstalt, derzeit betreut sie Straffällige nach der Haft. Anne Goldmann begann früh zu schreiben, gewann zwei Literaturwettbewerbe, veröffentlichte ein paar Texte, verwarf dann alles und entdeckte erst vor wenigen Jahren das Schreiben wieder neu. Für ihr Romandebüt *Das Leben ist schmutzig* (2011 bei Ariadne) erhielt sie hymnische Kritiken. *Triangel* ist ihr zweiter (im weitesten Sinn) Kriminalroman.

Anne Goldmann

TRIANGEL

Ariadne Krimi 1202
Argument Verlag

Ariadne Krimis
Herausgegeben von Else Laudan
www.ariadnekrimis.de

Deutsche Originalausgabe

Glashüttenstraße 28, 20357 Hamburg
Telefon 040/4018000 – Fax 040/40180020
www.argument.de
Umschlag: Martin Grundmann
Fotomotiv: © Findus2000 – Fotolia.com
Lektorat: Else Laudan
Satz: Iris Konopik
Druck und Bindung: CPI Moravia Books, Pohorelice,
Printed in Czech Republic
Gedruckt auf säure- und chlorfreiem Papier
ISBN 978-3-86754-202-9
Zweite Auflage 2012

Der Bagger frisst sich durch die Wiese zum Haus hin. Er senkt und hebt die Schaufel, beißt Rasenstücke heraus und wühlt in der weichen Erde. Wie ein beharrlicher kurzbeiniger Köter schnappt er zu und stößt nach. Mit messerscharfen Zähnen. Wurzeln dehnen sich, zerreißen. Er heult auf, packt die Beute und setzt zurück. Längs des abgesteckten Gevierts, in dem er wütet, türmt sich ein frischer Erdwall. Eine große offene Wunde, eine wulstige Narbe mitten im Paradies.

Das Häuschen steht am Ende einer locker bebauten kleinen Straße. Süß duftendes Geißblatt, Rosen und weiße Clematis ranken am Torbogen. Man sieht Obstbäumchen und weiter hinten, zum unbebauten Nachbargrundstück hin, wiegt sich ein Holunderstrauch im leichten Wind. Dahinter liegt der Wald. Links vom Haus, neben dem alten Brunnen, ein ordentlicher kleiner Gemüsegarten. Im Hochbeet wachsen Kräuter. Über Lavendelwolken schwebt das Summen der Bienen. Der Blick streift schaukelnde Lupinen, Rittersporn und dicht gefüllte Rosen, blassrot und schon ein wenig müde. Im Halbschatten unter dem Birnbaum eine grün lackierte Bank. Ein Tisch. Flirrendes Licht. Sperlinge tschilpen und plustern sich. Eine kleine getigerte Katze sonnt sich auf dem warmen Holz. Ihre Pfötchen zucken. Sie träumt. Langsam rollt sie sich auf den Rücken, hält den Bauch in die Sonne und beginnt leise zu schnurren.

Die Frau im hellblauen Hemd streicht eine Haarsträhne hinters Ohr. Sie ist mit ihrer Arbeit zufrieden. Zum Haus hin ist das Erdreich einfacher zu bewegen. Keine Bäume, kaum Wurzeln. Der kleine gelbe Bagger ist wendig. Er wühlt und gräbt, fasst nach, streckt die Schaufel hoch, wendet und knickt sie dann abrupt nach vorne. Erbricht Erde. Erdbrocken. Rasenstücke. Steine. Die Frau blinzelt. Ihr Gesicht ist auf Nase und Stirn leicht gerötet. Um die grünen Augen feine Linien, um den Mund ein entschlossener Zug. Sie streckt sich. Steine? Das Hemd klebt ihr am Rücken. Dunkle Flecken unter den Achseln. Sie hebt den Hintern leicht an und beugt sich vor. Mit einem schmatzenden Geräusch lösen sich die Schenkel vom Sitz. Ihre Augen verengen sich. Sie hält die Hand hoch als schützendes Schild gegen die Sonne: nichts. Irrbilder. Mit einem Mal ist die alte Angst wieder da. Nun stellt sie den Motor ab. Massiert sich den Nacken. Sie steigt vom Bagger. Ein paar steifbeinige Schritte. Die Füße stecken in festen Arbeitsschuhen. Sie nagt an der Unterlippe und stemmt die Hände ins Kreuz. Dann macht sie drei Schritte nach rechts, und der Übergang in den Schatten lässt sie unversehens frösteln. An den gebräunten Unterarmen stellen sich feine goldene Härchen auf.

In der Erde vor ihr schimmert es weiß. Ihr rechter Fuß tritt nach dem Hellen. Knochen! Tierknochen. Ein großes Tier. Sie geht langsam in die Knie und schiebt mit der flachen Hand die Erde beiseite. Rippenbögen. Vielleicht ein Schaf? Ein Hund? Ein großer Hund. Ihre Knie schmerzen. Der Rücken. Die Sonne verbrennt ihr den Nacken. Mit einem Stöhnen kommt sie wieder hoch. Mechanisch schaut sie auf die Uhr. Kurz nach drei. Müde ist sie. Jetzt etwas trinken. Ein wenig rasten, bevor sie weitermacht. Mit dem rechten Fuß pflügt sie einen großen Kreis. Stößt an etwas Hartes, Rundes. Beugt sich noch einmal hinab, greift in die Erde. Geht auf die Knie. Wühlt, gräbt. Greift in eine scharfkantige Höhlung. Zieht reflexartig ihre Hand zurück.

Ein Totenschädel starrt sie an.

Zehn vor drei. Mit einem Schlag kam alles in Bewegung. Die Gruppe rottete sich zusammen. Hände griffen sich Sporttaschen, Rucksäcke, eine Jacke. Die Gespräche verebbten. Man spürte die Anspannung. Unruhiges Scharren. Wie am Start eines Wettlaufs kämpfte jeder um die beste Position, den Blick nach vorne gerichtet. Das Ziel war keine dreißig Meter entfernt.

Die meisten trugen Freizeitkleidung, einige wenige ein Radfahrdress. Man sah grelle, wild gemusterte Hemden und den einen oder anderen Bierbauch. Offene Bikerjacken, Leder. Reginas Blick glitt über ausrasierte Nacken und gut definierte Oberarme. Knackärsche. Die Rambos! Überdosen von Duschgel und Testosteron. Reginas Problem war ihre sehr empfindliche Nase. Und nicht nur das.

Wenig später stürzte sich die Horde wie auf Kommando in das schmale Stiegenhaus, Schulter an Schulter. Reibung, Stoßen, Gedränge. Lachen. Wie Buben am letzten Schultag. Dann eine Wendung. An der Torwache vorbei. Weit offene Türen. Und das gleißende Licht, die Hitze wie ein Schlag.

Regina richtete sich auf den Dienst ein, zog sich um, holte ihren Schlüsselbund. Die Glock wurde nur bei der Ausführung von Insassen zu Gericht oder in ein Spital, bei Überstellungen in eine andere Anstalt und für Schießübungen ausgefasst. Einige Kollegen führten aber auch privat eine Waffe.

Wie ein Aquarium stand die Schaltzentrale mit den Überwachungsmonitoren im Zentrum des Wachzimmers. Die Uniformierten, Männer und Frauen, bewegten sich langsam, wie unter Wasser. Es roch nach Rauch, Essen und Schweiß. Niemand achtete auf das Radio, das im Hintergrund plärrte. Telefone schrillten durcheinander. Kowalsky nickte ihr zu. Sein Blick folgte ihr. Er lehnte am Pult, bereits in Uniform, senkte die Augen wieder auf den Bildschirm, während er ins Telefon bellte und zwei junge Kollegen zu sich winkte. Plötzlich freute sie sich auf den Dienst. Sie fasste sich in den Nacken, angelte nach einem Haargummi und band sich die feuchten Strähnen hoch. Trotz weit geöffneter Fenster stand die Luft. Die Sonne knallte auf den hellgrauen Zellentrakt gegenüber, der die Hitze zurückwarf. Die Fenster einiger Hafträume waren mit feuchten Tüchern verhängt. Statt sie abzukühlen machten sie die Zellen zu Dampfkammern und die Häftlinge aggressiv. Im Hochsommer glichen die Hafträume Backöfen, und aus den geringsten Anlässen kochten Konflikte unter den Insassen hoch. In eineinhalb Stunden, nach dem Abendessen, gegen halb fünf, begann die Nacht. Die Abteilungsbeamten verließen die Trakte. Die Gefangenen, zusammengepfercht in den überfüllten Hafträumen, waren unter sich.

Die Stunden krochen dahin. Regina war unkonzentriert und verließ sich auf ihre Routine. In der Schleuse herrschte Hochbetrieb. Laufend wurden neue Verhaftete eingeliefert. Die meisten von ihnen rochen übel. Knapp zwei Tage ohne frische Wäsche auf der Polizeiinspektion und der Stress mehrfacher Vernehmungen hinterließen Spuren. Starke Raucher und Alkoholiker stanken noch tagelang nach der letzten Zigarette, dem letzten Schnaps. Mehrere Männer und eine apathisch wirkende Frau mit stark verfilzten Haaren wiesen Blessuren auf, die auf eine wilde Schlägerei hindeuteten. Die Kollegen von der Polizei und vom Zugang waren nicht zu beneiden. Es erforderte Autorität, Gelassenheit und einen robusten Magen, die notwendigen Formalitäten abzuwickeln. Die Neuzugänge mussten sich entkleiden und duschen. Danach wurde ihnen ihre Kleidung wieder ausgehändigt. Nach dem Lungenröntgen ging es zum Arzt.

Ein kleiner sehniger Mann, der die Aufnahmeprozedur bereits hinter sich hatte, wirkte hoch aggressiv. Als Micko und sie sich näherten, begann er unflätig zu schimpfen und spuckte ihnen vor die Füße. Micko warf ihr einen Blick zu. Sie nickte.

»Machen Sie keine Schwierigkeiten«, mahnte sie ruhig und trat auf den Mann zu. Manchmal war es besser, wenn eine Frau übernahm. Der Sehnige schnaubte wütend. Er dünstete Schnapsgeruch aus, seine Kleidung roch muffig und verschwitzt. Regina überwand ihren Ekel und berührte ihn leicht am Oberarm. »Kommen Sie.« Ohne Probleme verfrachteten sie den Mann in eine der Zugangszellen. Er würde morgen dem Haftrichter vorgeführt werden, der über die Verhängung der Untersuchungshaft zu entscheiden hatte.

Die anderen Delinquenten waren um nichts angenehmer. Ein Junkie mit auffallend schlechten Zähnen kratzte sich den Arm blutig. Er dämmerte immer wieder kurz weg, fuhr unvermittelt hoch und fragte im Minutentakt nach der genauen Zeit. Dann verlangte er einen Anruf bei seiner Mutter. Sein linker Handrücken war von knotigen, schlecht verheilten Narben entstellt. Die verwahrlost wirkende Frau hatte nun leise zu weinen begonnen und wiegte sich vor und zurück. Regina freute sich auf ihre Ablöse und eine kurze Pause.

Gegen halb zehn winkte Kowalsky sie zu sich. »Ich hab niemanden für die Spitalsbewachung. Springst du ein?« Bis dahin hatten sie kaum ein Wort gewechselt.

Regina nickte. »Ist gut.«

Das Krankenhaus lag am Stadtrand. Der Fahrer parkte unweit des Pavillons, und Regina ging die letzten Schritte zu Fuß. Trotz ihrer Abneigung gegen Krankenhausgerüche mochte sie die seltenen Dienste, die Nächte hier ganz gern. Früher hatte sie meist ein Buch mitgenommen. Eine Thermoskanne mit Milchkaffee. Der Getränkeautomat lag ein Stockwerk tiefer. Damals hatte sie sich nicht getraut, ihren Posten zu verlassen. In den ersten Jahren war das Klima zwischen den Schwestern und der Wache denkbar schlecht gewesen. Sie erinnerte sich an den rauen Umgangston, die Zurechtweisungen und Revierkämpfe, zumal nach dem Vorfall mit den beiden älteren Beamten, die kurz danach abgelöst worden waren. Es hatte lange gedauert, bis der Ton freundlicher wurde. In den letzten Jahren wurden hier vor allem junge Beamte eingesetzt, was dem Klima ausgesprochen zuträglich war. Die Schwestern waren offen und freundlich. Ihr Alltag ähnelte sich in vielem.

Regina kontrollierte am Handy die Zeit und schaute dann zurück über das sanft ansteigende Gelände, auf dem auch die Psychiatrie untergebracht war. Die Stadt glitzerte unter einem leichten Schleier. Hier im Grünen war es angenehm kühl. Es duftete nach Heu. Fledermäuse witschten durch die Luft, und irgendwo in den Bäumen schrie ein Käuzchen. »Totenvogel« nannte ihn Johanna. Sie schlief wohl schon. Regina seufzte.

Die Eingangstüre zum Pavillon öffnete sich automatisch. Dahinter stand die Luft. Der Gang lag still vor ihr. Niemand war zu sehen. Der Geruch verdichtete sich. Die Welt stank. Sobald sich mehrere Menschen in einem Raum aufhielten, begann es unangenehm zu riechen. So leicht es Regina fiel, sich andere vom Leib zu halten, so hilflos war sie den Gerüchen ausgeliefert, die sie unentwegt ausströmten. Vor allem im Sommer litt sie wie ein Hund. Sie mied, so gut es ging, Menschenansammlungen und fuhr ausschließlich mit dem Auto. Zielstrebig schritt sie den Gang entlang. Das Dienstzimmer war hell erleuchtet. Niemand im Raum. Ein Bildschirm flimmerte, und irgendwo piepste es leise, aber beharrlich. Sie sah einen vollgepackten Medikamentenwagen, Patientenakten lagen offen auf dem Tisch. Regina hörte Schritte und wandte sich um. Eine junge Schwester, groß, in einem etwas zu kurzen Kittel, der bleiche runde Knie sehen ließ und über dem Bauch aufklaffte, stürmte auf sie zu. Die leicht vorstehenden Schneidezähne im langgezogenen Gesicht mit dem starken Kinn und die funkelnden Augen unter dicken blonden Stirnfransen gaben ihr das Aussehen eines wütenden Pferdes.

»Guten Abend, Revierinspektorin Aigner. Ich löse meinen Kollegen –«

»Was zum Teufel machen Sie hier? Sie haben im Dienstzimmer nichts zu suchen. Raus da. Aber rasch!«, herrschte die Schwester sie an.

Regina straffte sich und schob das Kinn vor. »Hören Sie«, blaffte sie, »ich bin hier nicht zu meinem Vergnügen. Ich bin wie Sie im Dienst.«

Keine Reaktion. Die Schwester wandte sich nicht um. Mit aufreizender Langsamkeit durchquerte sie den Raum und setzte sich vor den Bildschirm. Der Schreibtischstuhl ächzte. Ihr dicker Hintern floss in die Breite. Dann hackte sie in die Tasten. Die Uhr über dem Schreibtisch ließ ein metallisches monotones Ticken hören. Plötzlich schnellte die Frau herum. »Raus, sagte ich!«

Mit drei Schritten war Regina bei ihr. Elendes Miststück! Na warte!

Eine ruhige dunkle Stimme ließ sie beide herumfahren: »Jutta, gehst du bitte auf A 4. Frau Pavouk braucht die Schüssel, und ihre Nachbarin –« Die zweite Schwester, älter, dunkelhaarig und gleichfalls mollig, blieb an der Tür stehen. »Was ist hier los?«

Regina atmete aus.

»Jutta?«

»Die da«, die junge Schwester wies mit dem Kinn in Reginas Richtung, »hat hier herumgeschnüffelt. Ich hab sie hinausgebeten. Aber sie geht nicht. Sollte besser den anderen Wärter ablösen.«

Die Ältere schüttelte den Kopf. Sie näherte sich rasch und streckte Regina eine erstaunlich kleine, feste Hand entgegen. »Ich bin Schwester Hedi.« Dann wandte sie sich um. »Jutta, gehst du jetzt bitte auf A 4. Danke. «

Irgendwo weiter hinten im Gang hörte man lautes eindringliches Jammern. Die blonde Schwester erhob sich langsam und schob sich ganz nahe an Regina vorbei. Ihr mädchenhaftes Blumenparfum vermischte sich mit ihrem leicht säuerlichen Schweiß und dem penetranten Geruch ihres Haarsprays. Regina erschrak über den Hass in ihren Augen.

»Jutta, die Beamtin macht nur ihre Arbeit«, ließ sich die

Dunkle vernehmen und schob den Medikamentenwagen zur Seite.

»Tolle Arbeit. Sind Sie stolz drauf, Wärterin zu sein, ja? Sie sperren sie ein wie die Tiere. Lassen sie nicht einmal zum Sterben heim. Aber sich davonschleichen, wie der feine Kollege, wenn einer dann abkratzt. Nicht hinschauen, nicht dabei sein wollen. Feiges Pack.« Sie sah Regina an, als wollte sie sie anspucken.

»Jutta!«

Mit einem verächtlichen Schnauben stürmte die Blonde aus dem Raum.

»Entschuldigen Sie«, sagte Schwester Hedi wieder und berührte Regina leicht am Unterarm. Die erstarrte. »Tut mir leid. Sie ist wohl einfach überarbeitet. Sie ist ein nettes Mädchen. Zwei ihrer Patienten sind diese Woche gestorben. Sie war jedes Mal dabei. Wir sind unterbesetzt. Da gibt es kaum Pausen zwischen den Diensten. Man kann nicht abschalten. Sich nicht erholen. Es wird einem alles zu viel …«

»Hm«, machte Regina und würgte an ihrem Zorn. Sie hatte Mühe zuzuhören. Sollte der Trampel eben was anderes machen, wenn sie es nicht aushielt. Was gab ihr das Recht, sie anzuschnauzen!

»Wissen Sie«, fuhr Schwester Hedi fort, »jede geht anders damit um. Die einen werden zynisch, die anderen verdrängen, aber das geht nicht gut. Man macht sich kaputt. Die philippinischen Kolleginnen kommen wahrscheinlich am besten damit klar. Die sind gläubig, da gehört der Tod zum Leben. Der Tod als Erlösung. Und Sie, glauben Sie an Gott?«

Regina schüttelte den Kopf. Sie trat einen Schritt zurück. Die andere folgte ihr. Wieder stand sie viel zu nahe. Sie roch ihren Atem: einen Hauch von Zwiebeln. Kaffee. Regina spürte die Wand im Rücken und verschränkte die Arme vor der Brust.

»Ich auch nicht. Wissen Sie – ich, ich muss reden. Mit den Kranken. Den Kollegen. Mit den Sterbenden. Sie nicht allein lassen, das ist das Wichtigste. Und selber jemanden zum Reden haben. Einen lieben Partner. Freunde. Nicht allein bleiben. Wie ist das bei Ihnen? Entschuldigen Sie.« Sie hielt kurz inne. »Es ist nur, weil – Ihre Arbeit ist auch nicht einfach. Da ist es gut, wenn jemand auf einen wartet.«

»Hm«, machte Regina.

»Herr Moser liegt im Sterben. Ich glaube nicht, dass er die Nacht überlebt. Die Kollegin hat sich die ganze Zeit sehr um ihn gekümmert. Es kommt ja niemand zu ihm.«

Regina schaltete ab, während die Schwester weiter auf sie einredete. Sie dachte an Johanna. An ihr Vorhaben. Sie musste Micko nochmals wegen der Baumaschine fragen. Sie ging im Kopf ihren Dienstplan für die kommenden vier Wochen durch. Ende des Monats, beschloss sie dann. Sie hatten lange genug zugewartet. Die Bewilligung war so gut wie sicher. Raufer würde das Nachsehen haben.

Eine Bewegung riss sie aus ihren Gedanken. »Kommen Sie!« Schwester Hedi legte ihr neuerlich die Hand auf den Arm. »Ihr Kollege wartet schon.«

Paul Marek war sehr blass. Sie kannte ihn nur vom Sehen. Er war neu im Haus. Er schien erleichtert, dass seine Ablöse endlich da war. Sie begrüßten einander mit Handschlag. »Mach ich sonst nicht, den Dienst abgeben, aber mir geht's beschissen. Ein Virus wahrscheinlich.«

Regina grinste. »Ich werde mir sofort die Hände waschen.«

»Ja, du kannst dich sonst gleich zu mir legen«, grinste er. Er wirkte ein bisschen aufgedreht.

»Es geht dir noch nicht schlecht genug«, stellte sie trocken fest.

Ein rascher prüfender Blick, dann ein leichtes Grinsen. Leidensmiene, die aber durchscheinen ließ, wie tapfer er sich trotz allem hielt. Lässigkeit. Er konnte sich nicht entscheiden. Er drückte die Knie durch, nahm den rechten Arm hoch, rieb sich den Nacken. Das alte Spiel. Sie sah, dass sie ihm gefiel, und ließ ihren Blick ein paar Herzschläge zu lang auf seinem Gesicht liegen. Spürte seine Nervosität und lächelte. Besser nicht – mit Männern war sie durch. Diesmal wirklich.

Marek bückte sich nach seinem Rucksack. »Sag, sind nicht Hacker und Micko heute im Dienst? Und ein paar von den ganz Jungen? Warum schickt der Kommandant dich?« Eine leichte Röte, als er sich aufrichtete.

»Eine Altgediente, meinst du?« Sie grinste und deutete auf ihre Distinktionen. »Muss im Training bleiben. Das hält jung.«

»Das hast du nicht nötig.«

Jetzt hatte er seine Lässigkeit wieder. Fescher Kerl, dachte Regina. Groß, dunkel, mit frisch geschorenen Haaren, wie ein hellerer Streifen Haut am Haaransatz verriet. Lachfältchen. Die weiche Kinnpartie ließ ihn jünger wirken. Ein sportliches Duschgel, nichts Besonderes. Nichtraucher, dachte sie.

»Du hast was gut bei mir«, sagte er.

Regina nickte. »Passt schon.« Sie schaute ihm tief in die Augen, als sie einander die Hand gaben. Paul Marek hakte den linken Daumen in der Gürtelschlaufe ein und grinste unsicher. Sie schaute ihm nach, als er betont lässig den Gang entlangschlenderte. John Wayne junior, dachte sie. Oder irgend so ein verdammter Comic-Held. Manche wurden nie erwachsen.

Sie wandte sich um und drückte mit einem Ruck die Türklinke zum Krankenzimmer nieder. Der Raum lag im Halbdunkel. Der Häftling schnaufte. Er war verkabelt, eine helle Flüssigkeit tropfte in seine linke Armvene.

Sie erschrak, als sein Atem aussetzte. Mit einem Keuchen atmete er weiter. Röcheln, Pfeifen, dann wieder flaches gehetztes Atmen. Anton Moser. Totschläger. Mörder.

»Halt durch«, flüsterte sie. »In drei, vier Stunden ist Tag.«

Was tat sie da? Ihr Platz war vor der Tür. Das hier ging sie nichts an. Das war Sache der Schwestern. Eine Leuchtstoffröhre begann wie verrückt zu flackern. Hatte er sich bewegt? Regina stützte sich auf die Bettkante und starrte auf ihn hinab. Ein eingefallenes Gesicht, aus dem eine spitze Nase hervorstach. Ein harter Mund. Bartschatten. Das Alter war unmöglich zu schätzen. Der Gefangene stöhnte, wurde unruhig, bewegte die trockenen, aufgesprungenen Lippen. Ein Gurgeln kam aus seinem Mund. Wieder schrie das Käuzchen. Der Kranke nestelte am Bettzeug. »Mama?« Ein Wort, ganz deutlich. Es klang angstvoll, flehend. Er röchelte.

Was tat sie hier, verdammt?

Der Tropfenzähler tickte. Ein lautes Knacksen, und die Leuchtstoffröhre starb. Das Krankenbett fiel ins Dunkel, etwas schlug gegen die Scheiben, und als Regina sich umwandte, krallte sich Mosers Hand in ihren Unterarm, dass sie aufschrie und Mühe hatte, sich wieder zu beruhigen. Ihr Puls jagte.

»Mama?« Moser keuchte, rang nach Atem, gurgelte, war still. Es stank nach Fäulnis. Nach Kot. Nach Urin.

Regina zerrte an ihrem Arm. Moser hing an ihr. Einem Sterbenden die Finger aufbiegen? Sie erstarrte. War er schon tot? Moser seufzte. Dann fuhr er unvermittelt fort zu atmen. Zwei, drei weitere tiefe Atemzüge. Pause.

Regina spürte Panik aufsteigen. »Ganz ruhig«, flüsterte sie. »Weiteratmen.« Seltsamerweise wurde ihr leichter. »Komm«, murmelte sie, »lass los.« Sie konzentrierte sich darauf, seine Finger, einen nach dem anderen, von ihrem Arm abzulösen. Es gelang ihr nicht. Er klammerte. Sein Handrücken war zerstochen, schwarzblau unterlaufen. Unermüdlich tropfte die Flüssigkeit. Eine kleine Erhebung hatte sich gebildet. Das musste wehtun.

Der Kranke schnaufte, röchelte, seufzte, sog die Luft tief und rasselnd ein. Seine Finger wurden wieder lebendig und flatterten. Regina zog mit einem Ruck ihren Arm weg. Sie musste an sich halten, um nicht loszurennen.

Sollte man einem Sterbenden nicht die Hand halten? Sollte

man nicht die Schwestern rufen? Die Nadel hatte sich gelöst, die Flüssigkeit tropfte ins Leere, Blut quoll aus der Vene und färbte das Leintuch. Vorsichtig, Moser nicht aus den Augen lassend, als könnte er sie unvermutet anspringen, tastete Regina nach der Klingel, die für den Kranken unerreichbar über dem Bett hing, und drückte den Knopf.

Ein tiefes Seufzen. Dann noch einmal – als presste man ihm die Luft aus den Lungen. Regina wich einen Schritt zurück und verschränkte die Arme vor der Brust. Sie fröstelte. Streichelte gedankenverloren ihren Unterarm. Ein Röcheln. Gurgeln. Das Blut quoll.

Am Gang waren eilige Schritte zu vernehmen, gleichzeitig quittierte jemand den Empfang der Klingel. Regina starrte auf Moser, dessen Kinn nach unten gekippt war. Er wird nicht durchhalten bis zum Morgen, dachte sie und wandte sich um, als ein Lichtstrahl ins Zimmer fiel. »Er hat sich die Nadel herausgerissen«, erklärte sie mit einer Stimme, die nicht ihr zu gehören schien.

Die üppige Schwester ignorierte sie. Sie eilte zum Bett, legte ihren Handrücken an die eingefallene Wange des Mannes, als ob sie ihn streicheln wollte. Sie blieb eine Weile so stehen. Ihr Blick ging ins Leere. Sie schluckte mehrmals. Dann beugte sie sich zu ihm hinab, tastete nach seinem Puls, nickte. Ihre Schultern sanken nach vorne. Eine Weile verharrte sie so. Dann wandte sie sich um, ging langsam zum Fenster und öffnete beide Flügel.

Regina fühlte sich fehl am Platz. Sie trat auf den Gang, telefonierte mit der Anstalt und verließ dann die Station, wo eine gut eingespielte Routine sich des toten Moser annahm, des Mörders, der zuletzt nach seiner Mutter gerufen hatte. Und da war nur sie gewesen, vor allem damit beschäftigt, gegen das Grauen anzugehen, das sie angefallen hatte. Sie, die niemanden halten konnte, gerade jetzt nicht.

Sie trat in den frühen Morgen hinaus, froh, den Spitalsgeruch hinter sich zu lassen. Unter ihr lag die schimmernde, langsam erwachende Stadt. Morgenröte am Horizont. Es würde ein schöner Tag werden. Der Kies unter ihren Füßen knirschte, als sie den Hügel hinab Richtung Ausgang eilte. Vögel saßen in den großen Bäumen zwischen den Ziegelpavillons. Das Gras glänzte vom Tau. Aus der Portierloge am Eingang des Krankenhausgeländes duftete es nach frisch gemahlenem Kaffee. Ein Bus fuhr vorbei. Regina fühlte sich leer. Sie suchte in den Taschen nach einem Kaugummi. Kontrollierte die Zeit. Der Fahrer sollte in zehn Minuten da sein.

Nun, in der kühlen Luft des beginnenden Sommertages, schien ihr das eigene Erschrecken, die Panik, nicht mehr nachvollziehbar. Moser war nicht der erste Tote, den sie gesehen hatte. Sie spürte, sie war angeschlagen. Es hatte sich also nichts geändert. Es reichte, dass sie zurückgewiesen wurde, dass einer sich für eine andere entschied, und alles ging von vorne los. Ablenkung half nicht. Routine half nicht. Regina kannte sich mittlerweile gut genug, um zu wissen, dass sich all das nur in ihrem Kopf abspielte. Sie verstand, wie es funktionierte, dass sie sich dann wieder ganz klein und wertlos fühlte, mochte auch all ihre Erfahrung der letzten Jahre dagegensprechen. Sie hatte sich Stück für Stück alles selber erarbeitet, wovon sie immer geträumt hatte. Sie war mit ihrem Leben zufrieden. Sie machte ihren Job gut, auch wenn es heute, gerade eben, nicht danach ausgesehen hatte. Energisch wischte sie den Gedanken beiseite. Es gab, verdammt, eine Reihe von Leuten, die sie mochten und schätzten, mit denen sie eine Freundschaft verband. Und es gab Johanna.

Regina lächelte bei der Erinnerung an den Sommertag, an dem sie einander kennengelernt hatten: Seit knapp zwei Jahren bei der Wache, im Rang eines Inspektors und mit entsprechend geringem Gehalt, war Regina wild entschlossen gewesen, Karriere bei der Justiz zu machen. Aus ihrer Einzimmerwohnung in eine Eigentumswohnung oder – besser noch – ein eigenes Haus zu ziehen. Der erste Schritt war getan: eine sichere Anstellung. Nie wieder vor Kunden knien. Nie wieder Berge von Schuhkartons anschleppen und sich von frustrierten verwöhnten Weibern und genervten Kerlen sekkieren lassen. Regina wollte etwas Eigenes, ein Zuhause, aus dem sie niemand mehr vertreiben konnte. Sie meldete sich für jede Fortbildung an, pflegte sorgsam den Kontakt zu ausgewählten Kollegen, die sie weiterbringen konnten, und achtete darauf, ihre Anfängerfehler nicht zu wiederholen.

Sie war eine der ersten weiblichen Vollzugsbeamten im Haus und ihr war bewusst, dass jeder ihrer Schritte beobachtet wurde. Kollegial und zuverlässig zu sein genügte nicht. Zu viel Fleiß und Leistungswille war in den Augen der langgedienten Kollegen geradezu ein Nachteil. Der Spitzname »Miss Moral«, den man ihr schon nach wenigen Wochen verpasst hatte, klebte lange und hartnäckig an ihr, bis es ihr gelang, die anderen von einer Lockerheit zu überzeugen, die sie weder besaß noch haben wollte. Die Uniform bot einen gewissen Schutz und Autorität gegenüber den Insassen. Schuf eine Art von Distanz. Gegen den Umgangston der Beamten, ihre Witze, wurde Regina erst nach und nach immun.

Ungewohnt war freilich, wie sehr sie – damals ein eher burschikoser Typ mit Kurzhaarfrisur und etwas pummelig – plötzlich vor allem als Frau wahrgenommen und als solche behandelt wurde. Es änderte wenig, dass sie sich rasch einen ruppigen, kumpelhaften Ton aneignete und sich von Anfang an weigerte, die unbequem geschnittenen schmalen Röcke zu tragen, in denen man unmöglich einen Flüchtenden einholen konnte. Regina versah ihren Dienst ausschließlich in Hosen, und die anderen Kolleginnen zogen bald nach.

Es dauerte lange, bis sich die Männer an die neue Situation gewöhnt hatten und die »Weiblichen« als Kollegen annahmen. Erst nach und nach erfuhr Regina, dass es geradezu erbitterten Widerstand gegen die Eingliederung von Frauen in den Wachkörper gegeben hatte. Es galt, eine Männerbastion zu verteidigen. In den Dienststellenversammlungen war von einem erhöhten Sicherheitsrisiko die Rede gewesen. Man sah Geiselnahmen voraus und Unruhe unter den Gefangenen. Ordnung und Sicherheit seien in Gefahr, mahnte die Standesvertretung. Man befürchtete Liebesgeschichten zwischen Insassen und Beamtinnen und einen Autoritätsverlust der Wache.

Die Beamten waren allerdings die Ersten gewesen, die versucht hatten, bei den neuen Kolleginnen zu landen. Die schon seit langem in den Fachdiensten tätigen Frauen im Haus – Sozialarbeiterinnen und Psychologinnen, die Schwestern in der Krankenabteilung – bildeten eigene Gruppen. Sie blieben für sich und waren nicht in die Beamtenhierarchie eingegliedert, sondern unterstanden direkt dem Anstaltsleiter. Regina betrachtete sie wie viele ihrer Kollegen mit einiger Skepsis. Wie blauäugig musste man sein, anzunehmen, dass ein Gewaltverbrecher von seinem Tun abließ, weil eine Sozialhelferin in ihm das Gute sah und regelmäßig einfühlsame Gespräche mit ihm führte! Das war nicht ihre Welt.

In der ersten Zeit wurde Regina fast ausschließlich für die Vorführung von Gefangenen und in der Besucherzone eingeteilt. Sie hatte das Gefühl, auf einem Abstellgleis gelandet zu sein. Die Arbeit war eintönig. Sie überwachte auf der Besucherseite den Ablauf der Kontakte. Damals waren Nichtraucherzonen noch kein Thema. Der Wartebereich für Angehörige war ebenso verqualmt wie die Räume, in denen die Insassen warten mussten, bis sie in die Besucherzone vorgeführt wurden. Regina litt unter den Gerüchen der Männer, Gefangener wie Kollegen, mehr als unter der Hitze.

Es war stickig. Im gesamten Haus stand die Luft. Kleinigkeiten, ein falsches Wort, genügten, dass jemand austickte. Die Absonderungshafträume, in denen Insassen die bei Ordnungswidrigkeiten über sie verhängten Strafen verbüßten, waren überfüllt. Die Zeit verging quälend langsam. Regina starrte auf den schmalen Streifen tiefblauen wolkenlosen Himmels zwischen dem gegenüberliegenden Zellentrakt und der Obergrenze der Fenster, die denen in den Hafträumen glichen, aber tiefer angebracht waren. Glas mit Sichtschutz, Gitter. Ein Stück weiter rechts verdeckte ein höherer Gebäudeteil den Himmel. Der Kollege in der Anmeldezone blätterte in einer kleinformatigen Zeitung. Ein zweiter reinigte mit einem Zahnstocher seine Nägel. Er benagte seine Unterlippe und wirkte hochkonzentriert.

Noch eine knappe Stunde. Draußen war Badewetter. Dementsprechend kamen nur wenige Besucher. Eine äußerst knapp bekleidete dünne junge Frau presste ihre Hand gegen die verschmierte Glasscheibe, hinter der ein bulliger Mann mit Stoppelglatze saß. Beide starrten einander an und schwiegen. Eine südländische Großfamilie lärmte in der Koje nebenan und musste zur Ruhe ermahnt werden. Die kamen zuverlässig zu Besuch, die Ausländer. Zumeist die ganze Familie gemeinsam – von der Großmutter bis zum Kleinkind. Sie veranstalteten einen Trubel, dass man sein eigenes Wort nicht mehr verstand, und Abschiedsszenen, als müssten sie ihren Vater, Bruder oder Sohn für immer hier zurücklassen. Vor allem die Frauen boten ganz großes Theater. Regina betrachtete sie mit einer Mischung aus Faszination und Abscheu. Wie konnte man sich nur in der Öffentlichkeit so gebärden? Diese Leute hielten die Besuche oft die gesamte Haftzeit durch. Kaum in Freiheit, beschissen die Kerle dann die dummen Weiber oder verpassten ihnen bei der geringsten Kleinigkeit eine Abreibung, dass sie tagelang nicht mehr aus dem Haus konnten. Selber schuld, dachte sie. Bei Inländern brachten meist nur die Frauen von Berufsverbrechern so ein Durchhaltevermögen auf. Insassen aus dem Rotlichtmilieu wurden von ihren Leuten ebenfalls regelmäßig besucht und durchgehend mit Geld versorgt. Am Entlassungstag stand nicht selten ein dicker Mercedes vor der

Tür der Strafanstalt, und der Gauner wurde standesgemäß ins nächste Puff kutschiert. Erzählten jedenfalls die altgedienten Kollegen. Dazwischen zerbrochene Beziehungen, wohin man sah, und Insassen, die heulten wie kleine Kinder oder sich die Pulsadern aufschnitten, wenn die Frau wegblieb oder kein Brief mehr kam. Die ließen sich dann von den Sozialarbeiterinnen trösten. Die Mütter freilich kamen über all die Jahre verlässlich zu Besuch, auch noch nach der Verlegung in die Vollzugsanstalt, schickten Briefe und Pakete und überwiesen regelmäßig Geld an den missratenen Sohn. Die Anwaltskosten fraßen ihre Renten auf. Schuldgefühle wahrscheinlich, dachte Regina. Immerhin dürften sie einiges verbockt haben, wenn der Nachwuchs mit schöner Regelmäßigkeit verhaftet wurde und für Jahre hinter Gittern verschwand.

Diese Frau Ritter ist so ein Fall, dachte sie damals. Die kleine energische Frau mit dem markanten Profil kam mit schöner Regelmäßigkeit schon seit einem Dreivierteljahr einmal die Woche. Immer am frühen Nachmittag. Soweit Regina wusste, war sie der einzige Besuch für Svoboda, der auf der gesperrten Abteilung, wo die Mörder und Totschläger einsaßen, auf seine Verhandlung wartete. Svoboda war wegen Mordes angeklagt, wegen Nötigung und weiterer Gewaltdelikte. Sie hatte ihn zweimal in der Vernehmungszone vorgeführt, als er seinen Anwalt traf. Er war Anfang zwanzig, mittelgroß, schlaksig und bewegte sich mit aufreizender Langsamkeit. Seine Art, einen anzusehen, hatte etwas Unangenehmes an sich. Es machte Regina verlegen.

»Ich muss austreten. Soll ich euch etwas vom Automaten mitbringen?« Berti und Drazdal schüttelten den Kopf. Berti übernahm ihren Posten.

Bei Reginas Rückkehr bot sich ein völlig anderes Bild. Die Kollegen standen direkt vor der Besucherkoje der Ritter, die wie eingefroren dasaß. Die Serben starrten offenen Mundes nach nebenan, wo der Insasse wie von Sinnen gegen die Glasscheibe drosch und nur mit Mühe von mehreren Kollegen gebändigt werden konnte.

»Ich bringe sie um«, brüllte Svoboda. Und dann: »Führt mich ab! Abführen!« Berti forderte weitere Kollegen an. Erst als der tobende Svoboda aus ihrem Blickfeld verschwunden war, erhob sich die Frau.

Die serbische Großmutter erwachte aus ihrer Starre und war trotz ihrer Leibesfülle erstaunlich schnell nebenan. »Was hast du gesagt, warum ist er aufgeregt?«, fragte sie mit deutlichem Vorwurf in der Stimme, während die Svoboda-Besucherin ihren Unterarm aus dem Klammergriff der Alten zu befreien suchte. Ihr Blick traf Regina.

»Lassen Sie die Frau los«, mahnte Regina. »Ihre Besuchszeit ist zu Ende.«

Das übliche Abschiedsdrama begann. Raschen Schrittes verließ Frau Ritter den Besucherraum.

Sie versuchte es noch mehrere Wochen. Jedes Mal vergeblich. Svoboda, zu dem außer seinem Anwalt niemand kam, verweigerte den Besuch. Die kleine energische Person, die so selbstsicher auftrat und die Wartezeit wie die regelmäßige Ablehnung ihres Besuchs stoisch ertrug, tat Regina leid.

»Er verzichtet auf den Besuch«, informierte der Beamte an der Anmeldung.

Die Frau nickte. Sie stand sehr gerade, die schmalen Schultern wirkten wie nach hinten gezurrt. Es musste wehtun, so sehr Haltung zu bewahren, dachte Regina. Das war ihr nicht fremd: Stärke zu zeigen, auch wenn man innen zerbrach, zerbarst, ein Scherbenhaufen übrig blieb. Lächeln. Weitermachen, als wäre nichts geschehen. Sie wusste, wie sich das anfühlte.

Ihre erste Begegnung außerhalb der Anstalt war Regina noch gut in Erinnerung: Sie war müde, hatte aber wenig Lust, nach Hause zu fahren. Ihr Auto, ein alter VW Golf, stand ein gutes Stück von der Anstalt entfernt. Hier gab es immer Probleme mit den Parkplätzen. Einen Standplatz in der Justizgarage konnte sie sich noch nicht leisten. Die Luft flimmerte vor Hitze. Regina war binnen Minuten nassgeschwitzt. Sie fühlte sich leicht benommen, wechselte die Straßenseite und tastete nach ihrer Sonnenbrille. Sie trug eine helle Leinenhose und ein weißes ärmelloses Top, das ihren Bauch und das Speckröllchen um die Mitte unvorteilhaft hervorhob. Sie hasste den Sommer in der Stadt. Ihre Wohnung im dritten Stock ging nach Westen und war jetzt bestimmt aufgeheizt wie ein Backofen.

Sie sah die Frau erst im letzten Moment. Die Svoboda-Besucherin saß auf einer Bank wenige Meter vor Reginas Auto im Halbschatten und hielt die Augen geschlossen. Sie wirkte erschöpft. Regina zögerte kurz und ging weiter. Wandte sich noch einmal um. So waren sie ins Gespräch gekommen. Damals.

»Es geht mir gut, danke. Die Hitze in der Stadt macht mir zu schaffen. Das bin ich nicht gewöhnt.« Sie machte eine Pause und musterte die junge Beamtin. »Und Sie? Wie halten Sie das aus – all die Tage hinter diesen Mauern? Mit künstlichem Licht. Mit Menschen, die voller Wut und Hass sind. Oder resigniert haben.«

Regina lachte ein wenig unsicher. Und beantwortete dann all die Fragen, die die andere ihr stellte. Sie fühlte sich wohl. Vergaß ihre Vorsicht. Mit wem sie sprach. Einer Angehörigen. Sie erzählte: von ihrer Ausbildung. Ihrer Arbeit. Von ihrer winzigen Wohnung unterm Dach, die sie sich kaum leisten konnte. Damals hörte sie zum ersten Mal von dem Haus.

Nach einer guten Stunde erhob sich die Frau langsam. »Ich muss zum Bus.«

»Werden Sie ihn wieder besuchen?«

»Ihm schreiben. Und es dann noch einmal versuchen. Ja.«

»Was haben Sie ihm gesagt, dass er …?«

Die Besucherin straffte sich. Das Lächeln verschwand. Regina hätte ihre Frage gern zurückgenommen. »Dass Linda aussagen wird. Seine Schwester.«

»Er hat Angst vor der Verhandlung«, verteidigte Regina einen Mann, der ihr unsympathisch war.

»Er hasst sie«, erklärte ihr Gegenüber ruhig.

»Ihr Sohn hat …«

Die Fremde hob den Blick. Ihr Mund wurde schmal. »Er ist nicht mein Sohn. Es sind nicht meine Kinder. Obwohl – es hat sich so angefühlt. Lange Zeit.« Sie schwieg.

Regina wusste nicht, wohin mit ihren Händen. Was sollte sie sagen? Ihr Gesicht glühte. Sie hüstelte nervös.

Die Ältere wandte sich um, stellte ihre Tasche ab und kramte nach einem Zettel, einem Stift. Sie warf ein paar Zeilen aufs Papier und reichte es Regina. »Rufen Sie mich an, wenn Sie sich das Haus ansehen wollen. Es wird Ihnen gefallen. Jetzt, wo … ich habe Platz. Wir werden eine Lösung finden.« Dann eilte sie davon.

Regina sah ihr lange nach.

Paul Marek verstand nicht, warum seine Frau ihn verlassen hatte. Karin hatte eine Zeitlang herumgenörgelt, dann eine Weile trotzig geschwiegen und schließlich verkündet, dass alles keinen Sinn mehr habe. Es sei aus.

Vor fünf Jahren hatten sie einander kennengelernt. Nach einem guten Jahr waren sie zusammengezogen, und von da an ging es mit ihrer Beziehung bergab. So sah es Karin. Paul hatte keine großen Veränderungen bemerkt. Der Alltag lief gut, sie waren ein eingespieltes Team. Karin richtete die Wohnung ein. Paul tischlerte ihr in der Werkstatt eines Kollegen eine Küche nach ihren Vorstellungen – eine aufwändige Angelegenheit, die viel Zeit in Anspruch nahm, ihm aber Freude machte. Er war geschickt mit seinen Händen, weniger mit Worten.

Früher hatte Karin seine ruhige Art gemocht, seine Geduld. Und genau das warf sie ihm vor, als sie ging: Du kriegst den Mund nicht auf, du kriegst nichts mit. Ich bin kein Möbelstück, ich bin ein lebender Mensch, stell dir vor! Ich will etwas mit dir unternehmen, träumen, planen, umsetzen. Ich brauche Bewegung, Luft zum Atmen, Abwechslung, Feuerwerk. Ich will spüren, dass ich lebe, verdammt! Ist das so schwer zu verstehen?

Beide arbeiteten. Er bei der Wache, sie in dem Haushaltswarengeschäft, in dem sie einander zum ersten Mal gesehen hatten. Am Wochenende kamen Freunde zu Besuch. Hin und wieder gingen sie ins Kino oder machten in der Gruppe eine Ausfahrt mit ihren Motorrädern, bis Karin ihre Maschine verkaufte (das erste Geld für den Absprung in ein neues Leben ohne ihn, wie er viel zu spät registriert hatte) und nur noch selten als Sozia mitkam, wenn er sie eine Weile bekniet hatte. Karin wünschte sich ein Kind, aber damit ließen sie sich Zeit, und zuletzt war davon nicht mehr die Rede gewesen. Karin war meistens genervt, nicht nur vor den Tagen, und er traf sich öfter mit Kollegen und begann wieder zu trainieren. Karin nahm zu, aber das störte ihn nicht. Noch am Abend, bevor sie die Trennung bekannt gab, hatten sie Sex.

Nun lebte Paul schon seit sieben Monaten allein in der zu großen Wohnung am Stadtrand, die er ihr zuliebe gemietet hatte, mitten in der Ödnis, weil sie »am Land« hatte leben wollen. Karin ließ wenige Tage nach ihrem Auszug ihre Möbel abholen. Er kaufte nur ein neues Sofa und einen kleinen Beistelltisch. Ein Provisorium. Karin würde zurückkommen.

Eine Zeitlang hatte Paul gewartet. Oder eigentlich nicht gewartet. Er war aktiv geworden, hatte um Karin gekämpft. Endlose Telefonate, SMS, kleine Geschenke, Blumen. Karin war stur geblieben. Das musste Gründe haben! Paul hatte ihre Eltern gefragt, ihre Freundinnen kontaktiert, war schließlich an ihrem Arbeitsplatz aufgetaucht und danach fast sicher, dass sie etwas mit dem Juniorchef hatte. Der hatte ihn mit der Selbstsicherheit des Siegers aus dem Geschäft gewiesen. Paul schäumte noch heute bei dem Gedanken an die Begegnung.

Die nächsten Wochen war Paul ihr gefolgt. In sicherer Entfernung. Er schämte sich dafür, aber er musste Gewissheit haben. Karin wohnte bei ihren Eltern, ging zur Arbeit, verbrachte viel Zeit mit ihren zwei besten Freundinnen, die ganz in der Nähe wohnten. Sie fuhr mit ihrer alleinerziehenden Schwester und deren Kindern für zwei Woche in den Süden und kam gebräunt und strahlend wieder. Der Juniorchef traf sich während der ganzen Zeit regelmäßig mit einer anderen Frau. Sie wirkten sehr vertraut miteinander. Karin zog bei den Eltern aus und mietete eine Wohnung mitten in der Stadt. Nur Freundinnen kamen zu Besuch. Sie ging selten weg. Mehrmals läutete Paul abends vergeblich bei ihr an, bis ihre Eltern ihn anriefen und unverhohlen mit einem Anwalt und Anzeige drohten, sollte er weiterhin Karins Nähe suchen.

Paul ertappte sich bei kindischen Rachegedanken und meldete sich zur Ablenkung in einer Singlebörse an. Die Treffen, die nach wenigen Mails zustande kamen, waren ernüchternd. Frauen, die ihm auf ihren Fotos gefallen hatten, saßen ihm vier Wochen nach Kontaktaufnahme um zehn Jahre gealtert und fünfzehn bis zwanzig Kilo schwerer gegenüber und beklagten wortreich ihre schlechten Erfahrungen mit Männern. Einige leidlich gut aussehende luden ihn zu einer Art Casting oder Bewerbungsgespräch vor, das er die ersten Male geduldig über sich ergehen ließ. Es gab Prinzessinnen, die er bereits nach wenigen Mails enttarnte, und solche, die erst nach drei, vier Treffen zu zicken begannen. Paul hatte zwei One-Night-Stands, traf eine der Frauen immerhin zwei Monate, bis sie ihm ihren dringenden Kinderwunsch gestand und erklärte, dass er ab sofort auf Kondome verzichten solle. Er brach ihr das Herz, wie sie ihm heulend versicherte, und fühlte sich schlecht, bis er sah, dass sie trotz frischen Herzbruchs munter weiterdatete und Gästebucheinträge beantwortete. Paul löschte sein Profil und forcierte sein Training.

Ein für drei Tage anberaumter Raubprozess mit mehreren Beteiligten ging nach zweieinhalb Tagen zu Ende. Als Regina die Kantine betrat und sich in dem gerammelt vollen Raum umsah, hatte Kowalsky sie bereits entdeckt. »Prinzessin«, dröhnte er. Regina nickte einigen Kollegen zu und bemerkte zwei Tische weiter Paul Marek, der sich umwandte und ihr zuwinkte. Offensichtlich war er wieder genesen. Sie grinste. Er lächelte erfreut.

»Was ist?«, fragte Kowalsky so laut, dass sich einige umdrehten. »Streng dich nicht an. Die gehört mir, Burli.« Die Kollegen grinsten. Der Kowalsky!

Eduard Kowalsky, groß, glatzköpfig, schwitzend, gut 120 Kilo in eine zu enge Uniform gepresst, hatte einen Grillteller vor sich. Er legte das Messer sorgfältig an den Tellerrand, wischte sich bedächtig den Mund ab und streckte Regina seine Hand hin. Die linke hielt die Gabel. Sein Bauch ruhte auf mächtigen Schenkeln und weit gespreizten Beinen. Er hatte den Hemdkragen gelockert. Es sah ein wenig schlampig aus. »Mahlzeit.« Reginas Hand verschwand in seiner Pranke. Er hatte Schwielen an den Händen und drückte wie immer zu fest zu. Regina verzog keine Miene. Kowalsky wies auf den freien Platz an seiner Seite und bedeutete dem blassen Gehringer, der mit ihm am Tisch saß und das Gespräch wieder aufnehmen wollte: »Später, Fritz.« Gehringer wandte sich gleichmütig wieder seinem panierten Fisch zu.

Es war stickig. Küchendünste, nassgeschwitzte Uniformhemden und über allem ein penetranter Fischgeruch. Ein Freitag. Trotz weit geöffneter Fenster stand die Luft. Uniformierte Männer und Frauen kamen und gingen. Weiter hinten saßen die Leitenden, Fachdienste und Seelsorger – alle in Zivil. Die junge Psychologin lachte laut auf. Man war bereits beim Kaffee. Matte Scherze und mehr oder weniger beflissene Kellner zwischen den Tischen. Sowohl in der Küche für die Insassen als auch in der Küche und Kantine für die Beamten arbeiteten ausschließlich männliche Gefangene. Vor allem der Job in der Beamtenkantine war einiger Vergünstigungen wegen sehr begehrt.

»Grüß Gott. Was darf ich bringen?« Der schlaksige blonde Kellner verharrte mit schief gelegtem Kopf neben Regina. Wie die Karikatur eines devoten Wiener Kaffeehaus-Obers, dachte sie.

»Fisch«, antwortete Kowalsky. »Wie ich dich kenne.«

»Fisch«, bestellte Regina mit einem Blick auf den fetten Mayonnaisesalat auf Gehringers Teller, »und grünen statt Erdäpfelsalat. Essig und Öl extra. Apfelsaft mit viel Wasser.«

Der Kellner wiederholte die Bestellung. »Sehr wohl, sehr gern, kommt sofort.« Dann schwirrte er ab.

Regina mochte diese aalglatten Typen nicht, die von den Kollegen gern in den Betrieben im Haus beschäftigt wurden, weil sie pflegeleicht waren. Die saßen fast ausnahmslos wegen Betrugsdelikten ein und hielten sich etwas darauf zugute, schlauer zu sein als die anderen. Regina war sich zudem sicher, dass alle unappetitlichen Geschichten, die zum Beispiel aus der Küche erzählt wurden, absolut der Wahrheit entsprachen. Man konnte Beamten aus Rache für tatsächliche oder vermutete Ungerechtigkeiten alles Mögliche ins Essen praktizieren. Die Rede war vor allem von Körpersäften. Schaudernd betrachtete sie die sämige Soße auf Kowalskys Teller, die das gebratene Fleisch fast völlig bedeckte. Alle wussten, Kowalsky schätzte das Üppige.

»Prinzessin«, hob Kowalsky wieder an, »was ist jetzt? Kommst du zu mir auf die Abteilung? Dein Versetzungsgesuch muss spätestens am Donnerstag im Personalreferat liegen.«

Der Apfelsaft wurde gebracht. Regina nahm einen Schluck. Zu warm und zu süß. Gehringer hatte sein Mahl beendet. Er stand auf, nickte ihnen zu.

»Kowalsky, danke.«

»Heißt das, du willst nicht?« Kowalsky wurde schon wieder

laut. »Und warum nicht, zum Teufel? Das sind keine Gründe, die du da letztens genannt hast. Wir sind eine gute Partie, und an die Nähe der Pülcher wirst du dich auch gewöhnen. Willst du dich auch noch die nächsten Jahre von den Deppen in der Diensteinteilung herumschicken lassen wie ein Junger?« Nebenan lachte jemand. Kowalsky kaute grimmig, nahm eine Flechse auf die Gabel und legte sie vorsichtig am Tellerrand ab. Regina schwieg. »Oder«, er schaute sie streng an, »hast du ein besseres Angebot? Und scheißt auf den alten Kowalsky?« Er war verstimmt.

»Edi.« Regina legte ihm die Hand auf den fleischigen Oberarm.

Der Kellner wieselte heran. Er roch intensiv nach einem teuren Parfum. Frisch eingesprüht. Sie hielt den Atem an. »Fischfilet. Salat. Essig, Öl. Bitte sehr. Bitte gern. Guten Appetit.« Regina dankte. Sie griff nach dem Salz, marinierte sorgfältig den Salat und begann die Panade vom Fisch abzulösen.

Kowalsky starrte auf ihren Teller. Er schnaufte. »Sturschädel«, knurrte er.

»Immer schon gewesen«, versetzte sie. Kowalsky nickte. Beide schwiegen.

»Isst du das noch?«, fragte er schließlich. Und als Regina den Kopf schüttelte, schaufelte er die fette Panier auf seinen Teller. »Nichts auf den Rippen«, murmelte er. »Damals, damals hast du mir gefallen. Äußerlich.«

»Und jetzt …« Regina musste grinsen. Sie wusste, was kam.

»… ist es genau umgekehrt«, ergänzte Kowalsky.

Schon vor knapp achtzehn Jahren, bei ihrer ersten Begegnung, war Eduard Kowalsky eine beeindruckende Erscheinung gewesen. Kowalsky stand damals noch im Kampf gegen die Kilos und seinen immer schütterer werdenden Haarwuchs. Er hatte die Kämpfe in den folgenden Jahren verloren oder aufgegeben, sie wusste es nicht.

Er war sichtlich schlechter Laune gewesen, als Regina mit einem Vorführzettel die Abteilung betrat. Regina grüßte vernehmlich. Kowalsky musterte sie prüfend. »Hier grüßt man einander mit Handschlag«, informierte er sie und zerquetschte ihre Rechte. Sie biss die Zähne zusammen. Ein Kollege erhob sich, um den Haftraum aufzusperren. Sein Schlüsselbund klirrte bei jedem Schritt. Er entriegelte den Balken. Regina starrte den Gang hinunter und fühlte sich unbehaglich. Die Uniform war noch ungewohnt, der Arbeitsalltag auch. Der dicke Riese stellte sich neben sie und schwieg. Ihre Knöchel schmerzten. Die Zeit dehnte sich. In der offenen Zellentüre lehnte der junge Abteilungsbeamte und wartete. Der Insasse trödelte wohl.

Plötzlich stürzte der Dicke unvermittelt nach vorn, riss dem Kollegen die Tür aus der Hand und brüllte in den Haftraum: »Was ist, kommst jetzt heraus oder muss ich nachhelfen?«

Regina eilte ihm nach. Kowalsky stand breitbeinig in der Tür. Sein Bauch quoll über die Hose. Er schnaufte vernehmlich. Sein Gesicht war gerötet. Der junge Kollege stand ruhig neben ihm und schwieg. Feigling, dachte Regina. »Finden Sie nicht …«, begann sie vorsichtig.

»Was?«, blaffte der Dicke und fuhr herum.

»Mit Ruhe, Ernst und …« Regina verschluckte die »Festigkeit« und die »Wahrung der Menschenwürde« und erstarrte unter seinem Blick.

»Aaaahhh, ein G'scheiterl«, bemerkte der Beamte beunruhigend sanft und kniff die Augen zusammen. »Genau darauf haben wir die ganze Zeit gewartet.« Dann wandte er sich um, als wäre sie nicht mehr da, und plärrte in den Haftraum: »Wird's bald?«

Ein eifriger, gut frisierter Mann in Freizeitkleidung wurde sichtbar und sah erstaunt von den beiden männlichen Beamten zu Regina. »'tschuldigen, Chef.« Aus dem Haftraum drang Gelächter.

»Kommen Sie«, befahl Regina, grüßte schroff und verließ mit dem Insassen die Abteilung.

In den folgenden Wochen wappnete sie sich jedes Mal, bevor sie die Abteilung betrat. Sie war im sogenannten Halbgesperre eingeteilt, holte also die Insassen aus den Betrieben und von den Abteilungen in die Vorführzone, wo Richter und Anwälte sie erwarteten. Später wurden die Männer in Gruppen wieder ins Zellenhaus zurückgebracht und auf den Abteilungen den zuständigen Beamten zum neuerlichen Einschluss übergeben.

Kowalsky gab ihr die Hand, als wäre nichts gewesen. Sie fühlte sich gedemütigt. Wenn sie dem Kollegen begegnete, der damals Zeuge ihrer Zurechtweisung gewesen war, spürte sie die Scham wieder, die unvermittelt in heißen Zorn umschlug. Während sie innen glühte, erstarrte sie nach außen. Das kannte sie gut. Rachefantasien waren ein kleiner Trost. Irgendwann, schwor sie sich, irgendwann büßt du dafür. Sie sprach mit niemandem darüber.

Der Dicke lachte zu laut. Er dröhnte. Er blaffte einen Kollegen an, der ein entspanntes »Passt schon, Kowalsky« zurückgab. In der Kantine und in einem der vielen Betriebe im Haus sah sie ihn manchmal leutselig plaudern, auch hier viel zu laut, und einmal überraschte sie ihn, wie er einen Insassen heftig gegen die Schulter boxte und dann ernst und erstaunlich leise auf ihn einredete, während sie nebeneinander den Gang entlanggingen. Er blieb in der offenen Zellentüre stehen, hörte eine Weile still zu, bevor er erklärte: »Das bringt einen nicht um. Glaub mir.« Dann ging er mit schwerem Schritt zurück ins Dienstzimmer. Sein Gesicht wirkte verschlossen. Immer wieder fiel ihr Kowalsky durch seine deftige Wortwahl auf. Die anderen schienen das normal zu finden.

Als ihr zum ersten Mal ihr Spitzname »Miss Moral« zugetragen wurde, war ihr auf der Stelle klar, dass er dahinterstecken musste: Kowalsky. Sie fühlte blanken Hass. Drei Tage später beorderte Kowalsky sie ins Dienstzimmer. Der Insasse könne warten. Der Anwalt, der Schnösel, auch. Warum sie ihn ansehe, als ob sie ihn fressen wollte? Regina schwieg und starrte ihn an. Er wirkte unbeeindruckt.

»So, Mädchen, damit du's weißt: Ich hab keine Freude mit euch Weibern hier. Alles kommt in Aufruhr: die Kollegen, die Insassen. Die Arbeit leidet.« Er machte eine Pause. »Gut, man wird sich auch daran gewöhnen. Es wird sich alles einspielen. Aber, und jetzt hör gut zu ...« Kowalsky kam näher. Sie roch seinen Kaffeeatem. »Woran ich mich nicht gewöhnen werde und will, ist dein verdammter beleidigter Gesichtsausdruck, Prinzessin auf der Erbse. Das werde ich mir nicht anschauen, verstanden? Das hier ist eine verdammte Haftanstalt, kein Mädchenpensionat. Wenn du das nicht aushältst, bist du fehl am Platz. Dann ziehst du die Uniform besser gleich wieder aus.«

»Die Uniform aus ...« Sie starrte ihn an und glaubte zu ersticken.

Aber er war noch nicht fertig. »Wenn dir was nicht passt, dann mach, zum Teufel, dein Maul auf. Dann kann man das ändern. Oder du musst es fressen, wie es serviert wird. Kann auch sein. Ich habe weder Zeit noch Lust, herumzurätseln, was dein zartes Seelchen verletzt hat.« Jetzt starrte er sie finster an.

Was nahm sich der Kerl heraus? Das Maul aufmachen? Okay, konnte er haben! »Ich finde Sie respektlos, anmaßend und laut. Sie machen mich zur Sau vor anderen und finden das in Ordnung. Ich bin keine Miss Moral, ich bin keine Prinzessin auf der Erbse. Ich bin nicht Ihr Mädchen. Was Sie von Frauen halten, sehe ich. Und dass Sie die Insassen wie Vieh behandeln.« Sie holte Luft und bemerkte, dass ihr Kinn leicht zu zittern anfing. Alles, nur das nicht!

»Na alsdann, geht ja«, befand er. »Die Miss Moral ist nicht von mir.« Sein Mund ging in die Breite. »Passt aber, wenn man mich fragt.«

»Es fragt Sie aber keiner. Es geht mir am Arsch vorbei, was Sie von mir halten. Machen Sie Meldung, schmeißen Sie mich raus. Ich hab mich auf diesen Scheißjob gefreut, aber wenn ich hier wie eine Idiotin behandelt werde von jedem aufgeblasenen Arschloch«, mittlerweile war ihr alles egal, »dann pfeif ich drauf. Ich bin jung, ich bin eine Frau, okay, aber ich hab mehr Scheiße erlebt und durchgestanden als die meisten von euch. Ich bin jedes Mal wieder auf die Beine gekommen, und ich werde auch diesmal nicht liegen bleiben. Verlassen Sie sich drauf!«

»Was willst du – Mitleid? Da bist du bei mir falsch.« Jetzt sah er ernst aus. Etwas war anders. Sie spürte sein Interesse. War irritiert. Kowalsky hielt ihrem Blick stand. Regina schluckte. Sie begriff: Das war eine Mitteilung, keine Provokation.

»Ich will, dass Sie mich fair behandeln«, sagte sie mit fester Stimme. »Nicht mehr und nicht weniger. Ich brauche kein Mitleid und keine Sonderbehandlung.« Sie zögerte, bevor sie fortfuhr: »Okay, ich bin neu und weiß noch nicht alles …«

»Wenn du was nicht verstehst, dann frag«, sagte er ruhig. »Kann ja keiner riechen. Ich bin der Eduard. Edi. Aber alle sagen Kowalsky.« Er streckte ihr die Hand hin.

»Regina Aigner.« Ihre Stimme kratzte. Sie schlug ein und begriff langsam: Er würde keine Meldung machen. Er mochte das wohl, wenn man polterte wie er. Sie blitzte ihn an.

»Na ja, zur Königin reicht es noch nicht ganz«, konstatierte Kowalsky trocken. Regina verdrehte die Augen. »Was?«, blaffte er.

»Ihre … deine Witze sind grottenschlecht.«

»Ja, Prinzessin, daran wirst du dich gewöhnen müssen.«

»Sieht so aus«, knurrte Regina. Ganz traute sie dem Frieden noch nicht.

Der Nachtdienst ging zu Ende. Regina spürte die Müdigkeit in allen Knochen. Im Haus war bereits reger Betrieb. Frisch geduschte, ausgeschlafene Kollegen trafen auf solche mit grauen Gesichtern und müden Augen.

»Du hast was mit dem Kowalsky?« Paul Marek grinste breit, als Regina das Wachzimmer betrat. Er schien auf sie gewartet zu haben. »Da hab ich freilich keine Chance.«

»Sehe ich auch so.« Sie meldete sich beim Dienstführenden, griff dann nach ihrem Handy, tippte und warf Paul einen raschen Blick zu. Er wirkte irritiert, lächelte aber gleich darauf wieder und blieb neben ihr stehen.

»Weißt du schon …?«, fragte Regina ins Telefon und wandte ihm den Rücken zu. Sie lauschte. Ihr Mund wurde schmal. »Das ist nicht dein Ernst, Johanna. Ich dachte, die Sache ist unter Dach und Fach. Ich habe Micko schon wegen des Baggers gefragt …« Sie setzte sich in Bewegung, marschierte zum Getränkeautomaten und blieb dort stehen. Sie wippte mit der rechten Fußspitze. »Was meinst du mit unter Druck gesetzt? Erpresst? Und jetzt ist es unsicher, ob die notwendige Mehrheit zustande kommt? Ich fasse es nicht!« Sie wendete abrupt und ging geradewegs auf Paul Marek zu. »Ja, entschuldige. Entschuldige! Tut mir leid. Es regt mich einfach auf. Ja, Johanna, verstehe ich …« Sie senkte ihre Stimme. »Aber – ich habe das für einen Versuch gehalten. Nicht mehr und nicht weniger. Dachte, er will uns verunsichern, schauen, was geht. Nachdem du ihm erklärst hast, dass du nicht verkaufst und die – Nichte«, sie stieß das Wort verächtlich lachend hervor, »auch nicht, war doch Ruhe. Wie empört er auf deine Frage reagiert hat: Sie meinen, wenn ich tot bin? Der Drecksack! – Denkst du …« Regina brach ab und lauschte, schaute dann irritiert zu Paul, der sie fragend ansah. Wieder wandte sie sich ab und machte ein paar Schritte in den Raum. »Ja, das ist gut. Ich hab gleich Dienstschluss und komme sofort nach dem Friseur nach Hause. – Ja, du auch. Tut mir leid, Johanna. Bis später.«

»Ist was passiert, sag? Ich meine, kann ich …?« Paul Marek war ihr gefolgt und schaute sie besorgt an.

»Entschuldige?« Regina hatte nicht zugehört. Sie schüttelte den Kopf und berührte ihn leicht am Oberarm, bevor sie sich umwandte. »Passt schon. Danke. Ich muss nur noch eine ganze Menge erledigen und hab den Kopf voll. Wir sehen uns.« Sie schaute auf ihr Handy: sieben Uhr. Dienstschluss. Sie ließ ihn stehen und eilte ins Untergeschoss, wo sich die Duschräume und Garderoben der Beamten befanden.

Als sie wenig später in Zivil das Dienstzimmer durchquerte, war Paul Marek immer noch da. Sie eilte in den Nebenraum und deponierte ihren Schlüsselbund neben der Dienstwaffe, versperrte das Fach und wandte sich zum Gehen.

»Regina!« Marek eilte auf sie zu.

»An der beißt du dir die Zähne aus, Burli. Glaub mir.« Kowalskys Stimme ließ beide herumfahren.

Paul Marek zuckte die Achseln und bedachte den älteren Kollegen mit einem abschätzigen Blick, der an seinem dicken Bauch hängen blieb. Er drückte die Brust heraus und schob das Kinn vor. An seinem Hals pochte eine Ader.

Was zum Teufel, fragte sich Regina, war da los? Jede Begegnung der beiden geriet sofort zu einem Kräftemessen.

Nun hatte Kowalsky sie eingeholt. Der vertraute Geruch seines Parfums verstärkte sich. Kowalsky legte den Arm um ihre Schultern und zog sie an sich. Er lachte dröhnend. »Vergiss es, Bub.«

An diesem Tag verweigerte Hassler den Hofgang. Die schwere Türe hinter ihm schlug wieder zu und verschluckte einen Teil der Geräusche aus dem Zellentrakt. Hassler riss die Gewichte hoch und arbeitete, bis ihm die Anstrengung den Nacken rötete und Sehnen und Adern hervortreten ließ. Binnen kürzester Zeit war sein T-Shirt durchgeschwitzt. Hassler pumpte und stöhnte, die Beine fest in den Boden gestemmt, den Blick in die gegenüberliegende Wand. Sein Haftraum unterschied sich in nichts von dem anderer Langstrafiger: eine spartanisch möblierte Zelle, knapp vier Meter lang, drei Meter breit, mit ein paar zusätzlichen, in Eigenregie hergestellten Regalen zugebaut. Ordentlich bis an die Grenze zur Zwanghaftigkeit. An der Stirnseite das einzige Fenster, dessen oberer Teil den strahlend blauen Himmel in kleine Vierecke zerschnitt. Schweißüberströmt setzte Hassler die Gewichte ab, zog sich das T-Shirt über den Kopf und trocknete sich damit Gesicht und Oberkörper. Seine Figur war die eines Boxers, der Nacken scharf ausrasiert. Das linke Schulterblatt zierte eine Raubkatze mit leuchtend grünen Augen, so präzise gestochen, dass sie fast plastisch wirkte. Der linke Unterarm war von wulstigen Narben verunstaltet und über den gesamten Brustkorb zogen sich Tätowierungen älteren Datums, die, teils ungelenk und in dickem, tintigem Blau, teils farbig ausgeführt, einen deutlichen Kontrast zur Rückenansicht des Häftlings boten.

Hassler atmete nun ruhiger. Er legte sich rücklings auf die Pritsche und verschränkte die Arme im Nacken. Nächste Woche sollte er überstellt werden. Er war aufgeputscht. Vierzehn Tage Begutachtungsstation, das bedeutete einen gewaltigen Schritt nach vorne. Er betrat die Arena. Er wusste, der Gutachter würde ihn mit allen Mitteln reizen, um in sein Innerstes vorzudringen, seine Gedanken und Fantasien ans Licht zu zerren und schließlich darüber zu befinden, ob man ihn wieder auf die Menschheit loslassen könne. Hassler musste dafür sorgen, dass er den Kampf gewann, dass er die Arena als Sieger verließ. Ficken, wieder ficken, nicht gefickt werden. Siebzehn Jahre waren genug.

Die erste Zeit hatte Hassler als Justizirrtum abgesessen. Geschworenenverhandlung – Urteil (schuldig, mit nur einer Gegenstimme), Berufung, Nichtigkeit. Bestätigung des Urteils: lebenslang. Verlegung in eine Vollzugsanstalt und der Versuch einer Wiederaufnahme des Verfahrens. Arbeitsverweigerung, Disziplinarstrafen, Verlegung in eine andere Anstalt, jetzt schon mit einem gewissen Ruf, der ihm Respekt verschaffte und ihn in der Häftlingshierarchie deutlich nach oben schob. Ablehnung der Wiederaufnahme. Hassler zerlegte seinen Haftraum, zerfetzte sich mit einem Messer den Arm und drohte in der ersten Wut, seinen Anwalt zu liquidieren. Er weigerte sich, die Begräbniskosten für seine Opfer zu zahlen. Er »blieb auf Nein«, wie man das hier nannte.

»Es sind mehrere.« Benkö musste es wissen. Der kleine drahtige Mann hatte die Prozedur schon zweimal mitgemacht. »Sexualdelikt, mehr brauchst du nicht zu wissen.« Hassler nickte. »Ich kann dir ein paar Gutachten beschaffen, damit du siehst, worum es geht.«

Hassler schwieg. Alles eine Frage des Preises. Man bekam hier alles, wenn man Geld hatte. Von Insassen. Von Beamten. Er hantierte mit dem Tauchsieder, rührte reichlich Löskaffee ins heiße Wasser und schob Benkö eine Tasse hin.

»Kooperation heißt das Zauberwort«, dozierte Benkö und musterte sein Gegenüber aufmerksam. »Du musst zusammenarbeiten. Einsichtig sein. Erzählen. Kindheitstrauma, alles. Sie fragen dich, zu welchen Bildern du wichst und wie du dir deine Zukunft vorstellst. Und noch einmal alles zur Tat.« Er nahm einen Schluck Kaffee und drehte sich eine Zigarette. Seine flinke Zunge fuhr über den Klebefalz, er fusselte zwei, drei Tabakbrösel von den Lippen. »Opferempathie. Du hast verstanden, was du dem Weib angetan hast. Kapierst du?« Er sah Hassler lauernd an. »Heute fühlst du mit ihr. Es tut dir leid. Du bereust.«

Hassler wollte etwas sagen, überlegte es sich aber. Er nickte.

»Es sind mehrere Psychologen, Psychiater, was weiß ich. Auch Weiber«, fuhr Benkö fort. »Der eine macht die Tests, aus denen sie herauslesen wollen, ob du gestört bist und wie sehr. Deine Intelligenz, Aggressivität, alles.« Er ließ sein Zippo aufspringen, zündete sich eine neue Zigarette an und sog hastig den Rauch ein. Er hatte harte, verhornte gelbe Finger und zu lange Nägel. Hassler ekelte sich mit einem Mal. »Egal, ob sie freundlich oder beiläufig fragen: Vergiss nie, worum es geht. Am Ende hockst du dann beim Alten, und der hat alles vor sich liegen, was du in den zwei Wochen, wem gegenüber auch immer, von dir gegeben hast. Und nimmt dich noch einmal auseinander.«

»Und warum«, wollte Hassler wissen, »hat es bei dir beim ersten Mal nicht geklappt?«

»Ich rede gern. Der junge Psychologe, so ein Bürschchen, ein Lehrling, sollte wohl bei mir üben. Hat viel gefragt. Wollte lernen. Hat mich zum Reden gebracht. Hab zu viel erzählt. Gespräch unter Männern, gewissermaßen. Eine Wellenlänge. Kam mir wenigstens so vor.«

»Und?« Der Hellste ist er wohl nicht, dachte Hassler, der seine Fantasien als Privatsache betrachtete. Die meisten hier geilten sich an ihren eigenen Schilderungen auf. Er hatte sich da immer zurückgehalten.

»Die Sau hat dem Alten alles Stück für Stück geschildert. Das war's dann.«

Hassler nickte. Er war zuversichtlich. Zu viele Worte waren noch nie sein Problem gewesen.

Dieses Gespräch hatte die Wende gebracht. Hassler gab seinen Widerstand auf und entschied sich für Plan B.

Der blitzblaue Clio hatte freie Fahrt, während sich auf der Gegenfahrbahn die Autos drängten, Stoßstange an Stoßstange. Regina blickte in blasse müde Gesichter. Sie sah einen rotgesichtigen Mann in einem grellbunt gestreiften Kurzarmhemd aufgebracht gestikulieren, die Frau auf dem Beifahrersitz starrte mit leerem Gesicht vor sich hin. In einem Angeberwagen rasierte sich ein Mann, und am Straßenrand trödelten ein paar Schulkinder. Regina beschleunigte und ließ die Stadt hinter sich. Nach einer langen Reihe gesichtsloser Einfamilienhäuser hinter genormten Gärten, in denen sich Plastikrutschen und Schaukeln den wenigen Platz mit kleinen Blumenbeeten und frisch gesetzten Sträuchern teilten, bog sie rechts ab und atmete tief durch. Sie liebte diese Morgen. Die Luft war noch kühl. Der warme Duft von frischem Heu umwehte sie und vertrieb den fremden Geruch in ihren frisch geschnittenen Haaren. Alleebäume zeichneten ein bewegtes Schattenmuster auf den Asphalt. Die Landschaft wurde weit, sanft hügelig. Wiesen wechselten mit Feldern.

Sie fuhr zügig und ließ ihre Gedanken laufen. Bald war sie daheim. Zuhause, dachte sie, ein Ort, wo sie hingehörte. Wo jemand auf sie wartete. Den ihr niemand mehr nehmen konnte. Niemand! Sie schluckte. Eine Kleinigkeit hatte genügt, um die alten Ängste wieder aufflammen zu lassen, ihr den Boden unter den Füßen wegzuziehen.

Wie hartnäckig die Vergangenheit an einem klebte. Keine zwei Jahre an einem Ort. Immer wieder fremde Menschen, fremde Gerüche. Feindliche Augen oder neugierige, die ihr Gesicht abtasteten und wissen wollten, woher sie kam. Schulklassen, die sie taxierten und einzuschätzen versuchten. Sie machte sich bald nicht mehr die Mühe, die Gesichter zu unterscheiden. Wenn man sich wappnete, tat es nicht weh. Morgens aus dem Schlaf gerissen werden. Ein hastiger Aufbruch. Zwischen abgestellten Koffern und Reisetaschen frieren. Gereizten Erwachsenen im Weg stehen. Um ihre Katze Winnie weinen, die nicht mehr da war. Wenn sie sich an eine Wohnung gewöhnt hatte, an das Knacksen der Böden, den Wind im Kamin, die Schritte in der Nachbarwohnung und die Geräusche im Stiegenhaus, wenn das Zimmer endlich ein wenig nach ihr roch, nach ihrer Seife, dem Pyjama, den sie immer so lange wie möglich trug, ging es von Neuem los. Kündigten nächtliches Weinen, Schreien, Türenknallen, ein heftiger Streit einen weiteren Umzug an. Eine kleine Villa, möblierte Mietwohnungen, einmal eine halbe Etage in einem Stadtpalais und bald darauf das Internat. Wieder eine kleine Wohnung, diesmal allein mit dem Vater, und danach – sie fühlte die Scham noch immer siedend heiß – ein Obdachlosenheim. Für wenige Monate nur, aber die Angst war geblieben. Die Schande ließ sich nicht abwaschen, nicht verdrängen. Sie hatte die erste Gelegenheit genützt, um wegzugehen. Weit genug, um alles hinter sich zu lassen. Auf eigenen Füßen stehen, von niemandem mehr abhängig sein. Selber verdientes Geld, ein sicherer Job. Das Haus. Das war das Wichtigste.

Regina straffte sich. Mach dich nicht verrückt, befahl sie sich. Du bist kein Kind mehr. Ihre Stirn glättete sich. Sie atmete durch und versuchte ein Lächeln. Der Fahrtwind streichelte ihren nackten Unterarm. Sie winkte einem entgegenkommenden Radfahrer, bremste kurz, als eine Katze über die Straße huschte, und erreichte wenig später das Dorf.

Johanna sass in der Küche und telefonierte. Sie sah nicht auf, als Regina eintrat. Eine steile Falte zwischen den Brauen ließ ihr schönes schmales Gesicht härter wirken. Sie redete schnell, fast atemlos, schlug mit der flachen Hand auf den Tisch. Vor ihr lagen der Bauplan, Prospekte und Notizen. Johanna unterstrich ihre Gesten mit einem roten Kugelschreiber, den sie wie eine Waffe hielt. Kritzelte wirre Linien auf einen Block. Blickte erst auf, als Regina sich über sie beugte. Sie küsste sie auf die Wange und deutete nach oben. Johanna nickte. Sie hatte verstanden. Regina würde sich duschen und umziehen. Dann konnten sie reden.

Regina stellte ihre Tasche ab, kickte die Schuhe von den Füßen und rannte die Treppe hinauf. Der vertraute Geruch – warmes Holz, frisch gewaschene Wäsche, ein Hauch von Zitrone – umfing sie. Hier war es deutlich wärmer. Ihre Stirn, der Nacken wurden feucht. Mit wenigen Schritten durchquerte sie den Raum und öffnete die Fenster. Ein leichter Windhauch streifte sie. Regina zerrte sich die Jeans von den Beinen und zog hastig die Bluse über den Kopf. Ein Knopf sprang ab und rollte unters Bett. Sie fluchte und ging auf die Knie. Der hellblaue Knopf kreiselte, kippte um und kam wenige Zentimeter außerhalb ihrer Reichweite zu liegen. Sie würde das Bett verrücken müssen. Einen Besen holen, um nach dem Ding zu angeln. Sie setzte sich auf, lehnte sich an die Bettkante und schloss die Augen. Öffnete sie wieder. Blinzelte. Ihr Mund war ausgetrocknet, die Kehle brannte. »Reiß dich zusammen«, befahl sie sich. Ein breiter Sonnenstreifen ließ den Boden aufleuchten. Das geölte Holz unter ihren Handflächen fühlte sich samtig an. Im Nacken spürte sie den glatten kühlen Stoff der Bettwäsche. Sie wischte sich über die Augen und erhob sich langsam, sammelte die abgelegten Kleidungsstücke auf. Die Badezimmertür war nur angelehnt. Regina streifte die Unterwäsche ab und nahm ein frisches Badetuch aus dem Schrank. Dann duschte sie, seifte sich ein, stand lange unter dem kräftigen Wasserstrahl. Zitronenduft stieg auf. Sanfter warmer Nebel hüllte sie ein. Sie griff nach einem Shampoo und wusch den Friseurgeruch weg. Langsam fiel die Anspannung von ihr ab. Noch tropfnass strähnte sie mit den Fingern die Haare. Sie griff nach dem großen weißen Badetuch und rubbelte sich trocken. Ein Poltern über ihrem Kopf ließ sie zusammenzucken. Dem Aufprall folgte eine wilde Jagd mit Kratzgeräuschen quer über das Dach. Der Eichkater mit Gespielin. Regina lächelte, während ihr Puls sich langsam wieder beruhigte. Wenig später betrat sie die Küche.

Johanna hob den Blick von ihren Notizen. Ihr Gesicht war leicht gerötet, die kurzen grauen Haare verstrubbelt. Ihre Augen blitzten kampflustig. »Ich hab jetzt mit dem halben Dorf gesprochen. Mit allen, auf die es ankommt. Der Raufer wird sich anschauen. Glaub mir.«

»Hat er …?« Regina setzte sich, griff nach der Thermoskanne und nahm sich Kaffee.

»Lügengeschichten verbreitet. Dass wir ausbauen wollen. Der Wintergarten soll nur der Anfang sein, der zweite Schritt ein Zubau auf der anderen Seite, zum Nachbargrundstück hin. Dass du hier, zusammen mit deiner Freundin aus der Stadt, ein Wohnprojekt für Haftentlassene aufziehen willst, erzählt er allen unter dem Siegel der Verschwiegenheit. Wenn ich erst tot bin. – Deshalb hat es wohl auch eine ganze Weile gedauert, bis jemand mir gegenüber den Mund aufgemacht hat. Falsch verstandene Pietät, Feigheit – ich weiß es nicht. Aber als ich sie dann direkt angesprochen habe, ging es Schlag auf Schlag. Jeder nannte weitere Details.« Johanna lachte verächtlich. »Das Nachbargrundstück dazukaufen – da kämen wir ihm allerdings ganz schön in die Quere, nach dem, was ich gehört habe.«

»Was hast du … ich meine, der ist ja verrückt!« Sofort war die Wut wieder da. »Ich bin froh, dass zwischen hier und der Anstalt eine gute Stunde Fahrzeit liegt. Ich bin froh, wenn ich keine Insassen sehe …« Das hatte sich allerdings verändert.

Die Arbeit war ein bloßer Brotjob geworden, den sie mehr oder weniger routiniert erledigte.

»Der ist schlau, Regina. Schlauer, als ich dachte.« Johannas dunkle Augen blitzten. »Erpressung ist eine Sache, die auch schiefgehen kann. Die Leute wägen ab, was ihnen wichtiger ist. Niemand steht gern unter Druck. Der eine oder andere lässt sich das nicht bieten, und das kann selbst einem wie Raufer gefährlich werden.« Sie betrachtete den Kugelschreiber, drehte und wendete ihn und stach dann in die Luft. »Streue ein Gerücht. Dort ein paar Worte, da eine halbe Geschichte. Ganz im Vertrauen. Lauter kleine Feuer, die hochzüngeln. Es braucht seine Zeit, aber über kurz oder lang hast du einen Flächenbrand. – Die Leute haben Angst. Ein Resozialisierungsprojekt, glaub mir, will hier keiner. Die einen fürchten um ihr Eigentum, die anderen haben Angst um die Kinder. Und um ihre Frauen. Vor Vandalismus. Vor Einbrüchen. Man liest ja schließlich die Zeitung … Und Raufer verspricht, sich für die Leute einzusetzen: Das kriegen wir schon hin. Ohne Demonstrationen und ohne großes Aufsehen. Vertraut mir. Die maßgeblichen Leute müssen halt mittun …«

»Aber, Johanna, das ist doch … wie kommt er nur auf den verrückten Gedanken?« Dann fiel es ihr ein: »Karla! Als sie damals zu Besuch war und sich nach dem unbebauten Nachbargrundstück erkundigt hat: Das wäre doch was für eine Wohngemeinschaft für straffällige Jugendliche. Für junge Erwachsene. Die Jungs könnten im Ort arbeiten und sich in der Dorfgemeinschaft engagieren. Eine intakte Umgebung. Überschaubare Strukturen, klare Regeln – die besten Voraussetzungen für eine gelungene Resozialisierung.«

Johanna nickte. »Genau.«

»Aber das ist doch völlig verrückt. Kein Mensch denkt an so was. Und Karla sicher als Letzte. Die hält keine zwei Tage auf dem Land aus und findet es krank, dass ich hier lebe. Sie fand einfach den aufgeblasenen Kerl zum Kotzen und hat ihm kühl lächelnd ein hübsches kleines Projekt angetragen. Um ihn zu ärgern.«

»Du siehst, was Raufer daraus gemacht hat. Er dürfte bald danach mit den … Vorarbeiten begonnen haben. Er hat sich das wohl so gedacht: Über unseren Antrag wird ohne viel Diskussion abgestimmt. Er wird abgelehnt. Und in der gleichen Sitzung das Nachbargrundstück umgewidmet. Raufer hat bereits die Besitzer kontaktiert. Er will über kurz oder lang sein eigenes Hotelprojekt bauen. Da steht ihm dann allerdings unser Haus wieder im Weg.«

»Das ist nicht dein Ernst!« Regina beugte sich vor und stützte sich auf die Tischplatte. Ihr Atem ging schneller.

»Man erzählt, er plant ein Wellnesshotel. Klein, gediegen, idyllisch gelegen. Die Gemeinde finanziert mit und Raufer zieht das Ganze auf.«

»Und – unser Haus?« Regina erstarrte. »Man müsste diesen gierigen, großkotzigen, miesen Scheißkerl –«

»Unser Haus bleibt«, unterbrach Johanna mit fester Stimme. »Wir bauen den Wintergarten. Er wird sich von seinem Projekt verabschieden müssen, glaub mir. Und wenn ich mir die Füße wund laufe. Wenn es das Letzte ist, was ich tue.« Sie beugte sich vor und ergriff Reginas Hand. »Keine Angst. Es wird alles gutgehen. Vertrau mir.«

NACH DEM DUSCHEN übernahm Hassler drei Briefe. Die Kuverts waren offen. Jegliche Post ging durch die hausinterne Zensur. Er war daran gewöhnt. Wie an den Umstand, dass sein Tagesablauf von anderen bestimmt wurde: das Wecken, die Mahlzeiten, der Hofgang, der Zeitpunkt, an dem das Licht an- und ausging. Beamte schauten durch den Spion in seinen Haftraum, öffneten zu unterschiedlichen Zeiten die Tür zu seiner Zelle und verschlossen sie wieder. Bestimmten, wann er duschen durfte, einkaufen, aus einem Katalog Kleidung bestellen, Briefe hinausgeben, Besuche empfangen. Früher, als er noch in Freiheit war, hatte er einen Namen. Hier war er eine Nummer. Sein Geld wurde vom Haus verwaltet, Ansuchen ohne Angabe von Gründen bewilligt oder abgelehnt. Wenn jemand es für notwendig hielt, wurden sein Haftraum und sein Körper durchsucht. Er musste sich ausziehen, vorbeugen und es über sich ergehen lassen. Er hatte zu arbeiten, wenn man es anordnete. Aufzustehen, wenn ein Beamter die Zellentüre aufschloss. Eine Weigerung zog eine Ordnungsstrafe nach sich.

Nach einem raschen Blick auf die Absender blieb er stehen. »Ist das alles?«

Der Beamte nickte gleichmütig und folgte dem Nächsten die Post aus. Hassler stopfte die Briefe achtlos in die Tasche seiner Trainingshose. Der Brief, auf den er wartete, war nicht dabei! Er biss die Zähne zusammen, beherrschte sich mühsam. »Kann ich trainieren, Chef?«

»Wenn wir da fertig sind. Der Kollege geht mit euch hinüber.« Er deutete mit dem Kinn auf den Supersportler, der breitbeinig in einer offenen Haftraumtüre stand. Hassler wechselte einen Blick mit Varga. Der nickte. Hassler ging in seine Zelle. Um diese Zeit waren die Türen offen. Er ließ sich auf das Bett fallen und schüttelte das dickste Kuvert – Fotos. Yvonne hatte Fotos beigelegt. Nach einem flüchtigen Blick schob er die Bilder zurück und überflog die Briefe der beiden anderen, ohne viel davon wahrzunehmen. Was als Zeitvertreib begonnen hatte, mit Hoffnung auf Abwechslung, Ablenkung, wurde zunehmend mühsam. Sie erzählten von ihrem Alltag draußen, zu dem er keine Verbindung hatte, fragten Dinge, die er nicht beantworten konnte oder wollte. Alles begann sich im Kreis zu drehen: Wiederholungen, Floskeln, Geschichten, die den Anschein erwecken sollten, im Leben des anderen einen Platz zu haben, wichtig zu sein. Selbst Yvonne, die wöchentlich zu Besuch kam, blieb ihm fremd. Alles Humbug, dachte Hassler. Alles Betrug. Nichts als schöne Worte, die schon morgen nicht mehr galten.

Mit einem Mal packe ihn heftige Wut. Sollte das verdammte Weib verrotten! Sie wusste, dass er auf sie angewiesen war, und zierte sich. Nun zahlte sie ihm heim, was er damals getan hatte. Was erwartete sie? Dass er zu Kreuze kroch? Der Sozialarbeiter hatte vorgefühlt: Sie lebte noch dort. Hatte eine Kontaktaufnahme nicht grundsätzlich abgelehnt, was immer das heißen mochte. Seit vier Wochen wartete er nun auf ihre Antwort. Und sie ließ ihn zappeln. Er hatte Varga, der regelmäßig Ausgang hatte, hingeschickt. Er sollte ihr auf den Zahn fühlen. Hassler wollte Gewissheit. Als der Beamte wuchtig mit dem Schlüsselbund an die Tür schlug, erhob er sich und verließ den Haftraum. Die Gruppe war bereits im Aufbruch. Der Auftrainierte stolzierte voran, Kreuzer, ein älterer schweigsamer Beamter mit buschigen Augenbrauen, den Hassler in Ordnung fand, schloss hinter ihnen ab. Er streifte ihn mit einem kurzen Blick, sagte aber nichts.

Im Trainingsraum wartete Hassler, bis Varga auf ihn zukam. Sie trabten eine Weile nebeneinander auf dem Laufband, wechselten dann nach hinten zu den Geräten. Hassler wählte die Beinpresse. Er steckte die Gewichtsscheiben auf die Pendel und legte sich hin. Er hörte Vargas regelmäßiges Atmen neben sich und konzentrierte sich auf sein Training. Das Brennen in seinen Oberschenkeln wurde stärker. Neben ihm arbeitete Varga konzentriert an seinem Bizeps. Weiter vorne instruierte der Superhero zwei Neuzugänge. Er stolzierte wie ein Gockel vor ihnen hin und her und redete vermutlich Schwachsinn. Hassler deutete mit dem Kopf auf den Kerl. Varga zog verächtlich den linken Mundwinkel nach unten. Wenig später tauschten sie die Geräte.

»Und?«, fragte Hassler schließlich und bemühte sich um einen gleichgültigen Gesichtsausdruck.

Varga begann mit dem Training. Er war drahtig und muskulös. Ein Läufer mit einem Raubvogelgesicht. »Ich war bei ihr.« Pause. Auch Hassler schwieg. »Ein hartes Weib«, bemerkte Varga und warf Hassler einen kurzen prüfenden Blick zu. »Sie hat mich an der Haustüre abgefertigt. Hat mir ohne Umschweife gesagt, dass sie an keinem Kontakt interessiert ist. Weder brieflich noch persönlich. Sie hat abgeschlossen. Wenn er noch einen losschickt, um mich umzustimmen, hat sie erklärt, fange ich an zu graben. Sagen Sie ihm das. Er kennt sich aus.«

Hassler, mittlerweile schweißüberströmt, hielt in der Bewegung inne. Der Seilzug ruckte. Hassler brachte ihn mit mühsam erzwungener Ruhe langsam in die Ausgangsposition zurück. Er starrte Varga an.

»Ich soll dir sagen, dass es ihr damit ernst ist«, fuhr Varga fort und machte eine kurze Pause. »Sie hat sich abgesichert, was immer das bedeutet.« Varga lockerte seine Beinmuskeln und nahm das Training wieder auf. Er schaute Hassler nicht an.

»Ist gut«, erklärte Hassler knapp und erhob sich. Er säuberte das Gerät und legte sich das Handtuch um den Nacken, der vor Schweiß troff. »Ich lasse dir die Ware zukommen.«

Varga nickte. »Passt.« Er blickte starr geradeaus.

Steifbeinig ging Hassler ein paar Schritte und sah sich um, ohne etwas wahrzunehmen. Die anderen hielten Abstand. Er atmete zwei-, dreimal keuchend aus. Öffnete und schloss die Fäuste und versuchte an nichts zu denken, das eben Gehörte zu verdrängen. Rund um ihn war Bewegung. Man hörte das Ächzen und Stöhnen der Männer und roch ihren Schweiß. Eingespannt in ihre Maschinen arbeiteten sie konzentriert an ihrem Körper. Hassler suchte den Blick des älteren Beamten und deutete auf den Sandsack. Kreuzer nickte. Hassler griff zum Sprungseil und wärmte sich auf. Er bandagierte sich die Hände und zog die Handschuhe über. Tänzelte, probierte ein paar rasche Schlagkombinationen und drosch dann auf den Sandsack ein, als ginge es um sein Leben. Er nahm um sich nichts mehr wahr. Sein Kopf wurde leer.

»BEWILLIGUNG IST DURCH. WIR BAUEN!! HANNA« Die Nachricht erreichte Regina per SMS in einer Verhandlungspause kurz vor der Urteilsverkündung. Sie las den Text, die wenigen Worte, wieder und wieder, erklärte dem Kollegen, dass sie austreten müsse, und rief sofort zurück.

Johanna klang euphorisch. »Wir haben die Bewilligung!«

»Ich hab's grade gelesen. Ich kann nur ganz kurz …« In der Kabine lehnte Regina den Kopf an die kühlen Fliesen. Sie wollte schreien und losrennen. Rennen wie damals als Kind, wenn ein Glück fast zu groß war, um es zu ertragen. Wie später, als sie schon in der Stadt lebte und regelmäßig laufen ging, um die Anspannung, den Druck loszuwerden, den sie, den halben Tag vor arroganten, teuer bestrumpften Gänsen auf den Knien liegend, aufgebaut hatte. Um dann, weit weg von allen, mitten im Wald, den Wind im Gesicht, zu schreien, bis ihr die Stimme brach.

»Was sagst du? Bist du noch da?«

»Es ist … großartig, Johanna. Ich bin …«

»Saal 305, eintreten zur Urteilsverkündung.« Die Durchsage unterbrach sie. Der Richtersenat war mit den Beratungen zu einem Ende gekommen. Regina verabschiedete sich hastig und eilte auf den Gang. Unter den Wartenden entstand Unruhe. Die Anwälte klappten ihre Handys zu. Regina vergewisserte sich nochmals, dass ihres ausgeschaltet war. Aufgeregte Angehörige redeten durcheinander. An der Tür Gedränge, der Verhandlungssaal füllte sich rasch wieder. Die Luft war immer noch stickig, der Raum überhitzt. Die beiden Angeklagten, die ihr Kollege und sie bewachten, wirkten abwesend und angespannt. Beide starrten den Richtern entgegen. Alle erhoben sich, das Gemurmel im Raum erstarb. Richter und Geschworene nahmen ihre Plätze ein. Die Laienrichter hielten den Blick gesenkt.

Schuldig, dachte Regina. Die kleine rundliche Frau mit den wachen Augen, die im Laufe der Verhandlung mehrmals nachgefragt hatte, presste die Lippen zusammen. Dem zweiten von rechts, einem blassen Mann im karierten Sakko, wurde der Kragen eng. Er starrte auf das Kreuz auf dem Richtertisch.

»Frage eins«, begann die Sprecherin der Geschworenen. Sie hatte ein leichtes Zittern in der Stimme, fasste sich aber rasch. »Vier Ja, zwei Nein.«

Reginas Kollege straffte sich und trat näher an die Angeklagten heran. Er roch unter seinem Rasierwasser leicht nach Schweiß. Regina klebte die Uniformbluse am Leib. Unter ihren Brüsten bildeten sich Rinnsale, ihr Nacken war feucht.

»Frage zwei: fünf Ja, ein Nein.«

Die weiteren Fragen wurden einstimmig mit Ja beantwortet. Regina tauschte einen raschen Blick mit dem Kollegen und trat gleichfalls vor. Von den beiden Beamten flankiert vernahmen die Angeklagten das Urteil.

Regina beeilte sich, aus der Anstalt zu kommen. Das Handy am Ohr, nickte sie den Kollegen zu, schulterte ihre Tasche und beschleunigte den Schritt. Johannas Anschluss war besetzt. Regina versuchte es wieder und wieder. Sie erreichte sie erst, als sie bereits im Auto saß.

»Nicht auszudenken«, erklärte Johanna, »wenn ich nicht mit dem Pfarrer und dem Gemeindesekretär telefoniert hätte.«

»Aber dass Petra kein Wort gesagt hat. Oder Wolfgang …« Ihm nahm es Regina besonders übel.

»Vergiss nicht, beide sind keine Einheimischen«, erklärte Johanna. »Die Petra mag in der Bäckerei das eine oder andere Wort aufgeschnappt haben, aber alle wissen, dass ihr euch gut versteht. Da hält man sich zurück. Und der Doktor ist ja erst seit vier Jahren da, der gehört noch nicht dazu. Der wird davon nichts gewusst haben.«

»Glaube ich nicht«, pfauchte Regina. »Er hat mich belogen. Zwei Jahre lang. Hat mir Hoffnungen gemacht, mir eine gemeinsame Zukunft vorgegaukelt. Und ist dann zu seiner Frau zurück, weil sie schwanger war.«

Johanna ging nicht darauf ein. »Bei mir hat es sicher an die fünfzehn Jahre gedauert, bis ich im Ort akzeptiert worden bin. Als die Kinder dann öfter ein Stück ihrer Ferien hier verbracht haben, wurde jede eingeschlagene Fensterscheibe, jedes geklaute Fahrrad im Dorf den Fratzen aus der Stadt angelastet.« Sie verstummte.

Regina hing ihren eigenen Gedanken nach. Was zuerst Schmerz gewesen war, wurde nun langsam zu Wut.

Es war bereits später Nachmittag, als Regina nach Hause kam. Johanna saß am Gartentisch und hatte eine große Schale Milchkaffee vor sich und eine Schüssel mit frisch gepflückten Erbsenschoten auf dem Schoß, die sie sorgfältig auslöste. Die Katze lag mitten in der blühenden Katzenminze im Hochbeet und regte sich nicht. Der Kater war nicht zu sehen.

»Du kommst spät. Wie war dein Tag?« Johanna sah sie besorgt an. Ihre grauen, sehr kurz geschnittenen, dichten Haare waren frisch gewaschen. Der warme Duft von Rosen umwehte sie.

Regina lächelte, beugte sich vor und gab ihr einen flüchtigen Kuss auf die Wange. »Nichts Besonderes.« Sie schob ein Sitzkissen zurecht, ließ sich Johanna gegenüber auf der Bank nieder und griff nach der Thermoskanne mit dem Kaffee. »Eigentlich sollten wir Sekt trinken!« Sie lachte, sprang wieder auf, lief in die Küche und kam mit einem voll beladenen Tablett wieder. »Was magst du?«

»Ich hab keinen Hunger«, winkte Johanna ab.

»Du isst wie ein Vogel«, rügte Regina. Sie nahm sich ein Stück Brot, bestrich es sorgfältig mit Butter und Marillenmarmelade, schnupperte vergnügt und verscheuchte eine Biene. Sie schenkte sich Kaffee nach und kaute mit vollen Backen. Ihr Blick ging über den Garten. Ihre Züge wurden weich.

»Ich möchte zum Notar fahren«, erklärte Johanna unvermittelt. Sie öffnete mit raschen Bewegungen Schote um Schote und ließ die frischen grünen Kügelchen in eine Glasschüssel fallen. Sie hob den Blick. »Ich will, dass du das Geld bekommst. Es ist unsinnig, einen Kredit aufzunehmen, wo ich es doch am Sparbuch habe.«

Regina wehrte ab. »Nein, das will ich nicht. Wozu auch? Ich hab es durchgerechnet, Johanna. Ich schaffe das locker. Mach dir keine Sorgen.«

»Es ist unsere gemeinsame Sache. Und wenn etwas ist«, Johanna machte eine vage Handbewegung, »kommen die Hyänen und du schaust durch die Finger …«

»Wenn was ist?« Regina war augenblicklich alarmiert. »Was soll sein? Die Baugenehmigung ist da. Wir haben das Geld. Raufer kann uns nicht mehr an. Das stimmt doch?«

Johanna nickte. »Sicherheitshalber, Regina. Man kann nie vorsichtig genug sein. Du kommst ins Grundbuch. Und wir regeln das mit dem Zubau. Basta.«

»Hat das nicht Zeit? Ich wollte die drei freien Tage gern …«

»Ich fühle mich einfach wohler, wenn alles geklärt ist.«

Beide schwiegen. Die Sonne wanderte. Sie rückten ein Stück weiter in den Schatten. Der Kater kam und sprang Regina auf den Schoß. Sie kraulte ihn mechanisch hinter den Ohren.

»Denkst du, dass …«, Regina stockte, »dass er irgendwann hier auftaucht?«

»Nein«, erklärte Johanna bestimmt und presste die Lippen aufeinander. »Nein, Regina. Mach dir keine Sorgen.«

Karla arbeitete in einer Wohngemeinschaft für Haftentlassene. »Im Grunde ist es ein Scheißjob«, hörte Regina sie zunehmend häufiger klagen. Sie gab der Freundin recht. Sie hörte sich erschöpft an. »Wir sind schon wieder chronisch unterbesetzt. Tagelang läuft es so dahin, Erstgespräche, Aufnahmen, Einkäufe checken und Mieten kassieren. Im Hintergrund dröhnt der Fernseher, alle qualmen, und die Zeit zieht sich wie ein Kaugummi. Wenn ein Bewohner sich eingelebt hat, geht es an die Planung. Alle wollen zu viel und versprechen sich und uns, was sie niemals halten können. Frust ist vorprogrammiert. In letzter Zeit tickt die Chefin ständig aus, und hätte ich nicht Kollegen wie Kilian und Lotte, ich hätte den Krempel längst hingeschmissen.«

Regina hielt das für eine ausgesprochen gute Idee. Der Verein, der die Einrichtung betrieb, war klein und auf Subventionen und Spenden angewiesen. Karla hatte als Einzige eine fundierte Ausbildung. Der Job war reine Selbstausbeutung, die Chefin eine magere hysterische Ziege und die Bewohner Psychopathen. Die Schilderungen Karlas am Telefon hatten sie in dieser Annahme bestärkt.

»Kilian behauptet, man könne sich am Vollmond orientieren. Zwei, drei Tage vorher wird der eine oder andere unruhig, Sticheleien untereinander nehmen zu. Aber ich denke, ich bin einfach nur ausgepowert. Ich ertrage es zunehmend schlechter, meine Nerven liegen blank. Wie letztens.«

Regina stellte sich auf ein längeres Telefonat ein.

»Ich habe sofort gewusst, schon beim Einzug, dass wir mit diesem Typen Ärger kriegen werden. Zu glatt, zu höflich, zu kontrolliert. Kalte Augen. Provokant. Schon am dritten Tag eine Auseinandersetzung mit einem anderen Bewohner. Und dann tigert er durch die Nacht auf der Suche nach einem weiteren, an dem er sich austoben kann. Und ich sitze da im Büro mit seinem Kontrahenten, der vor Wut bebt. Drecksau, keucht er. – Die anderen Schimpfworte erspare ich dir. – Ich finde ihn. Das lasse ich mir nicht gefallen. Ich steche die Drecksau ab! Sein Atem geht stoßweise. Er stinkt nach Gasthaus. Nach Schnaps und billigem Rasierwasser. Und natürlich hat er die Waffe gleich mitgebracht. Ich starre auf das Messer, keine Armlänge von mir entfernt. Ein Fahrtenmesser, scharf geschliffen. Ich könnte mich mit einem Stoß vom Schreibtisch wegkatapultieren und mit zwei Schritten bei der Tür sein. Im Notfall. Betrunkene sind unberechenbar, aber was erzähle ich dir! Aus dem Aufenthaltsraum dröhnt der Fernseher. Und wie immer, wenn es eng wird, ist eine neue Nachtdienstmitarbeiterin im Einsatz. Ich parke sie sicherheitshalber nebenan. Keine Zeit, auch sie noch im Auge zu behalten. Und die Hütte wie ausgestorben.«

»Und dann?« Regina hielt den Atem an. Diese Verrückten hatten den Ehrgeiz, solche Vorfälle ohne Polizei zu lösen. Im Übrigen, wenn der Typ wollte, konnte er das Telefon schneller an sich reißen, als Karla danach greifen konnte. Regina kannte das. Ähnliche Klientel. Im Unterschied zur Freundin war sie aber auf derartige Situationen geschult. Und bewaffnet. Die hier hatten nicht einmal Pfefferspray.

»Wie üblich«, erklärte Karla. »Müdereden. Walter, sage ich zum wiederholten Mal und lasse ihn und das Messer nicht aus den Augen, es zahlt sich nicht aus. Das weißt du. Er, ich korrigiere mich – im betrunkenen Zustand sind sie übersensibel – das ist es nicht wert, dass du wieder reingehst. Zehn Jahre Minimum. Das weißt du. Wenn du rauskommst, bist du ein alter Mann. Gib mir das Messer! Er zögert kurz. Seine Hand zittert. Tätowierungen. Drei Punkte zwischen Daumen und Zeigefinger, gelblich-rote Flammen am Handrücken. Die Knöchel voller Narben, quer über die Finger H-A-T-E, ungelenk, schlecht gestochen. Bläulich verwaschen. Seine erste Tätowierung. Peinlich. Oder rührend, wie man will. Vier oder fünf schwere Körperverletzungen. Ein Totschlag im Affekt. Warum fällt einem so was immer im blödesten Moment ein?«

»Warum, zum Teufel, habt ihr keine Kontaktleiste unter dem Schreibtisch, mit der du unauffällig die Polizei rufen kannst? Das ist ja nicht das erste Mal …«

»Eben. Irgendwann kannst du das. Routine. Aber da – ich bin völlig erledigt, Regina. Todmüde. Seit mehr als sechzehn Stunden auf den Beinen. Das grelle Deckenlicht im Büro flimmert seit Wochen. Das tut weh in den Augen. Seine rot geädert. Sein Blick rutscht immer wieder weg. Müdereden, denke ich, zwanzig Minuten, eine halbe Stunde, dann ist er so weit. Ich rede also. Es scheint zu funktionieren. Dann lässt meine Konzentration nach, ich wiederhole mich. Und dann legt er wieder los: Weltschmerz, sein unglückliches Leben, die Frauen, die Ungerechtigkeiten, früher schon, jetzt wieder. Mich nervt diese Wehleidigkeit. Sollen sie das Saufen lassen, wenn … Einen Moment Unaufmerksamkeit – und: Er tigert auf und ab. Seine rechte Hand umklammert das Messer. Drei Meter hin, drei zurück. Breiter ist der Raum nicht.«

»Karla!« Keine Chance, die Freundin zu unterbrechen. Vor ihren Augen schien das Ganze wie ein Film noch einmal abzulaufen.

»Leg das verdammte Messer weg, denke ich. Ich will nicht mehr zuhören. Ich will nach Hause. – Verstehst du?, fragt er da. Und bleibt unvermittelt stehen. Schaut mich lauernd an. Das darf nicht passieren. Ich bin völlig abgedriftet. Ja, sage ich ruhig. Versteh ich. Setz dich, sage ich dann noch einmal und klopfe auf den Tisch zwischen uns. Es ist wie Raubtiere zähmen. Beruhigend auf ihn einreden. Ihn nicht aus dem Blick lassen. Ihn dazu kriegen, dass er sich hinlegt. Hinsetzt, meine ich. Dann: Das Messer schrammt über den Plastikschreibtisch. Ein unschönes Geräusch.«

»Karla!« Aber sie war nicht zu bremsen.

»Das verdammte Arschloch, wimmert er nun und beugt sich vor. Sein stinkender Atem fährt mir ins Gesicht. Vor allen Leuten, Karla, vor allen Leuten. Und einfach gegrinst und Schlappschwanz gesagt. Schlappschwanz! Er verzieht den Mund. Nein, bitte – nicht heulen. Heul jetzt bloß nicht los! Zeit, energisch zu werden: Walter, er kommt vor Montag nicht mehr ins Haus. Dann schauen wir weiter. Sicher und bestimmt sagen, was jetzt zu tun ist. Er blinzelt. Schluckt. Aber, fährt er dann auf, ich … Und macht Anstalten, wieder aufzustehen. Seine Wut ist wieder da. Alles geht von vorne los: Ich steche ihn ab. Und Gerhard. Gerhard hat auch gelacht!

Er rappelt sich hoch. Gerhard schläft im Nebenzimmer. Verdammt! Jetzt muss ich schnell sein. Setz dich, fahre ich ihn an. Setz dich sofort hin! Der Ton funktioniert immer. Er gehorcht völlig überrascht. Karla, lallt er. Das Messer knallt mit dem Knauf auf den Tisch. Er stützt sich mit beiden Händen an der Tischkante vor sich ab und starrt mich an. Ich starre zurück. Ich kann seinen Atem riechen. Bier. Schnaps. Billiger Fusel. Knoblauchwurst. Seine Augen werden feucht. Jetzt kommt wieder der Weltschmerz.

Da geht es mit mir durch: Es steht mir bis oben hin, Walter! Ich bin müde. Ich bin scheißmüde, will nur noch ins Bett. Und statt endlich zu schlafen, sitze ich die halbe Nacht hier, weil sich zwei Kerle um ein Weib streiten, das von keinem von euch was will. Außer vielleicht noch einen Schnaps!, schreie ich jetzt und höre, wie nebenan der Fernseher leiser gedreht wird, aber das ist mir egal. Egal, was Ewa sich denkt und die anderen Bewohner, falls noch welche wach sind. Es kotzt mich an, dass ich mir hier mit besoffenen Deppen die Nacht um die Ohren schlagen muss, höre ich mich schreien und merke selber, dass ich unangenehm schrill werde. Ich hole Luft. Er glotzt mit offenem Mund.

Was?, herrsche ich ihn an, als er Anstalten macht, sich wieder hochzustemmen, und rücke ein Stück näher: Soll ich die Polizei rufen? Willst du einen weiteren Durchgang? Weil so ein Scheißer dich provoziert hat, musst du hier austicken und mir das Leben schwermachen? Jetzt gib mir das verdammte Messer und geh ins Bett. Sein Gesicht ist nun ganz grau. Hängende Mundwinkel. Ein alter Mann. Regungslos. Ich schnappe mir das Messer. Er bewegt sich nicht. Tut mir leid, sage ich leiser, ich hab auch nur Nerven. Geh jetzt schlafen! Und plötzlich, Regina, ist die Wut weg. Und ich spüre, wie meine Knie zu zittern anfangen.«

»Du hast *was* gesagt?« Regina war fassungslos.

Karla ging nicht darauf ein. »Ich habe ihn schlafen geschickt.

Die Lade aufgezogen, das Messer weggepackt. Geh schlafen, Walter. Er stemmt sich hoch. Er schwankt leicht. Es reicht für heute. Wir reden morgen. Ich berühre ihn am Oberarm und gehe mit ihm zur Tür, den Gang entlang zu seinem Zimmer. Gute Nacht, murmle ich. Ich bin völlig erledigt. Er hebt den Arm, will noch etwas sagen, schüttelt dann aber den Kopf. Er wankt zu seinem Bett. Als ich zehn Minuten später nachsehe, schläft er bereits. Ich mache das Licht aus.«

Wenige Tage später besuchte Regina die Freundin. Sie parkte ihren Clio schwungvoll direkt vor dem Haus, in dem die Wohngemeinschaft untergebracht war, klingelte zweimal und betrat das Gebäude. Im spartanisch möblierten Aufenthaltsraum – helle abgeschabte Möbel, ein zerschrammter kotfarbener Bodenbelag – saßen drei Bewohner in Freizeitkleidung. Ein älterer Mann mit vernarbtem Gesicht und zahlreichen Tätowierungen drehte sich eine Zigarette. Er musterte sie und murmelte einen Gruß. Zwei jüngere sahen fern. Überquellende Aschenbecher. Regina nickte, durchquerte den Raum und klopfte. Sie platzte mitten in die Dienstübergabe.

Karla schaute auf, lächelte und deutete auf den Sessel neben sich. »Wir sind gleich fertig. Zwei haben sich abgemeldet – Berger und Alfred. Die Letzten sind bis halb vier vor dem Fernseher gehockt und Manuel war dicht, als er mittags heimgekommen ist. Ich hab ihn ins Zimmer geschickt und noch ein paarmal nachgeschaut. War alles in Ordnung. Ah ja, René will morgen um sieben geweckt werden. Er muss aufs Arbeitsamt. Die Medikamente für Gerhard sind im Tresor. Das ist es im Wesentlichen. Wird vermutlich eine ruhige Nacht werden.«

Die Nachtdienstmitarbeiterin nickte und begann ihre Tasche auszupacken. Regina kannte sie schon eine ganze Weile. Sie plauderten, während Karla ihre Sachen zusammensuchte.

»Und?«, fragte Regina und deutete auf das Buch und den Papierberg daneben.

Katharina seufzte genervt. Zwischen ihren hellen Brauen entstand eine kleine steile Falte. »Der Mörder ist ein Psychopath. Durchschnittlich. Unauffällig. Durchgeknallt.«

»Das Opfer?«

Sie machte eine wegwerfende Handbewegung: »Zwei junge Frauen. Beide bildhübsch. Mussten sterben, weil sie ihn abgewiesen haben.«

»Dominante Mutter?«, warf Karla ein.

»Klar«, grinste Katharina. »Das Übliche.« Sie nahm einen großen Schluck Kaffee, stellte die Tasse wieder ab. »Schade um das Papier. Und um die Zeit.«

Regina mochte die Frau. Sie war schon fast so lange dabei wie Karla, machte vier bis fünf Nachtdienste im Monat und schrieb seit kurzem an ihrer Diplomarbeit. Dafür ackerte sie einen Berg von Krimis durch und verfluchte mit schöner Regelmäßigkeit ihre Entscheidung, gerade dieses Thema gewählt zu haben. »Immer die gleiche Schablone. Ich kann es nicht mehr sehen.« Sie liebte Krimis und las wie eine Besessene. Bis vor kurzem wenigstens. Und verborgte ihre Lieblingsbücher ohne die üblichen Vorbehalte und Ermahnungen passionierter Leser. Freunde und Kollegen hatten ihre Buchbestände schamlos auf ihre Kosten vergrößert. Regina selber hatte ein gutes Gewissen. Sie mochte es nicht, wenn zu viel fremdes Zeug in ihrem Haus herumstand.

»Warum schreibst du nicht selber einen?«, fragte sie und grinste breit. »Kauf ich mir sofort.« Sie wusste, was kam.

»Phaaa«, pfauchte Katharina, »niemals!« Sie wickelte eine Locke um den Zeigefinger und fahndete nach Spliss. »Ich hab eines kapiert, Regina: Mach nie, niemals aus deiner Leidenschaft einen Beruf. Was Fixes. Deinen Lebensmittelpunkt. Das geht nämlich gründlich daneben.«

»Liebe ist ein Kind der Freiheit, ich weiß.« Regina merkte selber, dass es kläglich klang. Katharina stutzte kurz, sagte aber nichts.

»Okay, brauchst du noch was?«, meldete sich Karla.

Katharina schüttelte den Kopf. Klar, sicher, verlässlich. Katharina mochte die Leute und hielt sie auf Distanz. »Müde?«, fragte sie dann, ohne Regina anzusehen. Sie wartete die Antwort nicht ab, sondern schnappte sich das Buch und ließ sich bei den Männern vor dem Fernseher nieder.

Karla zog eine ausgeblichene hellgrüne Cordsamtjacke über. Sie hatte es eilig, aus dem Haus zu kommen. »Hast du den gesehen, den Älteren im Aufenthaltsraum?«, fragte sie auf dem Weg zum Auto. »Das ist der Typ, von dem ich dir erzählt habe. Der Betrunkene mit dem Messer.«

»Der wohnt immer noch da? Seid ihr noch zu retten? Was muss passieren, damit bei euch einer rausfliegt?«

»Wohin?«

Regina starrte die Freundin verwirrt an. »Egal wohin.«

»Wohin gehen wir?«

»Ach so.« Beide lachten.

Sie gingen ins Kino und blieben danach noch lange im Auto sitzen. »Ich bin froh, dass du mich abgeholt hast«, erklärte Karla. »Der wird mir unheimlich.«

»Wer jetzt?«

»Walter. Der mit den Tätowierungen. Zwei, drei Tage nach dem Vorfall hat er sich nicht blicken lassen. Dann hat er mir Blumen gebracht. Wohl zur Entschuldigung. Hab ich nicht angenommen. Die Blumen. Und jetzt hockt er die ganze Zeit da, wenn ich im Dienst bin, und starrt mich an.«

»Was sagt er?«

»Nichts. Das ist es ja. Er schaut nur. Mit den anderen redet er ganz normal. Ich habe versucht, das mit ihm zu klären. Lotte hat ihn darauf angeredet, obwohl: Wenn Kollegen dabei sind, benimmt er sich ganz normal. Wenn ich allein bin, starrt er. Das fühlt sich irgendwie krank an.«

»Das ist krank. Du kannst nicht da arbeiten, während ein

Psychopath dich tagelang ins Visier nimmt und seine Fantasien füttert. Ihr müsst den rauswerfen.«

»Er tut ja nichts. Trinkt nicht einmal mehr seitdem. Und schauen ist schließlich nicht verboten. Trotzdem: Mir ist nicht wohl dabei.«

Johanna sah müde aus, als sie später im Ort zu Regina ins Auto stieg. Es war schon dunkel. Die Straßenlampen leuchteten. Als sie den Kiesweg entlangrollten, sahen sie den Kater aufs Nachbargrundstück verschwinden. Er würde morgen mit ein paar neuen Kratzern nach Hause kommen. Auf dem Weg zum Haus gingen die beiden Frauen Arm in Arm. Regina zog Johanna an sich. »Ich weiß nicht, was ich ohne dich machen würde. Ich hätte das nie geschafft.«

Johanna schüttelte den Kopf »Wir sind einfach ein gutes Team.« Sie zögerte. »Ich würde heute noch in dem alten Haus leben, mit den schlecht isolierten Fenstern, dem nicht beheizbaren Badezimmer, dem vollgeräumten, zugigen Dachboden. Ich hätte wohl verkaufen müssen. Endstation Altersheim. Für mehr hätte es mit Sicherheit nicht gereicht.«

»Deine größte Sorge damals, ich weiß.« Regina lächelte in der Erinnerung. Sie hatte sich nicht vorstellen können, dass diese kleine, zähe, drahtige Frau jemals müde werden könnte. Sie betraten das Haus. Regina zog die Schuhe aus und lief barfuß die Treppe hinauf. Sie kam mit einer Flasche Champagner wieder und musste nochmals zum Auto, um die Kelche zu holen, die sie am Nachmittag besorgt hatte. Johannas Augen leuchteten. Regina holte die Pläne, die Kostenvoranschläge. Sie hatte sich entschlossen, das Fundament selber auszuheben. Im Urlaub. Micko hatte ihr seinen Bagger angeboten. Johanna widersprach nicht. In diesen Dingen war Regina geschickt und sicher. Sie würden Fundamentplatten als Untergrund verwenden. Dämmung, die elektrische Fußboden- und Zusatzheizung, die Fliesen sollten ebenso wie der Glasaufbau, Belüftung und Beschattung dann von Profis erledigt werden. Bereits im Vorfeld hatten sie Pläne gewälzt und Regina hatte sich mit Kollegen, einige davon begeisterte Heimwerker, ausführlich beraten.

»Nächsten Winter, spätestens, sitzen wir bereits in unserem Glashaus«, meinte Regina, »und du kannst deine Orchideenzucht in meinen Dschungel integrieren.« Beide lachten. Als Regina gegen halb zwei müde und glücklich nach oben ging, schlief Johanna bereits. Regina machte das Licht aus und stellte sich ans Fenster. Über dem Garten, dem zukünftigen Wintergarten, funkelten die Sterne. Es roch nach feuchtem Gras und Wald. Nachts spürte man schon den nahen Herbst.

Zwei Tage später hatte Paul Glück. Er entdeckte den blauen Clio, als Regina ausparkte, ging schneller und klopfte ans Seitenfenster. Sie blickte genervt auf, eine strenge Falte zwischen den Brauen. Dann verzog sie den Mund zu einem Lächeln und betätigte den Fensterheber.

»Nimmst du mich ein Stück mit?«

»Wohin musst du?«

»Ist zweitrangig.«

Sie machte eine Geste, als zweifelte sie an seinem Verstand.

»Reizend«, bemerkte er. »Ich will einfach nur ein bisschen Auto fahren mit dir. Was ist so schlimm dran?«

»Ich fahre nach Hause.«

»Gut.«

»Du kommst nicht mit.«

»Du kannst mich auf halber Strecke aussetzen, wenn du willst«, meinte er unbekümmert.

»Herr Marek, mir scheint ...« Immerhin – sie lächelte ihn an.

»Okay, ich weiß. Ganz schlechter Ansatz. Vermutlich hab ich mir jetzt alles verbaut.«

Sie schwieg.

Er tat zerknirscht. »Tut mir leid. Sollte lässig wirken. Ich kann das nicht besonders gut.«

»Stimmt«, bemerkte sie.

»Ich würde einfach gern einmal eine halbe Stunde irgendwo mit dir sitzen und plaudern. Ohne Kowalsky. Ohne Kollegen. Ohne Publikum. Ohne Ablenkung. Geht das?«

Sie zögerte einen Augenblick. »Steig ein.« Sie parkte zügig aus, dankte einem braven Opelfahrer, der auf seinen Vorrang verzichtete, und reihte sich ein. Paul schwieg. Reginas Mundwinkel zuckten.

Sie durchquerten die Stadt, kamen immer wieder vor Ampeln zum Stehen. Sie hatte beide Hände am Lenkrad, fuhr sicher und konzentriert. Sie hatte kurz geschnittene Nägel und trug keinen Ring. Paul entspannte sich. Er blickte aus dem

Fenster, vor sich auf die Straße, dann wieder auf die Frau neben sich. Er genoss den Augenblick. Am besten gar nichts sagen. Irgendwann würde sie anfangen und dann ergab eines das andere. Im Übrigen fiel ihm nichts Kluges ein. Als sie den Stadtrand erreichten, hielt Regina an einer Bushaltestelle an.

»Fairnesshalber«, erklärte sie.

Paul verstand nicht.

»Ich hätte dich auch in der Pampa absetzen können. Irgendwo inmitten einer Reihenhaussiedlung oder am offenen Feld.«

»Reihenhaussiedlung ist gut«, bemerkte er. »Ich wohne da. In der Pampa.«

Sie fuhr wieder los. »Freiwillig?«

»Nicht ganz.« Seine Erfahrung sagte ihm, dass jedes weitere Wort der Erklärung auf der Minusseite verbucht werden würde. »Eine Übergangslösung. Ich suche mir wieder was in der Stadt.«

Sie nickte.

»Du hast ein Haus, oder?«, begann er wieder.

»Ich wohne in einem Haus, ja«, korrigierte sie. »Mit Garten.«

»Micko hat erzählt, dass du einen Wintergarten planst.«

Regina warf ihm einen raschen Blick zu. Schmale Augen, wieder die steile Falte zwischen den Brauen. Sie biss sich auf die Lippen.

»Wenn du Hilfe brauchst …«

Sie zögerte. Bedankte sich. Es klang nicht, als wollte sie sein Angebot annehmen. Wieder schwiegen beide. Es war wenig Verkehr. Paul Marek blickte vor sich hin, manchmal zu ihr, lächelte. Er fasste sich an den Nacken, wollte etwas sagen. Ließ es bleiben. Ein entgegenkommender BMW betätigte die Lichthupe, der Fahrer winkte Regina zu. Sie reagierte nicht, sondern beugte sich genau in dem Moment zu Paul hinüber und lächelte ihn an. Er hatte Lust, sie zu küssen. Der Wagen verschwand im Rückspiegel. Regina konzentrierte sich wieder auf die Straße. »Wo wohnst du genau? Wo soll ich stehen bleiben?«

»In der Siedlung nach der Abzweigung. Wir könnten noch einen Kaffee bei mir trinken«, schlug Paul vor.

»Danke. Geht heute nicht.«

»Ein andermal?«, fragte er und löste den Gurt.

»Mal schauen«, beschied sie ihm. »Sag, fährst du die Strecke eigentlich immer mit dem Bus? Ist ziemlich weit.«

»Morgen schon. Mein Auto steht in der Justizgarage. Und das Motorrad in der Werkstatt.«

Sie lachte. »War es das wert?«

»Schon«, sagte Paul.

Am nächsten Morgen holte sie ihn ab. Er wartete wie vereinbart an der Abzweigung, in Jeans und weißem Hemd, den Rucksack über der linken Schulter. Er war früher aufgestanden als sonst, hatte sich sorgfältig rasiert und das teure Parfum verwendet, das Karin so toll gefunden hatte. Er war müde. Ein bisschen aufgeregt.

Sie hielt neben ihm an, beugte sich über den Beifahrersitz und öffnete ihm die Tür. Einen Augenblick waren sie einander ganz nahe. Ihre Lider senkten sich. Sie schnupperte, lächelte.

»Gut geschlafen?«, fragte sie und fuhr los.

»Schön geträumt«, grinste er.

Dann schwiegen sie. Sie hörten Musik – eine Art Tango, mit Elektrobeats unterlegt –, während sie sich der Stadt näherten. Über den Häusern färbte sich der Himmel rot.

Dann brach die Sonne durch.

Keine zwei Wochen später blieb Regina das erste Mal bei ihm. Sie erklärte ohne Umschweife, was sie sich vorstellte: ein entspanntes Miteinander hin und wieder, keinen Alltag. Er stimmte zu. Genau das wollte er auch. Sie sahen einander regelmäßig. Gingen manchmal essen, ins Kino. Schliefen miteinander. Es war schön mit ihr. Er fühlte sich wohl.

Was immer Hassler erwartet hatte: Ihre Antwort machte ihn sprachlos. Fünf eng beschriebene Seiten in ihrer sauberen Lehrerinnenschrift erklärten ihm, was er bereits von Varga wusste. Sie bot an, ihm etwas Geld zu überweisen, falls er ein Startkapital brauche. Dies sei allerdings eine einmalige Angelegenheit. Sie wolle keinen Kontakt mehr und ersuche ihn, das zu respektieren. Das Entsetzliche aber war ein Nebensatz, dessen ganze Tragweite er erst nach mehrmaligem Lesen erfasste. Wie immer er es drehte und wendete – wenn er nicht schnellstens etwas unternahm, würde er hinter diesen Mauern verrotten. Oder binnen kürzester Zeit wieder hier landen und erst als alter Mann, wenn überhaupt, entlassen werden.

Er hatte die besten Bedingungen, bald wieder in Freiheit zu sein: ein positives Gutachten. Disziplin und eine gute Vorbereitung hatten sich bezahlt gemacht. Die Gutachter trafen auf einen offenen, interessierten Hassler, der kleine Fehler zugab und viel fragte. Der bedauerte, dass er die ersten Jahre jegliche Therapie abgelehnt und später nicht mehr die Möglichkeit dazu gehabt hatte. Von »manipulativen Fähigkeiten« – wie in seinem Gutachten vor der Verhandlung – war nicht mehr die Rede. Er war verblüfft, dass man ihm einen überdurchschnittlichen IQ attestierte. Einer Entlassung bei entsprechender Vorbereitung im Laufe des nächsten halben Jahres stand von Gutachterseite nichts mehr entgegen. Freilich würde man ihm einen Bewährungshelfer zur Seite stellen. Der Gutachter regte außerdem eine Psychotherapie an, und Hassler verfluchte sich, dass er Bereitschaft dazu gezeigt hatte. Benkö beruhigte ihn: So etwas war obligatorisch. Da musste man durch.

Hassler kannte sein Gutachten mittlerweile fast auswendig: Ihm wurde ein etwas abgeflachter Affekt bestätigt. Das schien jedoch kein Problem zu sein. Er war nachgereift, konnte seine Impulse kontrollieren. Die Eheschließung während der Haft wurde nicht als zusätzlicher Stabilisierungsfaktor angesehen, da die Beziehung noch nicht alltagserprobt war. Man konstatierte jedoch, dass die Gattin ihm regelmäßig schrieb und verlässlich zu Besuch kam.

Hassler hatte zuletzt den Kontakt zu den anderen beiden Frauen, die ihm geschrieben hatten, eingestellt. Er wollte kein Risiko eingehen. Wenn nötig, konnte er die Kontakte wiederbeleben, wenn er erst in Freiheit war. In Freiheit! Zunächst musste er mehrere begleitete Ausgänge mit dem Sozialarbeiter absolvieren. Das sollte nächste Woche losgehen. Gemeinsame Fahrt in die Stadt, ein paar Amtswege, Kaffeehaus und Besuch bei der Gattin. Hassler hatte freilich wenig Hoffnung, dass sein Wachhund ihn zwei, drei Stunden allein ließ. Die Zeit würde auch nicht reichen, um ins Dorf zu fahren und sich selber ein Bild zu machen.

In der Nacht fand Hassler keinen Schlaf. Sollte er den Sozialarbeiter bitten, ihn zu ihr zu begleiten? Ihn dabei zu unterstützen, dass … Konnte er sagen, dass er sich entschuldigen wollte, sich wieder versöhnen? Andererseits – wusste der von ihrem Brief? Für die Zensur war eine eigene Stelle zuständig. Die Sozialarbeiter saßen im Team, das für die Entlassungsvorbereitungen zuständig war, und die hatten ja wohl Zugang zu allen Unterlagen. So kam er nicht weiter. Besser, er versuchte zu schlafen, damit er morgen einen klaren Kopf hatte. Er starrte an die Decke und versuchte sich zu entspannen. Die Zeit verrann, der Himmel wurde heller. Hassler machte sich einen Kaffee und schrieb an Yvonne. Er war nicht bei der Sache. Er quälte sich die Sätze ab, sprach von Sehnsucht und was sein würde. Danach. Wenn sie endlich in seinen Armen lag. Ehrlich gesagt konnte er sich nicht vorstellen, wie das sein würde. Yvonne war hübsch, aber füllig. Und in seinem Alter. Er hatte immer schlanke Mädchen gemocht. Die Gedanken kamen und gingen. Was, wenn er den Sozialarbeiter erst draußen mit seinem Wunsch konfrontierte? Beim zweiten oder dritten Mal, wenn der gesehen hatte, dass Hassler zuverlässig war. Statt zu verhandeln, dass er ein, zwei Stunden allein mit Yvonne, mit seiner Gattin, bleiben konnte, würde er darauf zu sprechen kommen, wie sehr es ihn bedrückte, dass seine Tante ihm immer noch nicht verziehen hatte. Ja, dachte Hassler. Das war gut. So etwas mochten sie. Er konnte um Hilfe bitten: Das liegt mir wirklich am Herzen, wissen Sie. Es fällt mir nicht leicht, darüber zu reden. Sozialarbeiter glaubten so was. Seiner wenigstens, da war sich Hassler sicher.

»Na, Kowalsky, ich hoffe, du hast deine besser im Griff«, feixte der dicke Wasserbauer mit einem Seitenblick auf Regina.

»Ist nicht jeder für diese Arbeit gemacht«, antwortete Kowalsky gleichmütig. »Es wäre sicher auch interessant, einmal zu schauen, was deine rechten Recken in ihrer Freizeit so treiben.«

Regina wusste, worum es ging. In der Kantine war seit gestern von nichts anderem die Rede: Eine junge Kollegin aus einem Strafhaus hatte ein Verhältnis mit einem Insassen begonnen und ihn auf der Flucht in ihrer Wohnung versteckt.

»Die Weiber sind ein Sicherheitsrisiko«, schwadronierte Wasserbauer und streckte Regina die Hand hin. Sie hielt den Atem an und ließ ihn stehen. Kehrte ihm den Rücken zu und kontrollierte die Standtafel. »Wir müssen heute noch die zwei Neuen in die Viererzelle hinten links verlegen«, sagte sie.

Kowalsky nickte. »Nach dem Wäschetausch. Ich mache da weiter. Du löst den Manni ab, damit er essen gehen kann. In einer halben Stunde kommen die Leute vom Hofgang zurück.«

Wasserbauer ließ nicht locker. »Ich verstehe nicht, was ein Weib auf einer Männerabteilung zu tun hat. Wenn's dann hart auf hart geht, müssen wir eingreifen. Ganz abgesehen davon sind die Weiber einfach labiler, haben ein weiches Herz … und die Ganoven nützen das aus.«

»Bist du jetzt fertig?« Kowalsky wurde laut. »Du redest Scheiße. Und das weißt du. Dich möchte ich bei einem Einsatz sehen, wenn's um etwas geht! Meine Kollegin hier hat letztes Jahr eine Geiselnahme verhindert. Und bevor ich einen von deinen Rambos in mein Stockteam nehme … ach, leck mich! Hast du eigentlich nichts zu tun, Herr Personalvertreter?«

Wasserbauer lachte. »Bin im Dienst. Wenn wir bei den Wahlen zulegen, werden wir aufräumen, Kowalsky. Den Wachkörper säubern. – Frau Kollegin?« Er machte eine übertriebene Verbeugung. Regina reagierte nicht. Seine Ausdünstungen verschlugen ihr den Atem.

»Sauf weniger«, knurrte Kowalsky. Er erhob sich, begrüßte einen Vorführer mit Handschlag und verließ den Raum. Regina übernahm den Insassen zum Einschluss. Der ältere Mann wartete geduldig vor dem Dienstzimmer, trottete dann neben ihr her zu seinem Haftraum. Sie schaute durch den Türspion, bevor sie aufschloss und den Balken entriegelte.

Manninger bog mit zwei Hausarbeitern um die Ecke. »Alles fertig, bis auf die Duschen.«

»Manni, du gehst essen. Regina löst dich ab«, bestimmte Kowalsky.

Wasserbauer watschelte über den frisch gewischten Gang zur Nachbarabteilung. »Rutsch aus und brich dir die Knochen«, murmelte Regina und versperrte den Haftraum. Sie nickte Manninger zu: »Mahlzeit!«

Die Hausarbeiter setzten sich mit dem Wagen mit den Putzutensilien in Bewegung. Regina sperrte die Duschräume auf und blieb vor der Tür stehen, während die zwei Männer über die Wandfliesen und Böden wischten. Sie hatten eine klare Aufteilung und arbeiteten, ohne viel zu reden, ruhig vor sich hin. Kowalsky wählte seine Leute mit Bedacht. Kapos und Großmäuler kamen ebenso wenig in Frage wie Denunzianten und Erstmalige, die die Spielregeln nicht kannten. »Ich muss den ganzen Tag mit ihnen verbringen«, pflegte Kowalsky zu sagen. »Die meisten Kollegen kann ich mir nicht aussuchen. Meine Fazis schon. Also …«

Regina starrte vor sich hin. Sie war nervös und dachte an ihr gestriges Gespräch mit Johanna, das aus einer kleinen Nebenbemerkung entstanden war.

»Du steigerst dich da in etwas hinein, Regina!«

»Das verstehst du nicht.« Sie ist wohl auch gekränkt, dachte Regina.

»Du schämst dich für mich.«

»Das stimmt nicht. Du verstehst das nicht«, wiederholte sie.

»Niemand kann dir etwas vorwerfen. Du bist Beamtin, gut.

Und ich die Wahltante eines verurteilten Mörders. Wir sind nicht verwandt, Regina. Edgar ist nicht mein Sohn. Nicht mein Neffe. Und selbst wenn – es gibt doch keine Sippenhaftung!«

»Früher durften Beamte mit Insassen kein Wort wechseln.«

»Hat man befürchtet, der Beamte könnte sich anstecken mit den schlechten Eigenschaften des – wie nennt ihr das? – Gestrauchelten? Und selber kriminell werden? Das ist doch lachhaft! Schau dich um: Es gibt nicht wenige von euch, die sogar im Milieu verkehren, keine Berührungsängste haben. Einige könnten genauso gut auf der anderen Seite stehen. Erzähl mir nichts von den Tugenden deiner Kollegen.« Ein hartes Lachen.

»Wenn wir einander draußen kennengelernt hätten …«

»Haben wir aber nicht. Ich verstehe nach wie vor nicht, warum du allen erzählt hast, ich sei deine Tante.«

»Wahltante.«

»Wahltante. Gut, was ändert es? Was befürchtest du?«

»Dummes Gerede. Dass die Kollegen, Kowalsky … Ich hab mich sehr weit rausgelehnt am Anfang.«

»Miss Moral, ich weiß. Das ist achtzehn Jahre her.« Johannas Stimme klang plötzlich sanft.

»Frauen dürfen sich in dem Bereich keine Fehler erlauben. Darauf warten die Kollegen nur. Und einer wie mir – da kannst du sicher sein – trägt man das nach. Wenn es aufkommt.«

»Einer wie dir! Was für ein Schwachsinn!«

»Herbergenkind. Bankrotteurstochter. So eine muss beweisen, dass sie … So eine wird anders bewertet.« Johanna wusste von den schwierigen Verhältnissen, aus denen sie stammte. Von den häufigen Ortswechseln, dem jahrelangen Drama um Pfändungen und Delogierungen, der Inhaftierung des Vaters und ihrer Heimunterbringung während dieser Zeit.

Sie sah Johanna den Kopf schütteln. »Denkst du, du bist die Einzige bei euch, die es schwer hatte? Und, Regina, wie lange liegt das alles zurück? Mehr als zwei Jahrzehnte! Du klammerst dich da an etwas. Es wird Zeit, dass du endlich loslässt, vergisst. Die Beamten, die deinen Vater gekannt haben, sind längst in Pension. Niemand denkt mehr daran. Und unser beider Geschichte: Angenommen, jemand stellt eine Verbindung zwischen mir und Edgar her. Was passiert? Nichts. Man redet vielleicht kurz darüber. Und das war's dann.«

»Du verstehst das nicht.« Sie drehten sich im Kreis.

Scharfer Putzmittelgeruch riss Regina aus ihren Gedanken. Die Hausarbeiter packten ihre Sachen zusammen. Der kleine Knochige, der neu in der Truppe war, wischte mit dem Mopp noch zwei-, dreimal über die Schwelle und wandte sich dann um.

Regina löste sich von der Wand und betrat den Raum. Ihr Blick tastete die Fliesen entlang. Kontrollierte Duschen und Waschbecken. Langsam fasste sie sich. »Passt. Gehen wir.«

»Moment noch.«

Sie drehte sich um. Ihre Fußspuren waren auf dem sauberen Boden deutlich zu sehen. Der Mann mit dem Mopp wischte noch einmal nach. Es war ihr unangenehm. »Entschuldigen Sie. Ich war in Gedanken.«

»Passt schon«, beschied er. Dann eilte er dem anderen nach.

Ein schrilles Klingeln fuhr unvermittelt in Reginas Schlaf und ließ sie mit wildem Herzklopfen hochfahren. Verwirrt blickte sie um sich. Der Wecker zeigte halb neun. Regen rauschte aufs Dach und lief die Scheiben entlang. Das Handy! Sie setzte sich im Bett auf, schwang die Beine auf den Boden und strich sich verschlafen die Haare aus dem Gesicht. Ihr blaues T-Shirt war zerknittert, die gestreiften Baumwollshorts hingen auf den Hüften. Sie zog sie hoch. Mit kleinen Augen blinzelte sie in den grauen Tag. Hatte sie verschlafen? Hatte sie Dienst? Nein. Sonst hätte Johanna längst geklopft. Das Läuten setzte aus und begann erneut. Sie musste den Klingelton ändern. Heute noch.

Und jedenfalls abends das Handy ausschalten, wenn sie am nächsten Tag freihatte. Regina angelte nach dem Ding und starrte auf das Display: Karla.

»Morgen. Stör ich?«

»Hm«, krächzte Regina.

»Mist. Ich hab dich geweckt. Tut mir leid.« Die Freundin klang zerknirscht.

»Ist okay. Ich sollte ohnehin ...« Regina ließ den Satz in der Luft hängen. Schlafwetter. Sie liebte Regentage. Lange schlafen. Die Zeit vertrödeln. Am Nachmittag sich ein, zwei Filme ansehen. Das Haus nicht verlassen. Übermorgen hatte sie sowieso wieder Dienst.

»Ich komme auf dein Angebot zurück.«

»Mein Angebot?« Regina hatte keine Ahnung, worum es ging, aber Karla ließ sich ohnedies nicht bremsen.

»Ich hab mir zehn Tage Urlaub genommen. Abstand. Ruhe. Die Kollegen schupfen den Laden schon. Jetzt ist sogar der Chefin aufgefallen, dass mit dem Walter etwas nicht stimmt. Dass der irgendwie auf mich fixiert ist. Also kein Problem mit einem Urlaub. Ich soll mich entspannen, und die klären das in der Zwischenzeit.«

»Klären? Ich hoffe, der fliegt endlich raus.«

»Ja, das wünsche ich mir mittlerweile auch. Regina, ich glaube, der schleicht mir nach.« Karlas Stimme klang gepresst.

»Was heißt das? – Karla?« Regina kannte die Freundin als unerschrocken. Nun klang sie nahezu panisch.

»Ich glaube, dass Walter mir nachspioniert. Ich wohne ja ganz in der Nähe. Mir ist zwar nichts aufgefallen am Weg. Aber: Gestern Abend stand auf der anderen Straßenseite ein Typ, der lange zu meinem Fenster heraufgestarrt hat. Ich hab die Tür verriegelt und bin die ganze Zeit im dunklen Wohnzimmer gehockt. Ein beschissenes Gefühl, glaub mir.«

»Der Psychopath aus der Wohngemeinschaft?«

»Ein Mann. Ich konnte ihn nicht gut sehen. Er stand im Torbogen des niedrigen Hauses mit dem abblätternden Verputz, du weißt schon.« Sie stockte. »Ich hab mit Kilian telefoniert und gehört, dass Walter unterwegs ist. Für heute Nacht abgemeldet. Regina, ich drehe noch durch! Ich bin doch sonst nicht so.«

»Hast du die Polizei angerufen?«

»Weil ich mich im Dunkeln fürchte? Und was, wenn ich einfach langsam hysterisch werde? Und das bloß irgendein Mann ist, der zufällig da steht? Auf eine Nachbarin wartet? Ich mach mich doch nicht lächerlich! – Danijel hab ich angerufen. Aber ich habe ihn nicht erreicht.«

»Karla, das ist doch … ich meine …«

»Kann ich ein paar Tage bei dir bleiben? Also – bei euch?«, fiel Karla jetzt mit der Tür ins Haus. »Danijel ist noch bis Mittwoch nächster Woche in München, und ich glaube, wenn ich bis dahin in der Wohnung bleibe, bin ich reif für die Psychiatrie.«

»Ist gut. Ich sage Johanna Bescheid. – Wann kommst du?«

Karla druckste herum.

»Soll ich dich abholen?«

»Ja. Danke. Das vergesse ich dir nie! Mir ist das echt peinlich. Aber – ich erzähl es dir später, gut?«

»Ich bin um zehn, halb elf da. Ohne meinen Kaffee bin ich nicht einsatzfähig.«

»Danke«, murmelte Karla. »Du bist ein Schatz.«

Regina nickte und schlurfte ergeben Richtung Bad.

Als die beiden Frauen zu Mittag unter einen großen Schirm geduckt zum Haus liefen, ertrank der Garten im Regen. Es hatte deutlich abgekühlt. Regina war froh, ins Trockene zu kommen. Karla schälte sich vorsichtig aus der nassen Jacke und stellte ihre gelben Regenstiefel und die kleine prall gefüllte Reisetasche im Vorraum ab. Sie umarmte Johanna, die beim Kochen war, und lief dann in dicken Socken in der Küche hin und her, setzte sich, sprang wieder auf. Schaute aus dem Fenster, stellte sich zu Johanna an den Herd. »Ich bin so froh, da zu sein.« Sie aßen miteinander zu Mittag und plauderten über Belanglosigkeiten. Karla entspannte sich nach und nach. Sie lobte Johannas Backkünste und nahm sich ein zweites Stück Apfelstrudel. Regina fragte nichts. Karla würde erzählen, wenn ihr danach war.

Nach dem Kaffee gingen die Freundinnen nach oben. Karla warf sich rücklings auf das große Bett und starrte an die Decke. Ihre Haare waren wieder trocken und kringelten sich in alle Richtungen. Sie sah in ihren bunten Klamotten aus wie ein junges Mädchen. »Ich glaube, dass Danijel mich betrügt«, begann sie unvermittelt und starrte an die Decke. »Wahrscheinlich schon seit unserer Hochzeit.«

Regina runzelte die Stirn. Karla und Danijel galten als Vorzeigepaar. Von Problemen war nie die Rede gewesen. So hatte auch Regina nur wenig von Wolfgang erzählt: dass sie verliebt war. Glücklich mit ihm. Und später, dass es vorbei war. So etwas machte man mit sich selber aus.

»Ich muss einfach mit jemandem reden, Regina. Mit einer, die das versteht.«

Regina nickte. Ja, das verstand sie: wie das war, betrogen zu werden. In ihrem Fall mit der Ehefrau. Sie lächelte bitter.

»Es begann vor zwei Jahren, ich erinnere mich genau: ein Dienstag. Kurz vor der Übersiedlung in die neue Wohnung. Es ist beschissen kalt. Ich habe eine furchtbare Nacht hinter mir und bin entsprechend kaputt.« Sie beschrieb das ganze Rundherum. Regina lächelte nachsichtig. Karla war so: Sie wollte sichergehen, dass man verstand. Man brauchte kaum nachzufragen. Wenn Karla sich entschlossen hatte zu erzählen, dann in allen Einzelheiten. »Gegen eins läutet das Telefon das erste Mal. Ich fahre aus dem Schlaf hoch und erschrecke den Kater. Er verpasst mir einen Kratzer über die linke Wange und tobt wie von Furien gehetzt durch die Wohnung. Danijel sollte längst da sein, aber seine Bettseite ist unberührt. Ich lasse es läuten. Der Verrückte gibt nach etwa fünf Minuten auf. Ich liege lange wach. Der Katz' kommt wieder ins Bett und macht es sich auf meinem Bauch bequem. Er schnarcht.«

Regina schloss die Augen.

»Hörst du mir zu?«

Regina nickte. »Ja.«

»Zehn nach vier läutet es wieder. Ich liege im Bett, starre ins Dunkel und warte. Der Irre hat entschieden mehr Geduld als ich. Ich stürze ans Telefon und reiße den Hörer ans Ohr. Ich höre ihn atmen. Ein Klopfgeräusch. Dann leises Lachen. Er legt vor mir auf. Mein Puls hämmert. Ich bin erschöpft, mir ist zum Weinen. Der Kater tapst ins Wohnzimmer und bleibt mitten im Raum sitzen. Der Mond wirft einen langen hellen Streifen quer über den Boden, der Wind heult ums Haus. Wie in einem beschissenen Thriller. Die Augen des Katers leuchten gelb. Er kommt näher. Ich nehme ihn hoch und vergrabe mein Gesicht in seinem Fell. Er riecht nach meinem Parfum. Beginnt leise zu schnurren. Mir ist zum Heulen. Nach drei Minuten hat er genug und beißt mich in den Zeigefinger.« Karla schwieg und starrte an die Decke.

»Und?« Regina öffnete die Augen. Der Regen trommelte aufs Dach und platschte auf die Dachfenster. Es wurde dunkler.

»Ich friere«, fuhr Karla fort und starrte an die Decke. »Ich zittere. Bin wütend. Wieder ruft dieser Irre an, als ob er wüsste, dass ich allein bin. Zum ersten Mal bin ich mir nicht mehr sicher, ob das ein Mann ist. Das Lachen klingt weich, ein wenig spöttisch. Es kann genauso gut eine Frau sein. Eine etwas ältere Frau. Eine, die allein, betrunken und frustriert einer anderen Angst machen will. Plötzlich bin ich hellwach. Erinnere mich, wie das war – vor einem Jahr: Da rief eine immer wieder an, meistens gegen Morgen, und weinte ins Telefon. Fragte: Ist er bei dir? Sag, ist er da? Eine melodische dunkle Stimme mit weichen Vokalen. Ich: Wer sind Sie? Hallo, sagen Sie was. Ihr Schluchzen. Dann höre ich die Türe gehen. Dani steht hinter mir, noch die Nachtluft und Rauchgeruch in den Kleidern. Er nimmt mir den Hörer aus der Hand. Sagt ›falsch verbunden‹. Er klingt kühl, sehr fremd. Legt auf. Es läutet noch ein paarmal. ›Geh nicht ran‹, sagt Dani. ›Eine Verrückte. Wir wechseln die Nummer.‹«

»Das ist doch kein Beweis, dass er fremdgeht«, wandte Regina ein. Sie merkte selber, dass es wenig überzeugend klang.

»Es passiert wieder. Nach einer längeren Pause: Anrufe. Und wenn ich mich melde, ist eine Frau dran, die nach ihm fragt. Wir streiten. Es gibt unschöne Szenen. Er nennt mich verrückt. Hysterisch. Deine Eifersucht, sagt er, macht mich noch wahnsinnig. Aber, Regina, sag: Was soll ich mir denken?«

»Und jetzt?« Regina ging nicht darauf ein.

»Jetzt? Ist er in München. Ich hoffe, allein. Ich muss mir darüber klar werden, was ich will. Weißt du, manchmal denke ich, ich bilde mir das alles nur ein. Dann wieder bin ich mir sicher, dass er mich unentwegt bescheißt. Er ist ja viel unterwegs, da ist das ganz einfach.« Ihre Stimme brach.

»Hey, weinst du?« Regina sah die Freundin an.

Karla schüttelte energisch den Kopf und schniefte. »Es ist nur zu viel. Alles. Ich sehe vielleicht Gespenster. Ich hab keinen Kopf für die Arbeit. Ich beginne mich zu fürchten. Vor den Bewohnern, stell dir vor! Früher konnte ich im Job gut abschalten.« Sie rollte sich auf den Bauch und schluchzte.

Regina schwieg. Sie legte den Arm um die Freundin, bis sie sich beruhigt hatte.

»Wird wieder, oder?«, fragte Karla mit einem zaghaften Lächeln.

»Wird wieder«, bestätigte Regina. Das mit dem Job, dachte sie. Das schon.

Dann war der große Regen vorbei. Karla half Johanna im Haus. Regina hatte Dienst. Abends saßen sie im Garten oder machten einen Spaziergang über die Felder, aber Regina merkte bald, dass Karla unruhig war. Zappelig wurde. Die Stille machte sie nervös. Gegen Ende ihres Urlaubs ging sie zwei-, dreimal in den Ort, schlenderte zum Bäcker, brachte Kuchen und Grüße von Petra mit. Sie ging noch einmal hin, um einzukaufen, weil sie etwas vergessen hatte. Sie telefonierte mehrmals mit ihrem Kollegen Kilian und ein paar Bekannten, saß einmal nachts auf der Bank vor dem Haus und stritt sich am Telefon mit Danijel. Regina schloss das Fenster und stellte sich schlafend, als sie die Türe gehen hörte. Karla blieb eine Weile still in der dunklen Küche stehen und tappte dann in ihr Zimmer. Am Montagabend kochte sie für alle und bedankte sich. Sie wirkte vergnügt, als sie am Dienstag zu Regina ins Auto stieg. »Du kannst mich bei der U-Bahn-Station rauslassen. Ich fahre zum Flughafen. Danijel kommt um neun Uhr an.« Von einer Bedrohung, von einem Betrug war nicht mehr die Rede.

Zwei Wochen später klagte Johanna über leichte Übelkeit, Kopfweh und Schmerzen im linken Arm. Sie war müde und wollte schlafen. »Bleib ein bisschen hier bei mir sitzen.«

Regina war beunruhigt.

»Ich brauche keinen Arzt«, wehrte Johanna ab, als sie zum Telefon griff. So saß sie in der Dämmerung an Johannas Bett, bis sie selber wegdöste. Als sie verspannt und mit steifen Gliedern aufwachte, ging sie nach oben in ihr Bett. Johanna atmete ruhig und gleichmäßig, ihr Puls war stabil, ihr Gesicht glatt und entspannt.

Am nächsten Morgen war sie tot.

Wolfgang kam und stellte den Totenschein aus. Er drückte Regina die Hand und blieb eine Weile so stehen. Es tue ihm leid, sagte er. Keine Floskeln, kein Trost. Regina nickte. Sie waren unbeholfen im Umgang miteinander. Die Situation hatte etwas Unwirkliches. Sie wusste, dass Johanna tot war, aber sie begriff es nicht. Die Sonne schien. Die Vögel sangen. Sie starrte auf den Totenschein. Sie schaute Wolfgang an. Sie fühlte nichts. Johanna lag in ihrem Zimmer. Johanna war tot. Wolfgang verständigte die Bestattung. Den Pfarrer. Er versprach, am Abend wiederzukommen. Sie lehnte ab.

»Hast du jemanden, der sich um dich kümmert?«

Sie nickte. Sie rief niemanden an. Sie saß an Johannas Bett, bis der Leichenwagen kam. Sie wandte sich ab, als er wegfuhr. Sie überstand das Beten in der Aufbahrungshalle, das Begräbnis, an dem der ganze Ort teilnahm – die Reden, die Musik, die Beileidsbekundungen –, wie in Trance. Sie schrieb an Johannas Wahlnichte in Südafrika, wie Johanna es gewollt hatte. Nicht an deren Bruder. Sie beantwortete die Beileidschreiben. Sie ging manchmal zum Grab. Sie fühlte sich verloren dort. Der Ort war leer.

Der Dienst machte es Regina leichter, die Tage zu überstehen. Sie war abgelenkt, beschäftigt – und abends müde genug, um gleich einzuschlafen.

Zu Mittag war es auf der Abteilung gewöhnlich ruhig. Regina holte sich nach dem Essen einen Kaffee und blätterte in der Zeitung. Kowalsky war mit Verwaltungskram beschäftigt. Manninger sortierte die Vorführzettel. Er blickte genervt auf, als es läutete. Drückte den Sprechknopf. »Ja bitte?«

»Die Fünfer schon wieder?«, fragte Kowalsky über die Schulter.

Manninger nickte und seufzte. »Das geht schon die ganze Zeit so.«

»Wann kommt der Aaaarzt?«

Er beugte sich vor und drückte erneut auf den Knopf. »Sie haben gerade erst ein Schmerzmittel bekommen. Das dauert eine Weile, bis es wirkt. Legen Sie sich hin und …«

»Ich will was Stärkeres. Das hilft nicht.«

»Das ist die Höchstdosis. Sie haben es erst vor zehn Minuten genommen. Es dauert eine Viertelstunde, bis die Wirkung einsetzt.«

»Scheiß Justizler.« Es klang weinerlich.

Regina sah auf. Manninger winkte ab. »Ich hab's nicht gehört.«

Kowalsky lachte. »Ist vielleicht eh besser.« Er wandte sich an Regina: »Du schaust müde aus.«

Sie nickte. »Es ist … ich …«

»Die erste Zeit ist die schlimmste. Es wird besser«, versuchte er sie zu trösten.

Die Gegensprechanlage. »Nicht schon wieder!«, stöhnte Manninger. »Ja?«

Regina wurde unruhig.

»Sag ihm, ich komme gleich.« Kowalskys Gesicht rötete sich. Er warf die Listen, die er kontrollierte, auf den Tisch und machte Anstalten aufzustehen.

Regina kam ihm zuvor. »Ich gehe schon. Vielleicht ist es ja wirklich … vielleicht hat er …«

»So schnell stirbt man nicht!«, beschied Kowalsky.

Regina erstarrte.

Kowalsky biss sich auf die Lippen. »Entschuldige«, murmelte er.

Es läutete wieder. »Bitte?« Manninger klang resigniert.

»Kann man dem nicht endlich etwas geben? Das ist ja zum Wahnsinnigwerden! Das hält ja keiner aus! Müssen wir den Haftraum anzünden, muss sich wer schneiden, bis endlich einer von euch reagiert?«, brüllte es aus dem Lautsprecher. »Der muss raus aus der Zelle. Verlegt ihn, holt endlich einen Arzt – oder es passiert was!«

Regina justierte ihre Uniform. Sie tippte Manninger auf die Schulter. »Ich kümmere mich darum.« Sofort war Kowalsky an ihrer Seite.

»Es kommt gleich jemand«, unterbrach Manninger den Insassen, der lautstark schimpfte.

»Gehen wir«, sagte Kowalsky. »Sonst ist da gar keine Ruh' mehr.« Er vermied ihren Blick.

Am Nachmittag ging Regina zum Friseur. Ihre Haare waren nun dunkler und sehr kurz. Wenn sie lächelte, ähnelte sie einer jüngeren Jamie Lee Curtis.

»Jetzt auch noch die kurzen Haare«, hörte sie Kowalsky am nächsten Tag schimpfen. »Was ist so schlimm daran, wie eine Frau auszusehen, wenn man eine ist? Na?«

Kowalsky wurde immer runder, Regina hatte sichtbar abgenommen.

»Die werden glauben, ich fresse dir alles weg«, beklagte sich der Mann, dem anderer Leute Meinung noch nie wichtig gewesen war. Kowalsky tat ihr gut. Er hielt sie mit Arbeit auf Trab und forderte sie mit seinem Mundwerk. Verabreichte ihr seine Weisheiten wie ein Arzt dem Genesenden seine Medizin. »Arbeit hilft immer«, erklärte er. »Schau, dass du ihre Sachen aus dem Haus bringst. Du willst deiner Tante doch keinen Altar errichten.«

Regina zuckte die Schultern. Sie nagte an der Unterlippe.

»Niemand hindert dich daran, Erinnerungsstücke zu behalten«, stellte Kowalsky fest, »Dinge, die dir etwas bedeuten.«

»Wie war das«, Regina stockte, »damals bei deiner Frau?«

Kowalskys Gesicht verschloss sich. Seine Pranken lagen reglos vor ihm auf dem Tisch. Links trug er immer noch den Ehering, der ins Fleisch einschnitt. »Ich habe in einer Nacht alles von den Bügeln gerafft. In Schachteln gepackt.« Er starrte vor sich hin. »Der Geruch, ihr Parfum, das aus den Kleidern stieg, war das Schlimmste. Er hat mir die Kehle zugepresst. Als wäre sie noch da ...« Er machte eine hilflose Geste. Schwieg. »Unsere Kleine ... ihr Weinen ...« Er brach ab. Die Minuten verrannen. Kowalsky fasste sich. Seine Stimme klang spröde. »Gleich am nächsten Morgen habe ich alles in die Stadt gebracht. Zur Kleidersammlung. Und dann ihre Möbel. Ihren Schminktisch, die Kommode. Den Spiegel.« Er drehte sich um. Er sah müde aus.

»Jeder ist anders«, fuhr er fort. »Ich kenne ein Paar, das hat sein Kind verloren. Vor Jahren schon. Das Kinderzimmer ist unverändert. Sein Pyjama liegt auf dem aufgedeckten Bett.« Kowalsky wischte sich mit der Hand über das Gesicht, als müsste er sich von Spinnweben befreien. Sein Blick ging nach innen. »Man kommt der Einsamkeit nicht aus. Der Verlust bleibt«, sagte er dann. Regina machte einen Schritt auf ihn zu und hob den Arm.

Er wandte sich abrupt um. »Lass das! Heb lieber den Arsch und kümmere dich um die Essensausgabe, bevor hier die Revolte losbricht. Geh schon!«, knurrte er.

Regina rief nach den beiden Hausarbeitern, die auf dem Gang herumlungerten. Kowalsky erhob sich schwerfällig, stopfte das Uniformhemd in die Hose, boxte einen Kollegen, der eben das Dienstzimmer betrat, gegen die Schulter und röhrte: »Ihr habt haushoch verloren gestern. Ich hab's ja gesagt.« Sein dröhnendes Lachen folgte Regina, bis sie die schwere Abteilungstüre hinter sich schloss.

Paul dachte nicht mehr daran, sich eine Wohnung in der Stadt zu suchen. Er würde über kurz oder lang zu Regina ziehen. Sie kannten einander nun schon einige Monate, sahen einander etwa zweimal die Woche, manchmal ein ganzes Wochenende. Ihre Beziehung gewann an Tiefe. Sagte man so? Anfangs war Regina nachts noch nach Hause gefahren. Nun blieb sie manchmal bis zum Morgen bei ihm. Sie passten wunderbar zusammen, fand Paul. Regina zickte nicht herum und erwartete nicht, dass er ihre Gedanken las. Sie sagte klar, was sie wollte. Freilich war sie bei weitem nicht so sicher und cool, wie sie sich gab. Sie tat sich schwer, über Gefühle zu reden. Das war ihm egal. Er glaubte daran, was ein Mensch *tat*. Reden konnte man leicht. Regina sprach viel von Unabhängigkeit und davon, dass sie gern allein war. Sie hütete ihr Häuschen wie ein Geheimnis, aber er wusste lange, bevor sie ihn mit zu sich nahm, wo sie wohnte. Er war beeindruckt: Seine starke, taffe Freundin hatte sich hier ein Idyll geschaffen.

Sie wollte keine Kinder. Das war ihm egal. Wenn sie erst zusammen lebten, würden sie einander genügen. Er konnte einen Hund nehmen, einen Boxer. Selber ohne Vater aufgewachsen, war Paul sich nicht sicher, ob er die notwendige Eignung aufwies, ein Kind oder Kinder großzuziehen. Bei Karin hatte er auf Zeit gespielt und … Nun, Karin war Geschichte. Und im Nachhinein verstand er nicht mehr, warum er um sie gekämpft hatte. Worum genau er gekämpft hatte. Regina passte viel besser zu ihm. Die langsame Annäherung hatte durchaus Vorteile. Anfangs war es nur um Sex gegangen. Um das Erobern auch. Wahrscheinlich. Das Spröde, Zurückhaltende an ihr hatte ihn gereizt. Sie sah gut aus. Sie harmonierten. Im Bett. Im Alltag. Er war verliebt. Sie verbrachten ihre gemeinsame Freizeit nun meist bei ihr. Es war ihr also ernst mit ihm. Paul glaubte an Taten. Reden konnte man leicht.

HASSLER SETZTE SICH und sah sich um. Das Büro war geräumig, hell und freundlich eingerichtet, die Papiere auf dem Schreibtisch geordnet. Grünpflanzen, an den Wänden mehrere Bilder in strahlenden Farben. Er hatte Aktenschränke und nüchternes Büromobiliar erwartet. Hassler hielt die Mappe mit seinen Unterlagen auf den Knien und wartete. Der Bewährungshelfer nahm ihm gegenüber Platz. Er war schlank. Mittelgroß. Unauffällig bis auf seine strahlend blauen Augen. Er lächelte ihn an. Hassler blieb vorsichtig.

»Ich bin Christian Weber. Ich werde Ihre Betreuung übernehmen. Schön, dass Sie so zuverlässig sind, Herr Hassler, dass unser erster Termin gleich geklappt hat.«

Hassler nickte. »Ich habe die Weisung –«

»Wie geht es Ihnen, Herr Hassler?«

Sein Blick machte Hassler nervös. »Gut«, erklärte er knapp. »Alles in Ordnung.«

»Sie waren sehr lange in Haft.«

»Fast achtzehn Jahre.« Hassler räusperte sich.

»Sie wohnen ...«

»Bei meiner Frau«, ergänzte Hassler, eine Spur zu schnell, wie ihm selber auffiel. »Wir haben vor zwei Jahren geheiratet«, setzte er nach einer Pause hinzu.

»In der Haft«, stellte der Sozialarbeiter fest. »Das heißt«, er schien seine Worte zu prüfen, »dass Sie das erste Mal miteinander Alltag leben.«

»Ich hatte Ausgänge vor der Entlassung«, erklärte Hassler. »Yvonne, meine Frau ...«

»Sie weiß Bescheid über Ihre Verurteilung, die Delikte?«

»Sie weiß Bescheid, ja«, bestätigte Hassler.

»Gut«, erklärte Weber. »Herr Hassler, es geht heute im Wesentlichen darum, unsere Zusammenarbeit zu klären und sicherzustellen, dass Sie Ihre Weisungen einhalten. Sie wissen, dass ein Weisungsbruch Sie wieder in Haft bringen kann.«

»Ja«, sagte Hassler und presste die Lippen zusammen.

»Ihre Probezeit beträgt zehn Jahre. Ich werde Sie durch diese Zeit begleiten und bin Ihr Ansprechpartner für alle Alltagsbelange, wenn Sie Unterstützung brauchen …«

Hassler lehnte sich zurück und hörte dem Mann zu, der den Rahmen ihrer Zusammenarbeit, wie er es nannte, beschrieb, die Kontaktfrequenz und mögliche Themen.

»Was wir hier besprechen«, fuhr Weber fort, »unterliegt der Verschwiegenheit. Sie wissen, was das bedeutet.«

Hassler nickte. »Wie in der Therapie«, erklärte er. »Keine Information an andere, an Außenstehende. Was wir hier besprechen, bleibt unter uns.«

»Ich bespreche mich natürlich mit Kollegen, die ebenso der Verschwiegenheit unterliegen«, schränkte der Bewährungshelfer ein. »Ich halte Kontakt mit Ihrem Therapeuten, wobei es allerdings nicht um Gesprächsinhalte geht. Sollten er oder ich den Eindruck haben, dass Sie –«

»Kontrolle«, unterbrach Hassler. Er umklammerte seine Mappe. Sein rechtes Bein wippte auf und ab.

»Auch Kontrolle, ja. Sie haben recht, Herr Hassler. In erster Linie soll Sie diese klare Struktur und Kooperation aber dabei unterstützen, sich zu stabilisieren und Gefährdungssituationen zu meiden. Nicht mehr straffällig zu werden.«

Hasslers Kiefer mahlten.

»Es ist wichtig, dass wir offen über alles reden, dass Sie nichts verdecken«, fuhr der Mann fort.

»Das ist vorbei«, erklärte Hassler und schlug seine Mappe auf. »Ich gehe in Therapie.« Er hielt dem Bewährungshelfer die Bestätigung hin. »Ich bin ordnungsgemäß angemeldet« – die Meldebestätigung folgte – »und auf Arbeitssuche.« Hassler nahm den ganzen Stapel Bewerbungen, die er fein säuberlich mit Abgabedatum und Vermerken bezüglich telefonischer Nachfragen versehen hatte, legte die Meldekarte des Arbeitsmarktservice dazu und hielt sie dem Betreuer hin.

Weber blätterte sich rasch durch die Unterlagen. »Sie haben

in der Haft eine Gastgewerbeausbildung gemacht«, stellte er fest und reichte Hassler seine Unterlagen zurück. »Da sollte sich etwas finden. Natürlich fehlt Ihnen die Erfahrung. Bestimmte Vorstellungen? Wollen Sie in einem Arbeitsprojekt anfangen?«

Hassler schüttelte den Kopf. »Ich habe keine besonderen Ansprüche. Einen Job halt. Ich brauche Routine draußen. Ein Arbeitsprojekt ist nichts für mich.« Der Beamte nickte. Hassler schloss, nachdem er die Blätter akribisch eingeordnet hatte, seine Mappe und wartete auf einen Schlusssatz seines Gegenübers. Da läutete das Telefon.

»Entschuldigen Sie.« Weber nahm den Hörer ab. »Nein«, erklärte er, »noch nicht. Er muss noch ein wenig Geduld haben.« Er lauschte. »Ja«, sagte er dann, legte auf und wandte sich wieder Hassler zu, der auf dem Fauteuil nach vorne gerutscht war und demonstrativ auf seine Armbanduhr sah.

»Herr Hassler«, begann Weber wieder, »nun zu Ihrer Verurteilung. Schildern Sie mir bitte kurz die Umstände der Taten.«

Hassler schluckte. Das durfte doch nicht wahr sein. Wie lange ging das hier denn noch? »Ich habe das alles bereits Ihrem Kollegen im Gefängnis, für diese ... äh ... Erhebung erzählt. Es steht alles in Ihren Unterlagen.« Er stockte. »Im Gutachten«, ergänzte er und starrte Weber zwischen die Augen. Nicht den Blick senken, dachte Hassler. Er fühlte sich unbehaglich.

»Ich möchte es von Ihnen hören«, erklärte der Mann.

»Ich wurde wegen zweifachen Mordes verurteilt«, begann Hassler. »Die Opfer«, er schluckte, »zwei Mädchen ... junge Frauen«, korrigierte er sich. »Ich habe lebenslang bekommen.« Dann schwieg er. Er saß auf der vorderen Kante des Fauteuils, wie zum Sprung bereit, und hielt sich die Mappe als Schutzschild vor die Brust.

Der Bewährungshelfer nickte. »Wie ist es dazu gekommen?«

Wieder schaute Hassler demonstrativ auf die Uhr. Die seines Gegenübers tickte laut. Hassler räusperte sich. Der Sozialarbeiter wartete. Es war heiß im Zimmer. Draußen hörte man Schritte. Es wurde gelacht. Dann schlug eine Tür zu.

»Herr Hassler«, begann der Mann wieder, »Ihre Taten sind der Grund, warum wir beide miteinander zu tun haben. Sie werden in der Betreuung immer wieder Thema sein. Es ist wichtig für Sie, für mich, zu verstehen, in welcher Situation Sie damals waren, bevor Sie getötet haben. Was für ein Mensch Sie waren. Sie werden«, mutmaßte er, »darüber nachgedacht haben ...« Hassler schwieg. »Sie setzen sich in der Therapie damit auseinander«, fuhr der Beamte fort. Er machte eine Pause und umfasste den ganzen Hassler mit einem Blick. »Sie wollen – das entnehme ich den Unterlagen – nicht mehr straffällig werden, niemanden mehr schädigen, verletzen. Sie wollen in Freiheit bleiben. Ein gutes Leben führen.«

»Ich ...«, begann Hassler und brach ab. »Ja«, sagte er schroff. Er sah zur Tür.

»Wir werden das nächste Mal weiterreden«, beschied der Sozialarbeiter. Hassler erhob sich.

»Ich begleite Sie hinaus.« Weber hielt ihm die Tür auf. Sie waren nahezu gleich groß. Die plötzliche körperliche Nähe war Hassler unangenehm. »Nächsten Dienstag um die gleiche Zeit?«

»Ja«, sagte Hassler widerstrebend.

Vor ihnen öffnete sich eine Tür. Ein großer Kerl und eine Frau mit kurzen blonden Haaren traten auf den Gang. Beide lachten.

»Das wird ihn verblüfft haben«, sagte sie.

Der Mann lachte wieder. »So kennt er mich nicht«, bestätigte er. Sie verabschiedeten sich an der Tür. Die Frau blieb zurück.

Hasslers Bewährungshelfer ging wortlos neben ihm her, bestätigte dann nochmals den Termin. »Bis nächsten Dienstag also.« Hassler gab ihm die Hand und floh.

Regina arbeitete im Garten. Sie jätete Unkraut und fuhr erschrocken hoch, als der Mann sie ansprach: »Ein schöner Garten. Was kommt denn da hin?« Er deutete auf die zukünftige Baustelle, die mit Bändern markiert war.

»Danke«, erwiderte sie mechanisch. Seine zweite Frage ließ sie unbeantwortet. Sie stemmte den linken Arm gegen den Oberschenkel und stand auf. Schaute auf die Uhr und wandte sich zum Haus.

»Viel Arbeit, nehme ich an?«

»Geht so«, erwiderte sie und drehte sich um. Was wollte der Typ? Er stand ganz nahe am Zaun und ließ seinen Blick über den Garten schweifen. Er trug eine sehr neu aussehende dunkelblaue Regenjacke und eine Baseballkappe mit dem Logo eines bekannten Sportartikelherstellers. Regina konnte seine Augen nicht sehen. Plötzlich fühlte sie sich unbehaglich.

»Machen Sie das alles allein?«

Wie hatte gleich der Kerl aus Karlas Wohngemeinschaft ausgesehen? Der, der sie bedroht hatte? Die Statur kam hin, wenn der hier ihr auch ziemlich breit vorkam. Nun, das konnte an der Jacke liegen. Der Mann vor ihr trug einen Dreitagebart, aber das besagte nichts. Sein Gesicht zuckte. Was wollte der hier? Suchte er Karla? Vermutete er sie hier?

»Was wollen Sie?«, fragte sie schroff.

»Nun …« Er zögerte.

»Wir brauchen keinen Gärtner.« Besser, sie ließ ihn in dem Glauben, dass hier mehrere Leute wohnten, eine ganze Familie.

»Entschuldigen Sie«, erklärte der Mann, »ich wollte Sie nicht belästigen. Ich habe nur … mein Auto steht im Dorf, ich wollte einen Spaziergang machen, war lange unterwegs, ein bisschen die Füße vertreten, Sie verstehen …«

Er stand wie festgeschraubt am Zaun. Sein Blick ging zum Haus, zum Nachbargrundstück. Zur zukünftigen Baustelle. Wieder zum Haus. Blieb am Dachausbau hängen. Sie war alarmiert. Der redete zu viel.

»Ich finde Ihren Garten schön. Wir hatten früher auch so einen. Kleiner, viel kleiner, aber als Kind kommt einem jeder Garten wie ein –«

»Hören Sie«, unterbrach Regina schroff, »Sie gehen jetzt besser weiter. Oder zurück. Ich weiß nicht, was Sie von mir wollen.« Irgendetwas stimmte hier nicht. »Karla ist nicht hier«, erklärte sie dann.

Er wirkte verblüfft. »Karla?«

Regina zögerte kurz. »Wen suchen Sie *denn*?«

»Niemanden«, erklärte er. »Ich suche niemanden. Wie kommen Sie denn darauf, dass ich jemanden suche? Ich – verdammt, Sie ticken ja nicht ganz richtig«, folgerte er dann. »Vielleicht sollten Sie besser in die Stadt ziehen, anstatt hier allein mit Ihrer Freundin herumzuhocken, wenn Sie sich so fürchten. Das ist ja gestört. Sie sind ja gestört!«

Sie griff zum Handy und rief Paul an, erreichte ihn aber nicht. Sie hinterließ ihm eine Nachricht. Karla war in einer Teamsitzung und versprach, sich später zu melden. Beide riefen an diesem Abend nicht mehr zurück.

Alles war neu. Hassler stand auf und ging in die Küche. Es war seine zweite Woche in Freiheit, seine zweite Woche mit Yvonne. Er musste Geduld haben. Mit ihr. Mit sich selber. Eigentlich waren sie einander völlig fremd. Sie bemühte sich. Er bemühte sich. Es würde sich einspielen. Er verstand freilich nicht, warum ständig fremde Leute in der Wohnung hockten. Warum zwei-, dreimal am Tag jemand anläutete, eine Nachbarin zum Kaffeetrinken kam. Warum alle ungeniert rauchten und Yvonne sich Zeit ließ, bevor sie die leeren Tassen abservierte. Den Aschenbecher leerte. Die Küche war angeräumt, die Regale waren voller Junk. Bunte Packungen mit gezuckertem oder stark gesalzenem Zeug. Hassler nahm ein Glas aus dem Schrank, hielt es prüfend gegen das Licht und spülte es gründlich aus, bevor er es mit Wasser füllte. Dann kehrte er ins Wohnzimmer zurück. Yvonne lächelte ihn an. Das Mädchen auf dem Sofa streckte sich. Ihr knappes pinkfarbenes Shirt rutschte hoch und gab den Blick auf einen flachen gebräunten Bauch frei. Sie bewegte sich so ungezwungen, als sei sie hier zu Hause. Hassler schaute sie streng an. Er setzte sich wieder neben Yvonne, die ihre Hand auf seinen Unterarm legte.

»Wo habt ihr einander kennengelernt?«

»Internet«, sagten Yvonne und er wie aus einem Mund. Sie hatten sich darauf geeinigt, ihre Geschichte neu zu schreiben. Yvonne suchte seinen Blick. Er musterte die junge Frau gegenüber, die an einer Zigarette sog und ihn anlächelte. Sie nickte, als habe sich ihr Verdacht bestätigt, und sah ihn nachdenklich an. Hassler fühlte sich auf dem Präsentierteller. Er rutschte unruhig auf dem Fauteuil hin und her.

»Und ihr habt gleich – geheiratet?«

»Ich hab ihn immer wieder besucht. Und …«

Hasslers Gedanken drifteten weg. Er war sich mit einem Mal nicht mehr sicher. Ob es eine gute Idee gewesen war. Ob er das durchstehen würde. Mit Yvonne. Sein Blick blieb an ihrem üppigen Busen hängen, an den prallen Schenkeln in den engen schwarzen Leggins. An den schmalen Schultern des Mädchens gegenüber, das jetzt laut auflachte und sich vorbeugte, um ihre Zigarette auszudämpfen. Sie trug keinen BH. Er starrte auf kleine, hoch angesetzte Brüste und fühlte, wie sein Mund trocken wurde, wie er … Hassler fuhr hoch, packte sein Glas und floh in die Küche.

Nach kaum vier Wochen belog Hassler Yvonne zum ersten Mal. Er stand in der Küche, mit dem Rücken zu ihr, und schnitt Tomaten in dünne Scheiben. Sie hatten bereits ihre Routine. Meist war er es, der abends kochte. Sie war frisch geduscht. Saß in ihrem kurzen gelben Bademantel am Tisch und rauchte. Sie gab ihm das Stichwort: »Hast du schon Antwort auf deine Bewerbungen?«

Er schüttelte den Kopf. »Nein, aber vielleicht …« Er zögerte. Er spürte ihren Blick in seinem Nacken und wandte sich um.

Yvonne streifte die Asche ab. »Ja?« Sie sah müde aus, fand er. Und blass ohne ihren Lippenstift in kräftigem Orangerot. Ohne Schminke. Ihre feuchten Haare kringelten sich. In den Haarspitzen hingen kleine Wassertropfen.

»Ich habe mit einem Bekannten telefoniert. Er lebt in München. Seine Firma sucht noch Leute.«

»München«, sagte sie tonlos. Sie spielte mit dem Feuerzeug. Schluckte und sah zum Fenster hin, die Lippen zusammengepresst.

»Die Firma hat Niederlassungen in Österreich«, beeilte sich Hassler, sie zu beruhigen. Er wandte sich wieder den Tomaten zu, legte eine weitere aufs Brettchen und zerteilte sie mit raschen, sauberen Schnitten. »Ich werde den Zug nehmen. Ich kann bei ihm übernachten. Am Mittwoch bin ich wieder da.« Eine weitere Tomate. Er wartete. Sie schwieg. Er hörte ihr Feuerzeug klicken.

Sie sog den Rauch ein. »Wieso nimmst du nicht mein Auto?«, bot sie ihm an.

Er hatte damit gerechnet, zögerte aber. »Du wolltest doch ins Möbelhaus fahren.«

»Das hat Zeit«, erklärte sie und stand auf. Er roch ihr Duschgel, angenehm leicht und fruchtig. Yvonne legte ihre Hand auf seinen Arm. »Nimm das Auto«, sagte sie und wandte sich ab.

Es war ganz einfach. Sie fragte nichts. Sie glaubte ihm. Er dachte an ihre Worte bei seinem Einzug: »Du bist mein Mann. Ich vertraue dir.« Er zog sie in seine Arme und streichelte mechanisch ihren Rücken. Sein Blick ging ins Leere.

Hassler brach am frühen Morgen auf. Am Montag, Yvonnes freiem Tag. Er knipste die kleine Lampe auf dem Nachttisch an und schlug die Bettdecke zurück. Er blieb kurz auf der Bettkante sitzen und streckte sich. Warf einen Blick auf seine Frau, auf ihre runden Schultern, die Brüste, die zur Seite flossen, das hübsche Gesicht eines pausbäckigen Engels auf dem Kissen. Ihre verwuschelten schwarzen Haare. Sie murmelte etwas und zog sich die Decke übers Gesicht. Hassler löschte das Licht und ging in die Küche. Er trank seinen Kaffee im Stehen, deckte den Tisch für sie fürs Frühstück und warf ein paar Zeilen auf einen Rechnungsblock, der bei den Pokerwürfeln lag. Dann zog er die Wohnungstüre leise hinter sich zu. Wie zum Ausgleich dafür, dass er selten mit ihr schlief, hatte Hassler begonnen, sie hin und wieder kurz in den Arm zu nehmen, wenn sie es nicht erwartete, ihr die Haare aus der Stirn zu streichen, ihr ihre Lieblingsschokolade neben den Teller zu legen. Mit ihr Hand in Hand zu gehen, wenn sie das Haus verließen. Kleine Gesten, die sie mit einem Lächeln quittierte. Ich kaufe mich frei. Jetzt schon, dachte Hassler, während er den Wagen startete. Der Gedanke bereitete ihm Unbehagen, und er schob ihn beiseite.

Es war noch früh und wenig Verkehr. Hassler fuhr vorsichtig, nicht zu schnell. Zwei Polizisten, die ein falsch geparktes Auto inspizierten, machten ihn nervös. Es würde wohl noch einige Zeit dauern, bis Uniformen ihn nicht mehr in Unruhe versetzten. Er fuhr ein paar Nebenstraßen auf und ab, kontrollierte im Rückspiegel die Straße. Es standen nur noch vereinzelt Mädchen da. An einer Ampel soff ihm der Motor ab. Hassler fluchte und startete erneut.

Keine zehn Meter weiter stand sie: klein, dünn, feine braune Haare, knapp schulterlang. Sie trug einen pinkfarbenen Rucksack wie eine Schultasche auf dem Rücken. Sein Mund wurde trocken. Hassler schluckte hart, bog links ab und fuhr noch einmal die ganze Runde um den Block. Da war sie wieder. Sie stapfte mit leicht gebeugtem Nacken den Gehsteig entlang und hob den Blick erst, als er unmittelbar neben ihr anhielt. Sie musterte ihn. Er war enttäuscht, dass sie ihn nicht anlächelte. »Wie viel?«, fragte er ohne Umschweife.

»Fünfzig«, sagte sie. »Mit Schutz. Keine Schweinereien.«

Keine Schweinereien! Eine Siebzehnjährige mit der Ausdrucksweise einer biederen Hausfrau.

»Steig ein«, befahl er.

Sie schob sich auf den Beifahrersitz, kramte in ihrem Rucksack und musterte ihn ein weiteres Mal prüfend. Dann nickte sie. »Einmal rechts. Dort ist ein Parkplatz.«

Hassler fuhr los. »Wie heißt du?« Er hatte das Gefühl, etwas sagen zu müssen. Er wusste nicht, was.

Sie zuckte die Schultern. Sie hatte ganz kleine runde Brüstchen wie die Nachbarin. »Egal«, sagte sie. »Bleib hier stehen.«

Er parkte weit entfernt von einem weißen Opel Astra. Niemand war zu sehen. Sie war älter, als er gedacht hatte.

»Normal?«, fragte sie, während sie ihm ein Kondom reichte und ihr T-Shirt hochschob. Sie trug ein Nabelpiercing und hatte eine gut zehn Zentimeter lange Narbe auf dem Bauch. Ihr Gesicht zeigte Leere, Langeweile. Absolutes Desinteresse. Hassler starrte auf ihre Brüste in einem Blümchen-BH. Sie fuhr ihm mit der linken Hand in die Hose und begann mit der Arbeit. Hassler schloss die Augen. Er öffnete sie wieder. Er schaute sie an. Ihre Kiefer mahlten. Sie bearbeitete ihren Kaugummi. Sie bearbeitete mechanisch Hasslers Schwanz. Unvermittelt packte ihn die Wut. Er schlug sie kurz und hart gegen die linke Wange. Ihr Kopf flog nach hinten. Sofort ließ sie von ihm ab. Mit einem Griff hatte sie die Tür offen, fasste nach ihrem Rucksack und rannte los. Hassler ließ den Motor aufheulen und trat das Gaspedal durch. Sie floh im Licht der Scheinwerfer quer über den Platz. Hassler bremste abrupt direkt neben ihr. Kies spritzte auf. Da trat sie plötzlich mit voller Wucht gegen die Beifahrertür.

Etwas in Hassler brannte durch. Mit einem Satz war er aus dem Wagen und rannte hinter ihr her. Er holte sie rasch ein. Er war wie elektrisiert. Seine Hose rutschte. Er blieb kurz stehen und zerrte den Zipp hoch, verhedderte sich, schaffte es schließlich. Er hörte sein eigenes Keuchen, das Knirschen ihrer Schuhe auf dem Kies. Dann fuhr ihm Licht in die Augen. Und ein Wagen direkt auf ihn zu. Hassler erstarrte. Keine dreißig Sekunden später blickte er in den Lauf einer Pistole. Der Mann, der den Finger am Abzug hatte, war kleiner als Hassler, aber breit gebaut.

Polizei, dachte Hassler. Verdammte Scheiße – verdeckte Ermittler. Er atmete tief durch. »Die miese kleine Hure«, begann er, »hat mich …«

Da trat sie aus dem Dunkel ins Scheinwerferlicht, noch immer kaugummikauend, und machte einen Schritt auf ihn zu.

»Direkt zwischen die Augen«, sagte der Mann mit der Pistole, »wenn du dich bewegst.«

Hassler konzentrierte sich auf seinen Atem.

»Du schuldest mir fünfzig Euro«, sagte das Mädchen.

Hassler reagierte nicht.

»Na?«, forderte ihn der Mann auf.

Das war kein Polizist! Hassler fingerte nach dem Geldschein in seiner rechten Hosentasche. Er warf ihn vor sich auf den Boden.

»Aufheben!«, befahl sie. In ihren Augen lag ein Glitzern. »Leg es auf die Kühlerhaube.«

Er bückte sich und tat wie befohlen. Sein Magen rebellierte.

»So, Perverser«, sagte die Frau. Sie trat auf ihn zu und spuckte ihn an.

Hassler hob reflexartig die Hand. Er hörte ein Klicken und sah die Pistole wieder auf sich gerichtet. Seine Hand fiel herab. Sein Nacken, sein Kiefer schmerzten. Kalter Schweiß. Mit Mühe widerstand er dem Impuls, ihren Speichel von seinem Hemd zu wischen.

Das Mädchen lachte lauf auf. »Perverser«, sagte sie wieder, sie schien an dem Wort Gefallen zu finden, »gewöhn dir das schleunigst ab: Frauen zu schlagen. Und jetzt steig ein und fahr zu Mami nach Hause.«

»Was …?«, begehrte er auf.

»Halt's Maul«, fuhr sie ihn an, und der Gorilla an ihrer Seite lachte. »Bedank dich für meine Nachsicht. Und jetzt hau ab!«

Er ging langsam rückwärts zu Yvonnes Wagen zurück, den Blick auf die beiden gerichtet oder das, was er im Scheinwerferlicht von ihnen sah. Das Mädchen nahm den Geldschein und kramte in ihrem Rucksack. »Wir haben dein Kennzeichen. Noch einmal so was – und du bist fällig.« Dann wandte sie sich um und stieg in den Wagen. Der Mann stand breitbeinig, die Pistole auf ihn gerichtet, bis Hassler den Parkplatz verließ.

Hassler fuhr ohne zu denken, kam an die Stadtgrenze, ließ die Vororte hinter sich. Langsam wurde es heller. Auf einer Landstraße hielt er an. Es war noch kühl, über den Wiesen lag ein leichter Nebel.

Langsam löste sich der Schock. Dann kam die Wut. Er stieg aus, ging, rannte ein Stück in einen Feldweg, stolperte einmal, fing sich wieder. Er keuchte, seine Lunge brannte. Dann stoppte er abrupt vor einem Baum und begann auf ihn einzuschlagen. Er riss sich die Knöchel auf, aber er spürte keinen Schmerz. Hassler tobte, schlug und trat gegen den Baum wie ein Berserker, bis ein jäher Stich im Knie ihn stoppte. Er knickte ein, bewegte vorsichtig das Bein und humpelte ein paar Schritte. Plötzlich ernüchtert, sah er auf seine Hände, die völlig zerschrammt waren. Er keuchte, spuckte aus und vergewisserte sich, dass er allein war, niemand ihn gesehen hatte. Das Hemd klebte ihm am Leib. Hassler ballte die Fäuste. Dann humpelte er zum Auto zurück. Er legte den Kopf in den Nacken und schloss die Augen. Langsam wurde sein Atem ruhiger, seine Finger lösten sich.

Fünfzehn Minuten später erreichte er das Dorf. Obwohl er lange nicht hier gewesen war, fand er die Abzweigung sofort. Vor dem Anwesen blieb Hassler im Auto sitzen und sah sich um. Das Haus sah völlig verändert aus – größer, nein, höher! Man hatte den Dachboden ausgebaut, die Fassade, die Fenster erneuert. Der vordere Teil des Gartens war von Rosen und anderen Pflanzen überwuchert. In der Mitte des Gartens, rechts ans Haus angrenzend, war ein Bereich abgezäunt. Mit Bändern markiert. Hassler erstarrte. Er versuchte sich zu erinnern. Weiter hinten, etwas mehr rechts. Sicher! Oder? Er wusste es nicht mehr genau. Was wollte sie damit, was sollte hier entstehen? Ein weiteres verdammtes Blumenbeet? Dieser Irrsinn, ihre Pflanzorgien, hatte erst nach dem Begräbnis angefangen. Als sie einsehen musste, dass es zu Ende war. Sie hatte gegraben wie eine Verrückte. Und gepflanzt. Gepflanzt. Überall diese Rosen.

Was sollte dort hin? Die Fläche hatte die Größe eines kleinen Swimmingpools. So verrückt war selbst sie nicht. Sie war sparsam. Und – mittlerweile war sie alt. Was sollte sie mit einem Pool?

Hassler wendete und fuhr langsam in den Ort zurück. Er verwarf den Gedanken an ein Frühstück in der Bäckerei am Dorfplatz, obwohl er plötzlich sehr hungrig war. Er wollte nicht auffallen. Er grübelte den ganzen Weg nach München, wo er sich in der Bahnhofsgegend ein billiges Zimmer für eine Nacht nahm. Am nächsten Morgen fuhr er zurück.

Regina trat aus der Tür und erstarrte. Die Markierung war nicht mehr da. Mit wenigen Schritten war sie dort. Der Boden war noch feucht. An der Stelle, wo sie ein Stück Rasen entfernt hatte, um den Untergrund zu prüfen, zeichneten sich verwischte Fußabdrücke ab. Profilsohlen. Die Bänder, die Eckstangen waren verschwunden. Wer tat so etwas? Und wozu? Wollte sie jemand erschrecken? Wer? Und warum?

Der Typ letztens! Nein. Wahrscheinlich ein Lausbubenstreich. Kinder kamen auf solche Ideen. Die fanden das lustig. Hockten vermutlich im tropfnassen Gebüsch und kicherten. Sie sah sich um. Es war still. Nichts regte sich. Die Sonne brach durch. Der Kater zwängte sich durch die Haustüre und galoppierte auf sie zu. Die Katze blieb an der Türschwelle sitzen. Sie putzte sich die Pfötchen. Regina ging zum Haus, setzte sich auf die Stufe und lehnte ihren Kopf an den Türrahmen. Die Katze rückte widerwillig ein Stück ab, warf ihr einen langen Blick zu und begann wieder mit der Fellpflege. Der Kater lag auf dem Rücken, schnappte spielerisch nach Reginas Zehen und hielt ihr seinen wolligen Bauch entgegen. Sie beugte sich vor und kraulte ihn. Er gurrte wie eine Taube und sabberte vor Vergnügen.

Am Nachmittag brachte Regina die Markierung wieder an. Wenig später lieferte der Kollege den Bagger. »Die sind im Ort aber nicht besonders freundlich«, erklärte er. »Stehst du da mit jemandem auf Kriegsfuß?«

Sie zuckte die Schultern. »Nicht dass ich wüsste. Wieso?«

»Ich frage drei Leute, wo ich dich finde«, erklärte Micko. »Der erste ignoriert mich. Ich frage noch einmal. Bin nicht taub, sagt er. Was wollen Sie denn von der?«

»Was war das für einer? Ich meine, wie hat er ausgesehen?«

»Ja, was soll ich sagen. Ganz normal. Schütteres Haar. Trachtenjanker. Bauch. Um die fünfzig.«

Raufer. Sie war beruhigt.

»Der Vizebürgermeister. Der kann mich nicht ausstehen.

Wollte das Nachbargrundstück. Und mein Haus. Hat es nicht gekriegt.«

»Aha. Aber die anderen. Eine Frau: keine Antwort. Zwei Weiber vor der Bäckerei: Aha, zu der wollen sie? Die Verkäuferin, eine fesche Schwarzhaarige, sehr fraulich, hat mir dann den Weg erklärt. Im Geschäft herrschte eisige Stille. Man könnte es mit der Angst zu tun kriegen. Wie in einem schlechten Film. Was hast du ausgefressen, Regina?«

Sie war wie vor den Kopf geschlagen. »Keine Ahnung.« Das erklärte allerdings den Vorfall mit den Bändern. Welches Gerücht Raufer – sie war sicher, dass er dahintersteckte – auch immer in die Welt gesetzt haben mochte: Es war auf fruchtbaren Boden gefallen.

»Jetzt weiß ich wieder«, erklärte Micko, »warum ich so gern in der Stadt lebe. Da kannst du dir aussuchen, mit wem du Umgang hast. War bei uns im Ort um nichts anders: Wenn du mit jemandem Probleme hattest, wurde es ungemütlich. Von der Rund-um-die-Uhr-Kontrolle im Alltag ganz zu schweigen. Jeder weiß alles von dir. Mehr als du selber. Muss ich nicht mehr haben. Danke.«

»Na ja – Stadt. Du wohnst doch schon fast am Stadtrand«, lachte Regina.

»Es ist trotzdem anders«, beharrte Micko. »Die Leute lassen dich in Ruhe. Aber das da …«

»Micko, ich hab keine Ahnung, was hier vorgeht. Ich bin aber froh, dass du mir Bescheid gesagt hast.«

Er nickte.

»Ich wäre dir dankbar, wenn das unter uns bliebe, bis ich die Sache geklärt habe. Den Kollegen gegenüber, meine ich.«

»Ja, klar«, versprach Micko. Regina konnte nur hoffen, dass er sein Versprechen hielt. Sie hatte keinen Kopf für dumme Sticheleien.

Nach einer Jause zeigte Micko ihr, wie die Baumaschine zu bedienen war. Regina war überrascht, wie einfach das war.

Micko grinste. »Ausnahmefrau.«

»Sicher«, erklärte Regina. »Und du siehst auch, wie gut so was bei den Leuten ankommt.«

»Ich«, erklärte Micko, »bin jedenfalls beeindruckt.«

Sie zwinkerte ihm zu. »Dann ist ja gut.«

Regina erwachte gegen halb acht. Die Sonne brannte auf ihre nackten Beine. Sie rückte ein Stück zur Seite, strampelte die Decke weg, streckte sich und gähnte laut. Mit Schwung setzte sie sich auf, angelte mit den Zehen nach dem zerknüllten dunkelblauen Shirt auf dem Boden und streifte es sich über. Im Aufstehen zog sie die salopp sitzenden Shorts hoch. Sie freute sich auf ihren Kaffee. Langsam ging sie die Treppe hinunter, tappte barfuß über die kühlen Fliesen, streckte sich nach der Kaffeedose, zog eine Schublade auf, füllte Wasser in die Maschine, dann den Kaffee. Sie öffnete die Kühlschranktüre, griff nach der Milch und stellte eine dickbauchige Tasse auf den Tisch. Dann duschte sie rasch im unteren Bad und schlüpfte in frische Wäsche. Genießerisch sog sie den Kaffeeduft ein. Das war die beste Stunde am Tag: Ruhe, Stille, eine Abfolge vertrauter Handgriffe und Gerüche. Nichts denken, nichts tun müssen. Nicht gewappnet sein. Irgendwann würden die Katzen sich melden … Sie lehnte am Tisch, umschloss die Schale mit den Händen, nahm einen Schluck, einen zweiten. Stellte sie ab. Nahm sie wieder auf. Sie freute sich auf die Arbeit mit dem Bagger. Sie musste anfangen, bevor es zu warm wurde. Die festen Arbeitsschuhe standen im Kellerabgang. Sie stellte die Tasse ins Spülbecken, drehte den Wasserhahn auf, bückte sich nach einer Katzenfutterdose und einem Löffel. Beschwingt ging sie zur Tür, drehte den Schlüssel um und drückte die Klinke nach unten. Amseln liefen über die Wiese. Die Erde war noch feucht, das Gras rund um die markierte Stelle glänzte vom Tau. Ihr Fuß stieß an etwas Weiches, Kühles, das nachgab. Sie zuckte zurück.

Der rote Kater: tot! Regina erstarrte. Ging auf die Knie. Fasste in das stumpfe feuchte Fell. Hob ihn hoch. Das Köpfchen pendelte hin und her. Man hatte ihm das Genick gebrochen! Ihrem Katerchen. Getötet, einfach so. Auf der Schwelle abgelegt, damit sie ihn fand. Was war das für ein Mensch, der so etwas tat? So einer war zu allem imstande! Warum? Warum, zum Teufel? Sollte sie Angst kriegen? Panisch werden? Das war kein Kinderstreich mehr! Hier wollte ihr jemand ganz gezielt wehtun. Weidete er sich an ihrem Entsetzen? Hastig sah sie sich um. Bewegte sich dort ein Strauch? Minutenlang starrte sie ins langsam verschwimmende Grün. Dann legte sie vorsichtig, als könnte sie ihm wehtun, das tote Tier auf den Boden, um gleich darauf mit einem Schrei hochzufahren, als der Eichkater vom Baum aufs Dach plumpste.

Später holte sie den Spaten aus dem Keller und hob eine Grube aus. Sie brachte es nicht über sich, mit dem Spaten die Erde plan zu klopfen. Sie kniete sich hin und ebnete den kleinen Hügel mit den Händen.

Regina schlief schlecht. Ihr Entschluss stand fest – sie würde nicht aufgeben, sich nicht unterkriegen lassen. Wer immer das war, der sie quälte: Er sollte sehen, dass sie sich nicht beeindrucken ließ.

Sie begann gleich nach dem Frühstück mit der Arbeit. Es war noch kühl, der Rasen feucht vom Tau. Die Katze lief hinter ihr her zum Bagger und stob erschrocken davon, als sie ihn startete und der Motor aufheulte. Reginas Anspannung ließ rasch nach. Sie kam gut zurecht. Der Bagger war leicht zu steuern und effizient. Steinigere Bereiche und die Wurzeln kleiner Sträucher waren kein Hindernis. Sie arbeitete sich Stück für Stück an das Haus heran, manövrierte die Baumaschine zunehmend sicherer. Der intensive Geruch nach Gras und Erde mischte sich mit Abgasen. Der Erdwall an der Längsseite des abgesteckten Bereichs wuchs. Micko wollte Ende der Woche den Aushub abholen. Er legte einen Garten hinter seinem Haus an und war froh über ihr Angebot.

Johanna, dachte Regina, hatte den Garten geliebt. An jeder Ecke Erinnerungen an die Freundin. Sie wendete, sah zum Haus hin, zum Torbogen am Garteneingang: Geißblatt, Rosen und Clematis. Der Gemüsegarten, nun viel zu groß, war Johannas Reich gewesen. Das Kräuterhochbeet, als ihr das Bücken schwerer gefallen war.

Der Kontrast zwischen der zerwühlten Erde und dem unversehrten Teil des Gartens war erschreckend. Hier Zerstörung, so sah es wenigstens aus, dort ein Gemälde aus Blau- und Rosatönen. Lavendelwolken, Rittersporn, Lupinen. Rosen. Die grüne Bank im Halbschatten, die sie letzten Sommer neu lackiert hatte, war Johannas Lieblingsplatz gewesen. Regina seufzte und strich sich eine Haarsträhne hinters Ohr. Komm, ermahnte sie sich, du musst weitermachen. Zum Haus hin war das Erdreich einfacher zu bewegen. Keine Bäume, kaum Wurzeln. Sie mochte diese Arbeit, die mittlerweile vertraute Abfolge von Bewegungen. Sie drückte die Steuerknüppel nach vorne, nach rechts, nach links. Zog sie zu sich heran. Der kleine gelbe Bagger wühlte und grub, fasste nach. Er streckte den Arm, die Schaufel hoch, wendete und knickte sie dann nach vorne. Erdbrocken, Wurzelstücke, Steine. Sie blinzelte gegen die Sonne, fühlte ein leichtes Brennen auf Nase und Stirn. Streckte sich. Steine? Es war heiß geworden. Das Baumwollhemd klebte ihr am Rücken. Sie hob den Hintern leicht an und beugte sich vor. Mit einem schmatzenden Geräusch lösten sich ihre Schenkel vom Sitz. Die Sonne blendete. Sie sah nichts.

Schlagartig war die Angst wieder da. Sie würgte den Motor ab. Massierte sich den Nacken. Stieg vom Bagger und ging auf die Stelle zu, die sie umgegraben hatte. Nichts! Drei Schritte nach rechts, vorsichtig, zögernd jetzt. Gänsehaut. In der Erde vor ihr schimmerte es weiß. Knochen! Tierknochen. Ein großes Tier. Sie kniete sich hin und schob mit der flachen Hand die Erde beiseite. Rippenbögen. Vielleicht ein Schaf? Ein Hund? Ein großer Hund. Ihre Knie taten weh. Der Rücken. Da war ein unangenehmes Sirren im linken Ohr. Mit einem Stöhnen kam sie wieder hoch. Sie sah auf die Uhr. Kurz nach drei. Sie war müde. Durstig. Besser ein wenig rasten, etwas trinken, bevor sie weitermachte. Der helle Pfeifton verstärkte sich. Sie starrte auf die Knochen. Mit dem rechten Fuß pflügte sie einen großen Kreis. Stieß an etwas Hartes, Rundes. Beugte sich noch einmal hinab. Ging langsam auf die Knie. Wühlte, grub in die Tiefe. Griff in eine scharfkantige Höhlung. Zog hastig ihre Hand zurück.

Ein Totenschädel starrte sie an.

Ihr Puls galoppierte los. Während sie noch auf den Knien lag, fuhr ihr Blick panisch über die Sträucher, die Hausfassade hoch. Den Gartenzaun entlang und wieder zurück. Ein Geräusch! Kam jemand von der Straße her? Sie hörte ihr eigenes Keuchen und fühlte sich wie im Fieber. Das Hemd klebte ihr am Rücken. Kalter Schweiß. Der Erdwall verdeckte den Blick. Sie schnellte hoch, blieb in leicht gebeugter Stellung stehen, wie ein Späher. Schaute gehetzt vom einen Ende des Gartens zum anderen, beruhigte sich kurz: niemand. Niemand auf dem Weg vor dem Haus. Kein Mensch. Niemand.

Schweiß tropfte ihr in die Augen. Aber die Sträucher! Wenn jemand von dort … wieder fuhr sie herum. Nichts bewegte sich. Kein Blatt. Die Sonne brannte. Ihre Kehle brannte. Das Herz schlug ihr bis zum Hals. Dröhnte in den Ohren.

Vor ihr die Knochen. Menschenknochen! Sie sollte die Polizei rufen. Aber dann: Man würde graben, wühlen – auch in ihrer Vergangenheit. Baustopp, bevor sie begonnen hatte. Kein Wintergarten. Dafür Polizisten auf ihrem Grundstück, in ihrem Haus. Gaffer am Zaun, Fotografen und die Journalistenmeute auf der Suche nach einem Skandal. Einer Sensation. Was die einen nicht zuwege brachten, würden die anderen ans Licht zerren. Ihre Herkunft, den kriminellen Vater, der sie von vornherein verdächtig machte. »Justizwachebeamtin in Mordfall verwickelt?« Sie sah die Schlagzeilen vor sich, die Fotos. Kamerateams im Dorf. Dachte an Kowalsky, an die Kollegen. »Sie haben das Haus also von der kürzlich verstorbenen Frau Ritter auf Leibrente übernommen? Wie haben Sie sie kennengelernt? In der Anstalt? War Ihnen bekannt, dass ihr Wahlneffe …? Hat sie jemals mit Ihnen darüber gesprochen, dass …«

Nein, es war unmöglich! Die Knochen mussten weg! Irgendwohin, egal. Sie stürmte los, hielt inne. Zugraben! Nein, ausgraben. Wegbringen. Weg! Wie ein gehetztes Tier stand sie zwischen dem Erdwall und dem Bagger, den Blick unentwegt zur Straße hin, zum Wald. Sie musste handeln. Rasch! Keine Zeit zu überlegen. Komm, befahl sie sich. Mach dich nicht verrückt. Du nimmst ein paar Müllsäcke. Es geht ganz schnell. Wenn jemand kommt – Erde drüber. Niemand hat das Grundstück je vom Wald her betreten. Es reicht, auf die Straße zu achten. Du hörst jedes Auto schon, wenn es in die Straße einbiegt. Du hast genügend Zeit. Mach dich nicht verrückt.

Mit Entsetzen bemerkte sie einen hohen sirrenden Ton, der sich in ihrem linken Ohr festsetzte. Tinnitus. Stresssymptom. Ignorieren.

Mit steifen, mechanischen Schritten näherte sie sich dem Haus. Dem Kellerabgang. Eine Rolle stabile schwarze Müllsäcke. Reißfest. Sie machte kehrt, ging den Erdwall entlang, auf dem Regenwürmer sich windend in der Sonne verdorrten, schlüpfte neben dem Bagger durch. Wendete, stieg auf und warf die Baumaschine wieder an, die Müllsäcke unter den rechten Oberschenkel geklemmt. Ein Blick, nun aus einer besseren, weil erhöhten Position, die Straße entlang: nichts. Der Bagger jaulte auf. Sie lockerte das Erdreich. Grub mit der Schaufel, die nicht dafür gemacht war, die das Skelett zerriss, in die Tiefe. Knochen vermischten sich mit Erde, ein kleiner Hügel, aus dem sie die Gebeine aussortieren musste. Rasch, ohne weiter nachzudenken. Die Straße nicht aus dem Blick lassen, befahl sie sich. Und sicherheitshalber auch den Wald nicht. Der Bagger röchelte und stand still. Kein Mensch weit und breit. Sie war schweißgebadet.

Alles wird gut, Regina. Du tust, was zu tun ist. Mach einfach. Das hatte immer funktioniert. Es war wie durch einen finsteren Wald zu gehen, damals als Kind. Man konnte sich die Angst wegreden, ganz allein. Man brauchte niemanden. Man konnte das. Sie konnte das! Es hatte immer funktioniert. Es würde auch diesmal funktionieren.

Blick zur Straße. Blick zum Wald. Keine Panik. Sie riss den ersten Sack entlang der perforierten Linie ab. Tadellos. Ein gutes Zeichen. Manchmal rissen sie ja ein. Sie fasste nach dem ersten Knochen. In den Sack. Den nächsten. Alle, die offen dalagen. In den Sack. Nicht daran denken, was das war. Und wie sich das anfühlte. Blick zur Straße. Weitermachen.

Schicht für Schicht trug sie den Hügel ab, kontrollierte dabei ihre Umgebung und sammelte die Knochen auf. Die Gebeine, dachte sie. Aus, befahl sie sich. Jetzt nicht denken. Mach weiter! Ein zweiter Sack. Sie griff zum Spaten und stach die Erde an den Rändern der Grube um. Fußknochen. Kleine Füße, dachte sie. Frauenfüße. Hör auf, befahl sie sich. Was soll das? Mach weiter!

Mit einem Rechen kämmte sie den Boden nach kleineren Knochen durch. Da läutete ihr Handy. Ihr Magen verkrampfte sich. Ignorieren! Weiteratmen. Weitermachen. Weitermachen! Der Klingelton erstarb. Erneut kontrollierte sie die Straße, bevor sie hinter dem Erdwall in die Knie ging, um den Boden noch einmal gewissenhaft abzusuchen. Alles musste weg. Alles.

Die Sonne versank am Horizont hinter den Hügeln. Es wurde kühler. Regina verknotete die beiden Säcke und wandte sich um. Im mittleren Drittel der präzise ausgebaggerten Fläche war die Erde zerwühlt, als hätte hier ein Kampf stattgefunden. Das musste weg. Alle Spuren tilgen! Alles wird gut.

Nach einem weiteren Kontrollblick zog sie die beiden Säcke ein Stück weit hinter sich her. So ging das nicht! Nicht noch mehr Spuren. Sie hob die Säcke hoch – sie waren erstaunlich leicht – und trug sie zum Kellerabgang. Fürs Erste. In den Keller. Ganz hinten neben den Regalen war ein guter Platz. Heute Abend – oder morgen würde sie weitersehen.

Noch einmal startete sie den Bagger und planierte die auffällige Stelle. Da und dort vermeinte sie etwas Weißes aufblitzen zu sehen, stieg ab, kontrollierte, grub mit bloßen Händen. Aber da war nichts.

Als die Dämmerung hereinbrach, lag die Baustelle ruhig da. Aus dem Dorf hörte man die Kirchenglocken. Regina ging langsam zum Haus, kehrte dann um und betrat nochmals den Keller. Sie warf eine alte graue Decke über die beiden Müllsäcke und löschte das Licht. Sie fühlte sich unendlich müde. Arme und Beine schmerzten. Ihre Kleidung war voller Erde, schwarze Ränder unter den kurzen Nägeln. Nicht dran denken. Nicht jetzt. Der erste Schritt war getan. Sie würde duschen, alles abwaschen. Eine Kleinigkeit essen – und dann überlegen, was weiter zu tun war.

Wieder läutete ihr Handy. Ein rascher Blick aufs Display: Paul. Sie ließ sich auf die Gartenbank fallen.

»Ja?« Ihre Stimme kratzte.

»Ich hab's am Nachmittag schon probiert.« Ein leichter Vorwurf in seiner Stimme. »Wollte dich besuchen.«

Ihr Herzschlag setzte aus. Ihr rechtes Bein machte sich selbständig: ein leichtes Zittern, das sich steigerte und auf das zweite Bein übergriff. Ihre Knie schlackerten. Sie räusperte sich. »Hatte zu tun.« Pause.

»Ist irgendwas?«, fragte er. »Du klingst so komisch.«

Regina schüttelte den Kopf. »Nein«, krächzte sie. »Ich bin nur den ganzen Tag auf dem Bagger gesessen. Jetzt bin ich fertig. Mit der Baustelle«, sie räusperte sich wieder, »und selber auch. Ich will nur noch duschen und ins Bett.«

»Also können wir uns heute nicht mehr sehen?« Er klang enttäuscht.

»Übermorgen holt Micko die Erde ab. Ich muss mich ausschlafen. Hab noch einiges zu erledigen. Ich muss die Zufahrt freimachen, das Rankgitter abmontieren …«

»Ich könnte dir helfen«, schlug er vor. »Ich verstehe sowieso nicht, warum du das alles allein machen willst.«

Regina hörte den Ärger in seiner Stimme. Sie hatte andere Sorgen. Sie stemmte die Beine fest in den Boden, bemüht, das Zittern in den Griff zu bekommen. Es ist nur, sagte sie sich, weil das Adrenalin nachlässt. Ein ganz normaler Vorgang. »Paul, ich ruf dich am Samstag an.« Er wollte etwas sagen, aber sie unterbrach ihn hastig. »Dann ist das Ärgste erledigt, und wir haben Zeit füreinander. Ich hab im Moment keinen Kopf …«

»Gibt es … ich meine …«, er zögerte, »ist alles in Ordnung zwischen uns? Du bist nicht irgendwie sauer? Oder so?«

»Nein. Nur müde. Ich freu mich auf dich. Bis Samstag.«

»Bis Samstag.« Er wirkte niedergeschlagen.

Regina klappte das Handy zu und blieb eine Weile sitzen, streichelte gedankenverloren die Katze und merkte erst nach einer ganzen Weile, dass sie weinte.

Sie duschte lange. Schrubbte ihre Haut, bis sie schmerzte. Bis ihre Anspannung nachließ. Sie schlüpfte in frisch gewaschene Jeans und einen leichten Pullover. Kämmte die nassen Haare nach hinten. Reinigte ihre Nägel. Rannte die Treppe hinunter und machte sich in der Küche zu schaffen. Schob den Zeitpunkt hinaus, an dem sie sich wieder mit dem Problem auseinandersetzen musste. Eine kleine Schonfrist noch. Sie musste etwas essen. Regina schnitt sich ein Brot ab, zerteilte einen Apfel. Ein Stück Käse. Zweimal fiel ihr das Messer aus der Hand. Sie ging dann noch einmal hinaus, versperrte die Kellertüre, die Haustüre, und setzte sich wieder an den Küchentisch. Die Katze strich um ihre Beine und klagte.

Die Entscheidung war gefallen. Es gab kein Zurück. Im Keller standen zwei Säcke mit Knochen. Der Fundort war planiert, die Spuren verwischt. Sie musste weitermachen. Sie war hundemüde. Zweiter Schritt, dachte sie. Die Knochen müssen aus dem Haus! Denk logisch: Was ist das Naheliegendste? Sie zog die Beine an, starrte auf die Küchenuhr, deren Zeiger lautlos wanderten, und dachte nach.

Eingraben. Irgendwo in einem Wald, weit weg von hier, eine Grube ausheben, die Knochen vergraben. Die Säcke in eine Mülltonne stopfen am Weg zurück. Risiko: Jemand sieht dich. Tiere graben die Knochen aus. Auch alte Knochen? Sicherheitshalber eine tiefe Grube!

Angeblich konnte man ohne Probleme anhand der anhaftenden Erde den ursprünglichen Fundort feststellen. Also, falls ein konkreter Verdacht bestand. Die Knochen vorher waschen? Wo? Verdammt – sie hatte ihre Fingerabdrücke und wer weiß was noch alles an Spuren hinterlassen. Der Gedanke, die Knochensäcke in die Mansarde zu schleppen, die Knochen in ihrer Dusche abzuschrubben, machte sie fast panisch. In Johannas Bad? Sie entspannte sich etwas.

Nein: ins Wasser werfen! Einzeln. Verstreut. In verschiedenen Gewässern versenken. Aber: Gingen Knochen, alte Knochen, überhaupt unter? Die waren doch leichter als frische? Wie konnte man das herauskriegen?

Sie erhob sich, um ihren Laptop zu holen. Mist, sie konnte unmöglich im Internet recherchieren! Die perfekte Spur! Der sichere Nachweis, dass man etwas damit zu tun hatte.

Feuer, dachte sie dann. Aber: Welche Temperatur war notwendig, um Knochen rückstandslos zu verbrennen? Konnte man das überhaupt selber bewerkstelligen? Sie erinnerte sich an ihre Verwunderung, als Karlas Katze kremiert worden war: So viel Asche, Knochenteile darin. Karla fragte im Krematorium nach, beunruhigt, wie ein ganzer Mensch in eine Urne passen sollte, wenn schon die Katze … Viel höhere Temperaturen, erklärte der Mann, der Karlas Interesse nicht im Geringsten seltsam fand. Eine Erinnerung blitzte auf: Auch bei Menschen blieben Knochenreste, die vermahlen wurden, bevor die Urne sie aufnahm. Ihr war übel von den Bildern, die sie überfielen. Übel vor Angst.

Warum, zum Teufel, hatte sie das überhaupt ausgegraben! Besser, sie hätte einen Augenblick nachgedacht, anstatt wie von Furien gehetzt die Gebeine auszubuddeln und im Keller zu verstecken. Wo waren Knochen, die keiner je zu Gesicht bekommen sollte, besser aufgehoben als unter einem Bauwerk?

Sie konnte sie im Keller einmauern. In dicken Klostermauern waren Skelette über Jahrhunderte im Verborgenen geblieben. Sie hatte davon – gelesen? Gehört? Im Keller würde niemand nachsehen. Es gab keinen Grund dazu. Sie konnte einigermaßen in Ruhe arbeiten, ohne gestört oder überrascht zu werden. Die Knochen im Keller, die Leiche im Keller. Nein, unmöglich! So grauenhaft wie die Vorstellung, im Wintergarten auf einem Grab zu sitzen, war die, über einem Grab zu kochen und jeden Tag zu frühstücken, zu Mittag zu essen und zu Abend. Der erste Impuls war richtig gewesen: Die Knochen mussten weg. Sie war wieder am Anfang.

Man konnte Knochen doch auflösen! Wie hieß der Film, in dem Romy Schneider und Michel Piccoli … *Trio Infernal*? Ob das so funktionierte – mit Schwefelsäure? Sie erinnerte sich an ihren Ekel, als sie den Film gesehen hatte. Wie damals beim Schweineschlachten. Vor vielen Jahren. Wie man die Tiere in der Wanne enthaart, die großen schlaffen, bleichen Leiber mit kochend heißem Wasser übergossen, mit einem weißen Pulver behandelt und mit Ketten traktiert hatte, um die Borsten zu entfernen. Das waren allerdings frische Leichen gewesen … Sie schüttelte sich. Zersetzte Schwefelsäure Knochen rückstandslos? Sie erinnerte sich, dass etwas Bestimmtes dabei zu beachten war, wollte man ein Unglück, schwere Verletzungen, vermeiden. Was? Und: In welchem Behältnis sollte sie das bewerkstelligen? Und: Wie kaufte man die erforderliche Menge Schwefelsäure, ohne Verdacht zu erregen? Wozu brauchte man so etwas im Normalfall? Wo kam das vor – außer in Autobatterien? So kam sie nicht weiter.

Wer das wohl war? Und wie lange lag der oder die Tote hier schon? Ob Johanna davon gewusst hatte? Ob Johanna damit zu tun hatte? Oder ob lange vor ihrer Zeit … vielleicht im Krieg …?

Verdammt, hör auf, befahl sie sich. Was bringt dir das?

Später im Bett ging es weiter. Sie kam nicht zur Ruhe: Die Knochen in einem Moorgebiet versenken. Einen langen Spaziergang machen, mit Rucksack … Zwei Spaziergänge. Sie würde die Knochen brechen müssen. Es wurde immer schrecklicher. Im Urlaub in Griechenland hatte sie auf einem Friedhof einen Raum betreten, in dem Knochen aufbewahrt wurden. In ganz kleinen Kisten, an den Wänden gestapelt. Man bricht sie zur Not, damit sie hineinpassen, hatte ihr jemand erklärt.

Sie setzte sich auf und tastete nach dem Lichtschalter. Warmes, freundliches Licht erhellte den Raum. Sie beruhigte sich ein wenig, vermochte aber das Denken nicht abzustellen. Warum, überlegte sie, ließ man die Knochen nicht einfach im Grab? Und legte den neuen Toten dazu? Irgendwann mussten sie doch verrotten! Die kleineren wenigstens. Wie lange dauerte so etwas? Sie starrte auf ihren Laptop. Sie konnte das verdammte Ding nicht benützen. Im Netz waren alle Antworten auf ihre Fragen, aber man hinterließ Spuren. Sollte in dieser Sache – sie schluckte – jemals ein Verdacht auf sie fallen, war sie geliefert, wenn sie jetzt googelte! Es mochte verrückt sein, paranoid, aber sie wollte kein Risiko eingehen.

Konnte man, konnte sie die Knochen nicht einfach in ein frisch ausgehobenes Grab legen? Sie mit Erde bedecken? Am nächsten Tag wurde dann der neue Tote darüber gelegt und das Grab wieder zugemacht. Das perfekte Verschwinden. Wer suchte schließlich auf einem Friedhof nach Toten?

Wie kaltblütig musste man sein, um das durchzuziehen? Wie kaltblütig war sie, Regina, wenn es darauf ankam? Wie belastbar unter Stress? Sie dachte an die Nacht im Spital, an den Mörder, der sich im Tod an sie geklammert hatte. Warum fiel ihr dergleichen gerade jetzt ein?

Sie riss sich zusammen. Noch einmal von vorne, ganz systematisch, befahl sie sich. Der Friedhof des Dorfes lag ganz am Rand der Arbeitersiedlung, neben einer kleinen Kapelle. Johannas Grab war dort. Sie konnte im Auto eine große Tasche mitnehmen. Blumen, Grabschmuck. Im Sommer war es hier ruhig. Das Risiko war nicht größer als bei einer der anderen Varianten. Freilich konnte jemand kommen, dachte Regina. Solange die Knochen in der Tasche waren, sah sie niemand. Lagen sie bereits im Grab, musste nur noch etwas Erde darüber. Die war am Grabrand aufgehäuft. Ein kleiner Spaten … Regnen durfte es freilich nicht in der Nacht. Der Totengräber würde nacharbeiten, die vom Regen in die Grube gewaschene Erde beseitigen müssen – und auf die Knochen stoßen. Wer sollte die aber mit ihr, Regina, in Verbindung bringen? Du musst sie waschen, befahl sie sich erneut. Schaffst du das, Regina?, fragte sie sich. Zweifel beschlichen sie. Sie starrte auf den Wecker. Halb drei. Sie war hellwach. Sie tappte ins Bad und trank ein großes Glas Wasser.

Der Karner fiel ihr ein. Im Süden, wo sie einmal auf Kinderferienlager gewesen war, gab es einen Karner. Eine kleine Kirche auf einem Hügel, ein gutes Stück vom Dorf entfernt. Rundherum ein Friedhof, Gräber entlang der Kirchenmauer. Es roch nach Buchsbaum, nach zertrampeltem Gras, nach Wachs. Der Karner lag im Schatten der Kirche: Wie Holzscheite gestapelte Knochen waren auf einer Seite ein Stück weit ins Rutschen geraten. Dahinter Unordnung. Schädel. Durch die offenen Luken konnte man hineingreifen. Die Ferienlagerkinder standen in respektvollem Abstand, während die Dorfkinder, die damit aufgewachsen waren, sie Angsthasen nannten.

Knochen zu Knochen, dachte sie. Und vielleicht ein Unfall, eine Verkehrskontrolle auf den fast vier Stunden Fahrt: Öffnen Sie bitte den Kofferraum, Frau Kollegin! Sie kicherte hysterisch. Beruhigte sich wieder. So ging das nicht.

Die Vögel begannen zu lärmen. Es dämmerte bereits, als Regina endlich einschlief.

Sie erwachte mit einem Schrei und fuhr hoch. In ihren Ohren sirrte es. Sie starrte auf die zerknüllte, nassgeschwitzte Bettdecke, auf ihre nackten Beine. Erst nach und nach begriff sie: Sie hatte geträumt. Nur geträumt. Die Knochen lagen im Keller. Es war nichts geschehen. Beruhige dich, flüsterte sie. Beruhige dich, Regina. Nur ein Traum.

Man stellt sie nach einer Verfolgungsjagd auf offener Straße. Mitten im Dorf. Rund um ihr Auto Wagen mit kreisendem Blaulicht. Gaffer. Paul. Raufer. Blitzlichtgewitter. Mehrere Polizisten zwingen sie, den Kofferraum zu öffnen. Sie blicken fassungslos auf einen Haufen angekohlter Knochen. Dann auf Regina. Sie starrt auf die Knochen: Ich habe sie also verbrannt. Und bin gescheitert. Alle werden wissen … Es ist aus.

»Gestehen Sie!« Kowalsky, ihr Kowalsky, kämpft sich nach vorne. Sie riecht sein vertrautes Rasierwasser und sucht seinen Blick. »Edi, es ist nicht so …« Er schiebt grimmig das Kinn vor und tut, als kenne er sie nicht. Er herrscht sie an: »Am besten, Sie ziehen die Uniform gleich aus. Wer sich mit dem Gesindel einlässt, hat bei der Wache nichts verloren.« Dann zieht er seine Waffe. Und erschießt sie.

Regina brauchte lange, um in den Tag hineinzufinden. Sie fühlte sich, als hätte sie Grippe: fiebrig, matt, erschöpft. Ihre Muskeln schmerzten. Sie trank Kaffee, kaute ohne Appetit an einem Butterbrot und versuchte die Gedanken abzustellen, die sich um den Traum, das Wegschaffen der Knochen und zunehmend im Kreis drehten. Sie trat in den Garten und fütterte die Katze. Amseln hüpften über die Wiese, den Aushub, und zerrten Würmer aus der Erde. Sie ging zum Hochbeet und streifte mit der Hand durch die Kräuter. Eine Duftwolke stieg auf. Mit geschlossenen Augen sog sie den Geruch ein – Lavendel, Minze, Thymian. Sie riss die Augen weit auf und blinzelte in die Sonne.

Sie wollte ihr altes Leben zurück: Dienste, die sie mehr oder weniger routiniert durchzog. Ihren Gartenalltag, der aus graben, pflanzen und ernten bestand. Nachmittage auf der Liege im Schatten. Mit einem Buch. Musik im Ohr. Den Wolken nachschauen, ihren Gedanken nachhängen. Das unkomplizierte Miteinander mit Wolfgang damals. »Wir«, hatte sie gedacht und ihm vertraut. Man konnte niemandem glauben.

Das Handy läutete. Sie drückte das Gespräch weg. Paul. Er gab sich nicht mehr zufrieden mit einem Treffen hin und wieder. Er bekundete Verständnis dafür, wenn sie allein sein wollte, aber seine Augen wurden jedes Mal dunkel, sein Mund schmal. Zum ersten Mal dachte sie daran, dass er viel zu still war. Männer wie er gingen gewöhnlich irgendwann hoch, wenn sie genug an Enttäuschungen, Verletzungen, Ärger gesammelt hatten. Es wäre nicht zum ersten Mal, dachte sie. Und: Eigentlich kenne ich ihn kaum. Ein Fehler nach dem anderen: Hätte sie doch mit Johanna auch den Plan vom Wintergarten begraben! Das Haus war groß genug für sie allein. Ja, sie war allein. Aber – war sie das denn nicht immer gewesen? Ihr halbes Leben lang?

Sie gab sich einen Ruck. Niemand würde sie von hier vertreiben. Niemand. Nur das zählte. Sie würde kämpfen.

Paul rief noch zweimal an, aber sie blieb hart. »Samstag«, sagte sie. »Ich muss das durchziehen. Ich habe jetzt keinen Kopf für Spielchen. Lass mich in Ruhe meine Arbeit erledigen. Wenn dann die Arbeiter kommen, habe ich Zeit.«

Ihr gereizter Ton war neu und passte nicht zu ihren Worten. Hatte sie ihre Tage? Gab es einen anderen Mann? Er verwarf den Gedanken sofort. Im Bett stimmte alles zwischen ihnen. Oder – natürlich, das Naheliegendste: Er hatte sie zu wenig unterstützt. Sie signalisierte ihm damit: Nun mache ich auch den Rest allein.

Paul überlegte. Er würde hinfahren, sie überraschen. Wenn er einmal da war, würde sie ihn nicht wegschicken. Das kannte er von Karin. Frauen ließen einen im Allgemeinen büßen für jede kleine Unaufmerksamkeit. Den vergessenen Jahrestag, das in letzter Minute gekaufte Parfum, das als Lieblosigkeit ausgelegt wurde. Man musste erkennen, wenn sie eine neue Frisur, ein anderes Kleid trugen, und ungefragt versichern, dass es einem gefiel. Machte man spontan ein Kompliment, schwächten sie es ab oder wiesen es zurück – etwas, das ihm, wahrscheinlich Männern überhaupt, niemals in den Sinn gekommen wäre. Sie verziehen aber rasch, wenn man zerknirscht ankam und Besserung gelobte. Einsatz zeigte. Das würde er nun tun. Er würde mit anpacken, ihr helfen, und schließlich würde sie ihm dankbar sein. Im Grunde war Regina wie jede Frau, lehnte sich gerne einmal an eine starke Schulter, auch wenn sie selber es niemals zugeben würde. Im beruflichen Alltag musste sie sich in einer Männerwelt behaupten, durfte keine Schwäche zeigen. Sie verbat sich jede Unterstützung. Ihr Gartenidyll, die Kissen, die weichen Decken, ihre Öle und Seifen, der ganze Pflegekram – sündteure Sachen, die sie im Bad stehen hatte – zeigten aber eine Person, die nur nach außen stark war. Paul hatte aus der Vergangenheit gelernt. Beziehung war mehr als miteinander eine gute Zeit haben. Guten Sex, wenn einem danach war. Mehr, als ein kleines Stück Alltag zu teilen, Urlaube und ein paar Freunde. Das war es im Grunde genommen gewesen, was ihn und Karin verbunden hatte.

Ich war damals einfach zu jung, dachte er. Mir waren andere Dinge wichtig. Man musste zwischen den Zeilen lesen, nicht so sehr darauf achten, was die Partnerin sagte. Regina sah sich als starke, unabhängige Frau, der es nicht leichtfiel, Hilfe anzunehmen. Mit ihr fühlte sich alles richtig an.

Er dachte an den letzten gemeinsamen Morgen: Er massiert ihren Nacken. Sie hält die Augen geschlossen und seufzt.

»Magst du?«

»Hm.« Sie blinzelt ihn an. Er schiebt ihr Hemd hinten hoch und streichelt ihren Rücken. Er fühlt sich wohlig entspannt. Die Zeit dehnt sich, Sonnenflecken wandern über die Decke und kommen auf ihrem Hintern zu liegen. Sie dösen eine Weile, bevor sie zum zweiten Mal an diesem Morgen miteinander schlafen.

Paul setzte sich ins Auto und fuhr los.

Die Idee war plötzlich da. Während Regina den Müllbeutel mit Küchenabfällen zuknotete, traf sie die Entscheidung – verwundert, dass sie nicht früher darauf gekommen war: Sie würde die Knochen morgen früh, kurz bevor die Müllabfuhr kam, vorne beim Supermarkt in einen der Container werfen. Dabei lief sie kaum Gefahr, dass jemand sie sah.

Sie war erleichtert. Morgen Abend schon, wahrscheinlich früher, würden die Knochen in der Verbrennungsanlage landen. Alles wäre vorbei.

Regina riss einen Sack von der Rolle ab und füllte den Küchenabfall und Pflanzenreste um. Sie packte einen der Säcke mit den Knochen dazu. Kippte eine weitere Lage Abfall darüber und stellte den Sack gut verknotet an die Hauswand. Den zweiten polsterte sie mit einer Decke aus. Sie stopfte die andere Hälfte der Knochen hinein und füllte mit Müll auf. Zur Sicherheit zog sie je einen weiteren Sack darüber und verknotete ihn straff.

Es waren nur Knochen, totes Material, beruhigte sie sich, als ihr Blick die Säcke streifte. Nach so langer Zeit war es völlig gleichgültig … Aber Müll, rebellierte etwas in ihr. Feuer! Sie dachte an die angekohlten Knochen im Traum. Diese hier würden ganz verbrennen, mit den Pflanzen, dem … nein, sie würde den Müll nicht wieder ausleeren. Es waren nur Knochen. Kein Grund, sich jetzt in etwas hineinzusteigern.

Kurz darauf hörte sie das Auto. Paul ließ den Wagen vor dem Nachbargrundstück ausrollen. Er löste den Gurt und stieg mit einem unsicheren Lächeln aus. Er trug Jeans und ein rotes Kurzarmhemd. Er sah erhitzt aus.

»Was machst du hier?«, fragte sie entgeistert.

»Ich dachte, du freust dich über meine Hilfe«, erklärte er, während er auf sie zueilte.

Sie fasste sich rasch. »Warum hast du nicht angerufen?«

»Du hebst nicht ab.« Er blickte fassungslos auf den Garten. »Wahnsinn! Das hast du alles schon fertig?«

Sie nickte. Sah nur die zerwühlte Erde, den Grad der Zerstörung. Ihr Blick flog zur Hauswand: die Säcke! Sie musste ihn ablenken. Sie wegschaffen.

»Und heute nehmen wir uns den Torbogen vor? Willst du die Rosen versetzen?« Er tat, als wäre es längst ausgemacht. Er stand nun ganz nahe und küsste sie leicht auf den Mund.

Reginas Gedanken überschlugen sich. Verhalte dich wie immer, befahl sie sich. Ganz normal. Beschäftige ihn. Es darf ihm nichts auffallen.

Sie deutete zur Straße hin. »Ich lege den Zaun daneben um. Das wird reichen als Zufahrt. Das Rankgitter bleibt. Ich will nicht, dass die Rosen Schaden nehmen.«

Sein Blick streifte den Torbogen. Rosen und Clematis waren ineinander verwoben. »Und der Baum?«, fragte er. Er schien nichts von ihrer Panik bemerkt zu haben.

Sie wandte sich um. »Die Birke? Kommt da hinten hin. Die ist noch jung. Die kann man gut versetzen, wenn man darauf achtet, den Wurzelballen nicht zu verletzten und …« Verdammt, sie redete wie ein Wasserfall. Halt endlich den Mund, befahl sie sich. Sie wies auf eine Stelle im Halbschatten ganz hinten im Garten.

»Soll ich die Grube ausheben?«, fragte er.

Ein Blick zum Haus. Er würde ja wohl nicht gleich eine weitere Leiche ausgraben! Das hier war schließlich kein verdammter Friedhof. Sie musste ihre Gedanken in Zaum halten. Aufmerksam sein und einen kühlen Kopf bewahren. Es war gefährlich, in Panik zu verfallen. Und es war gut, wenn er beschäftigt war. Sie würde die Säcke wieder im Keller deponieren. Oder … nein, das war jetzt nicht der Zeitpunkt, umzudisponieren. »Bist du schon einmal mit einem Bagger gefahren?«, erkundigte sie sich stattdessen.

»Klar.«

Sie gingen nebeneinander nach hinten. Sie war froh, dass er nicht nach ihrer Hand griff. »Hier, denke ich, ist eine gute Stelle. Da hat sie Platz und steht nicht im Weg.«

»Wie groß soll die Grube sein?«

»Vier Meter Seitenlänge sollten reichen. Und vielleicht«, sie zögerte, »eineinhalb, zwei Meter in die Tiefe.« Sie hatte keine Ahnung, wie rasch Birken wuchsen. Ihre Wurzeln gingen eher in die Breite. Man durfte den Wurzelballen nicht beschädigen. Nun, im Notfall konnte man nacharbeiten.

Wie immer, wenn sie eine Entscheidung getroffen hatte, ging es ihr schlagartig besser. Alles war besser als Untätigkeit, die zum Grübeln verführte und sie rasch an den Rand der Panik trieb. Paul nahm die von ihr bezeichnete Stelle näher in Augenschein. Hockte sich hin und prüfte den Boden. »Sollte kein Problem sein. Ich lege den Zaun um und fange dann mit der Grube an, gut?«

Regina nickte, wies auf den Werkzeugkasten und fischte den Schlüssel für den Bagger aus ihrer Hosentasche.

Sie blieb eine Weile unschlüssig stehen, die Arme verschränkt, und sah ihm zu. Er war geschickt. Mit sicheren Handgriffen montierte Paul den Zaun ab. Er kam ohne Probleme mit dem Bagger zurecht.

Als er begann, die Grube auszuheben, ging sie langsam zum Haus zurück, holte ein altes Leintuch und brachte die Säcke in den Keller. In Sicherheit. Als das Baggergeräusch erstarb und Paul abstieg, um die Grube zu begutachten, hielt sie unwillkürlich die Luft an. Sie zog die Schultern nach vorne und strich mit den Händen über die Oberarme. Gänsehaut. Sie entspannte sich erst, als Paul wieder auf dem Bagger saß.

Nun machte sie sich daran, die Birke auszugraben. Der Boden an dieser Stelle war locker, etwas sandig. Die Wurzeln gingen knappe drei Meter in die Breite. Regina grub vorsichtig in die Tiefe. Nach etwa sechzig, siebzig Zentimetern endeten sie. Sie legte den Baum um und mühte sich, die Wurzeln in das Tuch zu packen. Zuckte zusammen, als Paul plötzlich neben ihr stand.

«Ich glaube, ich hab's. Komm mit.« Er legte ihr den Arm um

die Schultern, hielt dann inne und begann ihren Nacken zu massieren. »Völlig verspannt.«

»Hm«, murmelte sie. »Es ist anstrengender, als ich dachte.«

»Ich mache weiter«, bot er an.

Sie schüttelte den Kopf. »Ich bin fast fertig.«

Gemeinsam gingen sie zur Grube, die, wie sie jetzt bereits sah, viel zu groß war. Sie würde die Hälfte zuschütten müssen, bevor sie den Baum einpflanzte, wollte sie ihn nicht vergraben.

»Gut«, sagte sie. »Prima. Du hast mir sehr geholfen.« Sie berührte mit den Lippen seine Wange, und er zog sie an sich. Sie widerstand der Versuchung, sich anzulehnen. Sie war müde und erschöpft. »Magst du was essen?«, fragte sie und löste sich von ihm.

Er nickte. »Wir können morgen weitermachen. Es ist nicht mehr viel zu tun.«

Er half ihr, eine Jause zu richten. Sie aßen draußen. Der Garten war völlig verwüstet, es roch nach fetter Erde und Gras. Die Katze inspizierte die Grube.

»Schaut schlimm aus«, bemerkte Paul, als hätte er ihre Gedanken gelesen, »aber das wird wieder. Nächstes Jahr wächst hier Gras, blüht hier wieder alles. Und mittendrin steht dein Wintergarten.«

Sie versuchte ein Lächeln.

Als Paul nach zwei Stunden, gegen halb fünf, aufbrach, atmete Regina auf. Sie hatte befürchtet, er würde bleiben wollen. Sie musste schlafen. Die Knochen aus dem Haus schaffen. Sich sammeln, mit Micko plaudern, als wäre nichts, wenn er den Bagger abholen kam. Sie musste der Firma, die Kowalsky ihr empfohlen hatte, Bescheid geben, dass der Termin hielt, das Fundament, die Vorarbeiten für die Fußbodenheizung in Angriff genommen werden konnten. Sie musste die Bestätigung … Du lieber Himmel, sie hatte noch nicht nach der Post gesehen! Regina eilte zum Briefkasten am Zaun. Eine Zeitschrift, zwei

Werbesendungen und ein Brief. Eine ihr unbekannte Schrift, kein Absender. Der Stempel war verwischt, nur das Datum gut lesbar. Er war lange unterwegs gewesen. Johannas Wahlnichte: Linda. Sie öffnete den Brief und setzte sich auf die Gartenbank. Die untergehende Sonne blendete sie, und sie rückte ein Stück zur Seite.

Keine Anrede.

»Sie hieß Stella«, las Regina. *»Sie war meine Freundin. Sie hat sich für mich geprügelt, gleich am ersten Abend im Heim. Als Mama die dritte Chemo machen musste, danach die Operation, und niemand wusste, wie es weitergehen würde. Mit ihr. Mit uns. Stella hatte kurze hellbraune Haare. Ein Straßenkindergesicht. Sie war eckig, knochig, ungestüm. Der aufrichtigste Mensch, den ich je getroffen habe.«*

Regina hörte auf zu lesen und griff nochmals zum Briefumschlag. Ihre Adresse war korrekt. Sie zählte drei eng beschriebene Bogen. Eine klare, große, etwas bauchige Schrift. Blaue Tinte, die zügig dahinfloss. *»… wenn Sie können«*, stand ganz am Ende des Briefes. Sie kehrte zu der Stelle zurück, an der sie abgebrochen hatte.

»… den ich je getroffen habe. Stella. Ich weiß noch, dass ich mich anfangs ein wenig vor ihr gefürchtet habe. Sie war so – wild. Auch in ihren Zärtlichkeiten. Sie erklärte mir alles. Sie beschützte mich. Sie teilte, was sie hatte. Gegen alle Heimkindergewohnheit. Mit einer, die wieder gehen würde: mit mir.«

Regina hielt noch einmal inne. Die Frau, der sie Johannas Todesanzeige geschickt hatte – oder jemand von dort, Durban, Südafrika –, hatte wohl zwei Briefe vertauscht. Irgendwo würde nun einer, der Johanna nicht gekannt hatte, sich über einen Dank wegen der Verständigung über ihren Tod, ein paar tröstende Worte wundern.

»Mama kam nach Hause. Wir blieben Freundinnen. Stella riss aus, um mich zu besuchen. Zweimal, dreimal. Immer wieder. Johanna« – Regina stutzte – *»hätte sie aufnehmen können, wie*

sie das mit meinem Bruder so selbstverständlich getan hat. Die ganze Zeit über. Stella hatte niemanden. Sie war Vollwaise. Ein fremdes Mädchen, ein langjähriges Heimkind – bald erwachsen. Wie stellst du dir das vor, Linda? Edgar war um nichts weniger fremd. Er war älter. Mein Bruder beschiss sie, wo immer er konnte. Sie sah es nicht. Vertragt euch doch, mahnte sie, wenn ich sie darauf hinwies. Du bist eifersüchtig, Linda. Er ist sensibler. Er braucht einfach mehr Unterstützung als du. Er hat es nicht leicht.

Ich weiß noch, wie er Stella das erste Mal begegnete. Da war sie sechzehneinhalb, immer noch sehr schlank. Immer noch dieser hungrige Blick. Aber sie war kein wildes Kind mehr. Ich sah sie mit seinen Augen: eine schöne junge Frau, die sich ihrer billigen Klamotten schämte. Seine Augen wurden schmal. Er knipste sein Verführerlächeln an. Stella erwiderte es – plötzlich schüchtern. Zupfte an ihrem linken Ärmel, wieder und wieder. Stand wie angewurzelt. Kaninchen vor der Schlange. So kannte ich sie nicht. Ich war verrückt vor Sorge.

Du bist eifersüchtig, Yoyo, neckte sie mich später. Nie wieder hat mich jemand Yoyo genannt.

Als Stella verschwand, als er verhaftet wurde und verurteilt wegen der Morde an den zwei Mädchen … Als Stella nicht mehr auftauchte, wie vom Erdboden verschluckt blieb, wusste ich, dass er sie umgebracht hatte. Ich war verrückt vor Schmerz. Vor Hass. Ich werde ihn töten, schwor ich. Sehen Sie: Er lebt noch immer. Und Stella, Stella ist tot.«

Regina schluckte. Der Bogen zitterte in ihrer Hand. Das Blut dröhnte in den Ohren. Warum schrieb man jemandem so was? Die war verrückt, ganz bestimmt. Verrückt, völlig durch den Wind. Johanna hatte davon geredet, dass sie in einer Klinik gewesen war, bevor sie für alle überraschend geheiratet und das Land verlassen hatte.

»Johanna ist tot«, las Regina. *»Ich nehme das zur Kenntnis. Ich möchte Sie nicht belügen und von Trauer reden. Trauer empfinde ich um Stella. Nur um sie.«*

Regina blätterte um. *»Ich weiß nicht, was sie Ihnen erzählt hat. Ob Sie unsere Geschichte kennen. Ob Stella darin vorkommt. Ich bin weggegangen, nachdem Mutter tot war. Ich werde nicht zurückkehren, keine Angst. Johanna wird geschwiegen haben, wie sie das immer getan hat. Ihr Geheimnis mit ins Grab genommen. Und Stellas Geschichte.*

Ich möchte nur das: dass außer mir sich nicht nur ihr Mörder an sie erinnert. Der Gedanke daran bringt mich um. Deshalb erzähle ich Ihnen von Stella. Antworten Sie mir nicht. Ich habe sonst nichts zu sagen.« Die nächste Zeile war unleserlich durchgestrichen. Regina hielt das Blatt gegen das Licht. Ohne Ergebnis. Die letzten Worte lauteten: *»... wenn Sie können.«*

Regina faltete den Brief, öffnete ihn wieder und strich ihn glatt, legte ihr Gesicht in die Hände, schloss die Augen, öffnete sie wieder. Las. Faltete den Brief. Las. Angenommen, die Frau war nicht verrückt ... Angenommen, die Geschichte stimmte ... Es war unmöglich! Johanna hätte etwas gesagt. Sie waren einander nahe gewesen. Freundinnen. Sie hatten keine Geheimnisse voreinander gehabt. Sie lügt, war sie sich plötzlich sicher. Das kann nicht sein.

Aber: Sie hatte Knochen gefunden. Menschenknochen. Mädchenknochen? Stella. So kleine Füße, fiel ihr wieder ein. Verdammt, hör auf! Die Katze, die sich neben ihr eingerollt hatte, machte einen Satz.

Die Knochen mit Müll bedeckt in schwarzen Plastiksäcken. Für den Müllcontainer. Die Müllverbrennungsanlage. Ihr Magen krampfte. Sie nahm die Hand an den Mund und biss auf die Knöchel. Ihr Nacken war wie Stein.

Die Geschichte ließ sie nicht los. Stella. Ein junges Mädchen. Ermordet. Vergraben. Vergessen. Vor nahezu zwei Jahrzehnten. Nur zwei Menschen, die an sie dachten: eine Frau, die möglicherweise verrückt war. Darüber verrückt geworden war? Und ein Mann: der Mörder. Johannas Wahlneffe.

Mit einem Ruck stand Regina auf. Mochte es ganz anders

sein, mochte es jemand anderer sein: Niemand durfte so enden. Ich muss sie begraben!

Sie lief ins Haus, dann in den Keller. Öffnete die Säcke und legte die Knochen in ein weißes Tischtuch. Der Schädel, den ihre beiden Hände umfingen, war unversehrt. Sie sah sich um. Die Katze gesellte sich zu ihr und folgte ihr mit hoch erhobenem Schwanz durch den Garten zur Grube. Regina legte die Gebeine ins Grab, stand eine Weile still, holte dann eine Handvoll Rosen und ließ sie auf das weiße Tuch fallen. Die Katze schmiegte sich an ihr Bein und schnurrte.

Nach einigem Suchen fand Regina die Schaufel. Sie stolperte zurück und bedeckte das Tuch ganz mit Erde. Dann schleifte sie die Birke quer durch den Garten und stellte sie ins Grab. Vorsichtig zog sie das Tuch weg und fixierte den Baum. Sie füllte die Grube auf und begradigte die Stelle, setzte einen Holzpflock und band das Bäumchen daran fest.

Im Osten blinkte der erste Stern.

Als Yvonne sich ihm zuwandte und ihre Hand unter seinen Pyjama schob, stellte sich Hassler schlafend. Er murmelte unwillig, drehte sich von ihr weg und atmete gleichmäßig und geräuschvoll. Sie rückte nach, schmiegte sich an ihn und blieb eine Weile so liegen. Er spürte die feuchte Wärme ihres Körpers. Ihren lauen Atem an seinem Hals. Er reagierte nicht. Dann hörte er sie mehrmals hart schlucken. Sie begann leise zu weinen. Es machte ihn wütend. Unwillig knurrend veränderte er seine Schlafposition und rückte ein Stück von ihr ab – sein Rücken eine Mauer gegen sie. Er biss die Zähne zusammen und bemühte sich, gleichmäßig weiterzuatmen. Versuchte zu schlafen, aber es klappte nicht. Er hörte ihr Schniefen, ein Schluchzen. Es ist unerträglich, dachte Hassler. Ich halte das nicht aus. Er überlegte aufzustehen und wegzugehen. Er blieb liegen. Da bewegte sich die Matratze, buchtete sich ein. Ein leichtes Gefälle zu ihr hin. Hassler verspannte sich und zog das rechte Bein an den Körper. Nun setzte sich Yvonne auf – vorsichtig, wie ihm schien, und ihre Rücksichtnahme, dieses Zögern, brachte ihn erneut gegen sie auf. Sie blieb eine Weile auf der Bettkante sitzen, als würde sie auf etwas warten oder Kraft sammeln, und verließ dann das Zimmer.

Hassler starrte ins Dunkel. Er fühlte sich an die Haft erinnert. Die erste Zeit in einer Fünfmannzelle: Man kam einander nicht aus. Musste sich tausendmal die gleichen Geschichten erzählen lassen. Die Klagen, Unschuldsbeteuerungen, Drohungen ertragen. Gewaltausbrüche und Weinerlichkeiten. Man wurde Zeuge von Demütigungen, Quälereien, Unterwerfungsakten, stundenlangem Kartenspiel, das mit einer Schlägerei endete. Hörte die anderen schreien, fluchen, weinen, roch ihre Fürze und ihren Schweiß. Wurde wach vom rhythmischen Rütteln eines der Stockbetten im überfüllten Haftraum, dem Klicken der Feuerzeuge nachts, wenn einer nicht schlafen konnte. Das blaue hektische Flimmern des Fernsehapparates verzerrte die jeweilige Szene ins Groteske, die penetranten Synchronstimmen und die Geräuschkulisse der Filme legten sich wie eine klebrige Schicht über alles. Sofort hatte er die laue abgestandene Luft wieder in der Nase, den Gestank billigen Tabaks, den Geruch von Sperma und Schweißfüßen, die Ausdünstungen der anderen: Knoblauchwurst, Eier, Zwiebeln, manchmal Alkohol, den sie selber ansetzten – ein widerliches Gesöff aus Orangen, Hefe und Zucker – oder sich auf die eine oder andere Art beschafft hatten. Man musste das alles aushalten. Konnte nicht weg. Einzelzellen waren rar. Man stumpfte ab. Hörte nicht hin. Starrte auf den Bildschirm. Betäubte sich mit Medikamenten oder Alkohol. Drosch gegen die Wand, bis die Knöchel blutig waren und die Spannung abfiel. Zerfetzte mit einer Klinge den eigenen Unterarm oder verprügelte jemanden, wenn einem alles zu viel wurde.

Das hier, dachte Hassler, nun auf dem Rücken liegend, war selbstgewählt. Er konnte gehen. Niemand zwang ihn zu bleiben. Er dachte an den Elefanten im Zoo. Wie er im neuen, großen Gelände hin- und hergewandert war, stur, immer wieder die eine Strecke, die ihm aus dem alten Gehege vertraut war. Wie er an einer nur für ihn selber sichtbaren Grenze Halt machte, eine Weile stillstand – den Kopf gesenkt – und schließlich umkehrte und wieder zurücktrottete. Die Brust wurde ihm eng.

Er hörte die Wohnzimmertüre gehen, Yvonnes nackte Füße auf dem Parkettboden. Rasch rollte er sich zur Seite. Als sie sich neben ihn legte – nun in einiger Entfernung –, rochen ihre Haare, ihr Atem nach Rauch. Er zog sich die Decke übers Gesicht und schloss die Augen. Es würde vorübergehen. Er würde sich daran gewöhnen.

Regina stand im Dunkeln am Fenster und schaute in den Garten hinunter. Der helle Stamm der Birke schimmerte im Mondlicht. Eine weitere schlaflose Nacht würde ihr den Rest geben. Micko hatte den Bagger abgeholt. Am Montag kamen die Arbeiter, um das Fundament zu betonieren. Und am Abend hatte sie wieder Dienst.

Es ist vorbei, dachte sie. Niemand außer mir weiß von den Knochen. Niemand wird danach suchen. Der Täter hat allen Grund, die Gegend zu meiden. Kein Anlass zur Sorge. Du wirst dich daran gewöhnen, beruhigte sie sich. Damit leben lernen. Nächsten Sommer würde sie nur noch eine Birke sehen, die sich im Wind wiegte. Einen beliebigen Baum. Wenn der Wintergarten erst stand, wenn Gras über die Sache gewachsen war … So war es immer gewesen. Sie konnte das. Regina dachte an ihren Vater, der sie nach und nach abgehärtet hatte. Sie gab Johanna recht: Die Vergangenheit war nicht mehr zu verändern. Am besten, man ging einfach weiter. Tat, was zu tun war, verwischte die Spuren, schrieb Teile der Geschichte um, bis niemand sich mehr daran erinnerte, wie es wirklich gewesen war. Verdrängte, bis man selber vergaß.

Sie löste sich vom Fenster, ging ins Badezimmer und trank ein Glas Wasser. Sie hatte keinen Blick für ihr Spiegelbild. Sie wusste, sie hatte abgenommen, war kantiger, sehniger geworden in diesen drei Wochen Urlaub. Kowalsky würde sich eine Bemerkung dazu nicht verkneifen können. Regina lächelte. Kowalsky versuchte immer noch, ihr klarzumachen, dass sie – »Glaub mir einfach, Prinzessin!« – mit ein paar Kilos mehr »eine richtig schöne Frau« sein könnte. Freilich nur, wenn sie ihre Verbissenheit ablegte.

»Du bist zu verkrampft, Mädchen«, dozierte Kowalsky bei verschiedenen Gelegenheiten. »Man muss nicht immer alles im Blick haben, alles kontrollieren. Dinge geschehen. Man kommt damit klar. Früher oder später. Weil man muss.«

Sie stand früh auf. Die Arbeiter kamen um sieben. Hier im Ort war es noch üblich, für die Handwerker zu kochen, aber weder Johanna noch Regina hatten sich je daran gehalten. Eine Jause musste es auch tun. Nach einer kurzen Besprechung mit dem Polier fuhr Regina in den Ort und besorgte alles Nötige. Vor der Bäckerei stand Petras Wagen. Die drei Frauen an der Kuchentheke verstummten und wandten sich um, als Regina eintrat. Sie grüßte, erhielt aber keine Antwort.

Petra strahlte sie an. »Lange nicht gesehen. Kaffee?«

Regina nickte und lehnte sich an eines der beiden Stehtischchen neben dem Eingang. Es duftete nach Biskuit und Kaffee. Auf der gegenüberliegenden Straßenseite war Wolfgangs Wagen im Halteverbot geparkt. Wenig später trat der Arzt aus der Bank, seine Frau, mit schon merklich gerundetem Bauch, an seiner Seite. Auf den Stufen hängte sie sich bei ihm ein. Sie standen eine Weile auf dem Gehsteig und redeten miteinander. Regina konnte den Blick nicht von ihnen lösen. Wolfgang schaute zur Bäckerei herüber. Seine Frau schüttelte den Kopf.

Regina schreckte auf, als Petra den Kaffee vor sie hinstellte. Sie bedeutete ihr lautlos »später« und wandte sich wieder den anderen Kundinnen zu. Ging es darum? Wusste man im Ort von ihrem Verhältnis? Im Dorf blühte der Tratsch, liebevoll gepflegt von ein paar Leuten, die damit ihren eigenen grauen Alltag belebten. Als Regina wieder auf die Straße sah, stand Wolfgangs Wagen nicht mehr dort. Sie atmete auf.

»Ja, wenn die Prominenz einmal vorbeischaut«, bemerkte eine der Frauen halblaut. Regina rührte in ihrem Kaffee und tat uninteressiert. Was war das nun schon wieder, verdammt?

»Sie reden«, erklärte Petra später. »Ich wollte dich schon anrufen. Ich finde, du musst das wissen.«

»Worum geht es?«

»Um Johanna. Dass vielleicht, Gott behüte – du kennst das – nicht alles mit rechten Dingen zugegangen ist. Dieser plötzliche Tod, nachdem ihr beim Notar gewesen seid …«

Regina starrte die Verkäuferin sprachlos an. »Wer sagt so etwas?«, wollte sie dann wissen.

Petra legte ihr die Hand auf den Arm. »Ich wusste, das wird dich aufregen. Es ist blödes Geschwätz, Regina. Ich bin mir sicher, niemand glaubt wirklich daran, dass du etwas mit Johannas Tod …«

«Raufer«, stellte Regina fest. Sie würde den Scheißkerl stellen und ihm den Marsch blasen. Sofort.

»Nein!« Petra hielt ihren Arm fest. »Das ist genau das, was er will. Dass du austickst, einen Fehler machst. Damit läufst du ihm ins offene Messer. Rache wird am besten kalt serviert.«

Regina war aufgewühlt. Als sie die Bäckerei verließ und zu ihrem Auto ging, sah sie aus dem Augenwinkel einen Mann, der ihr vage bekannt vorkam. Er stand auf der gegenüberliegenden Straßenseite und unterhielt sich mit einer älteren Frau. Er trug eine Regenjacke eines bekannten Sportartikelherstellers und … Regina machte kehrt und stürmte zurück in die Bäckerei.

»Wer ist das, der dort mit der blauen Jacke? Kennst du den?«

Petra stellte sich neben sie. »Was ist mit ihm? Ein Bekannter von Raufer. Ist seit ein paar Wochen hier. Wohnt in einem von Raufers Appartements. Mehr kann ich dir nicht sagen.« Ihr Blick ging zwischen Regina und dem Mann hin und her. »Was ist mit dem?«, fragte sie noch einmal.

»Der spioniert mir nach.«

»Hat er dich bedroht?«, fragte Petra besorgt.

Regina schüttelte den Kopf. »Sollte mir wohl Angst einjagen.« Der tote Kater fiel ihr wieder ein. Sie ballte die Fäuste. Sie musste, sie würde … aber ihre Wut blockierte jeden klaren Gedanken.

Am Abend war Regina wieder im Dienst. Sie war spät dran. Sie knallte die Tür ihres Spindes zu und schaute auf die Uhr. Theresa und Mini blickten auf. Sie arbeiteten auf der Frauenabteilung, waren heute aber wie Regina im Nachtdienst dem Wachzimmer zugeteilt.

»Na, erholt schaust du aber nicht aus!«, beschied Mini nach einem prüfenden Blick. Sie war klein und kompakt und für ihre Direktheit bekannt. Sie schickte ihren Worten ein Lächeln nach. Auf ihren Wangen wurden Grübchen sichtbar.

Regina runzelte die Stirn. »War ja auch ein Arbeitsurlaub.«

»Ist irgendwas?«, fragte Theresa, die nun auch fertig umgezogen war und sich die kinnlangen glatten Haare hinter die Ohren strich. Die drei Frauen gingen gemeinsam die Stiege hinauf zu den Schlüsselkästen.

»Irgend so ein Schwein hat meinem Kater das Genick gebrochen!«, presste Regina zwischen den Zähnen hervor. Sofort war die Wut wieder da. »Hat ihn vor meine Tür gelegt.«

»Aber – wer macht denn so was? Das ist ja krank. Das ist ein Psychopath!«, empörte sich Mini, die, wie Regina jetzt einfiel, selber drei Katzen hatte.

»Hast du Feinde da draußen? Neider?«, erkundigte sich Theresa und blieb stehen. Sie wirkte besorgt.

»Der wird sich noch anschauen!«, explodierte Regina. »Ich schwör euch, ich bringe den Kerl zur Strecke!«

»Wen bringst du zur Strecke?« Kowalsky drängte sich zwischen die Frauen, fasste Regina energisch um die Schultern und setzte sich in Bewegung Richtung Aufenthaltsraum.

»Raufer. Das Arschloch von Vizebürgermeister. – Lass mich los!« Sie versuchte, seinen Arm abzuschütteln. Kowalsky zeigte sich unbeeindruckt. »Der Scheißkerl«, keuchte Regina.

Kowalsky blieb abrupt stehen. »Was ist?«, röhrte er mit Blick auf zwei Kollegen, die zu ihnen herübersahen.

»Beziehungskrise, Kowalsky? Hast du dich schlecht benommen?«

»Halt's Maul, Bub«, blaffte Kowalsky. »Red nicht von Sachen, von denen du keine Ahnung hast.« Der Angesprochene zuckte die Schultern und lachte.

Kowalsky stellte sich zum Kaffeeautomaten, kramte nach Münzen und kam wenig später mit einem Getränk wieder.

»Trink das!«, befahl er. »Und jetzt der Reihe nach: Was ist los?«

Sie drehte den Becher in ihren Händen. Schokoladegeruch stieg ihr in die Nase. Er hatte ihr Kakao gebracht wie einem Kind. Sie nahm vorsichtig einen Schluck und biss sich auf die Lippen. Räusperte sich. »Vor ein paar Tagen lag mein Kater tot vor der Haustür. Mit gebrochenem Genick. Heute erfahre ich im Dorf, dass die Leute drüber reden, ich hätte Johanna unter die Erde gebracht.« Ihre Stimme klang mühsam beherrscht.

»Warum solltest du das tun?« Er kam mit einem Kaffee zum Tisch.

»Um an das Haus zu kommen«, erklärte sie und spürte, wie sie rot wurde. Hastig trank sie noch einen Schluck und hustete.

Aber Kowalsky sah sie nicht an. »Und die Sache mit der Katze? Will er dir Angst machen?« Sie nickte. »Wieso bist du so sicher, dass er dahintersteckt?« Kowalsky ließ sich ächzend nieder und zog einen zweiten Sessel heran. »Setz dich. Es macht mich nervös, wenn du so auf und ab tigerst.«

»Als Johanna noch am Leben war, hat er mit allen Mitteln versucht, ihr das Haus abzuluchsen. Kaum war ich unterwegs, kam er angetanzt. Als wir dann den Plan für den Wintergarten vorlegten, um die Baubewilligung ansuchten, ging es erst richtig los. Er hat eine miese Kampagne angezettelt, um zu verhindern, dass wir bauen.«

Kowalsky nickte. »Erinnere mich. Aber ihr habt ...«

»Johanna. Johanna hat Wind von der Sache bekommen und buchstäblich im letzten Moment das Ruder herumgerissen.« Sie wurde leiser. »Sie hat darauf gedrängt, mich abzusichern. Wir waren beim Notar. Sie hat das Nachbargrundstück gekauft und auf mich überschrieben. Sie hat dafür gesorgt, dass ...« Sie brach ab.

»Und jetzt, wo sie nicht mehr da ist ...«

»Genau. Jetzt, wo ich baue, geht der Terror wieder los. Er hat einen Bekannten geschickt, um mich auszuspionieren. Er versucht das Dorf gegen mich aufzuwiegeln. Er hat meinen Kater … Ich mache den Kerl fertig, ich schwöre es dir! Den fasse ich mir! Ich –«

»Einen Dreck wirst du«, unterbrach Kowalsky ihren Wortschwall. »Mit solchen Arschlöchern machst du dir die Hände nicht schmutzig. So etwas erledigt am besten ein Profi: König. Der weiß, was zu tun ist, und fackelt nicht lange.«

»Ein Anwalt ist teuer. Und ich weiß nicht …« Regina zögerte.

»Er ist mir ohnehin noch einen Gefallen schuldig, mach dir keine Gedanken. König ist Stammgast auf den Gerichtsseiten der Tageszeitungen. Er ist als scharfer Hund bekannt. Er wird Raufer auffordern, sein rufschädigendes Verhalten umgehend einzustellen und sich schriftlich per Anschlag auf der Amtstafel von sämtlichen Vorwürfen zu distanzieren. Und eine Klagsdrohung nachschieben. Du wirst sehen, wie der Herr Vizebürgermeister spurt.«

»Ich weiß nicht recht.«

»Im Grunde genommen«, erklärte Kowalsky, »sind Leute wie Raufer feige Schweine. Die beeindruckt nur ein scharf formulierter Anwaltsbrief. Das geht ins Geld. Da muss er sich stellen. Individuen wie der agieren aus dem Hinterhalt. Nur da fühlen sie sich stark.«

Regina hoffte, dass Kowalsky recht hatte.

Die Stunden zogen sich. Es gab wenig zu tun. Im Mannschaftsraum roch es nach scharf angebratenem Fleisch. Einer der Kollegen kochte, während die anderen die Zeitung lasen, telefonierten oder miteinander herumblödelten. Sie kamen erst im zweiten Teil der Nacht zum Einsatz. Regina war mit Micko und Paul in einer Schicht.

»Respekt«, sagte Micko und ließ sich neben ihr nieder. »Du

hast ordentlich geackert. Hätte ich nicht gedacht, dass du das ganz alleine über die Bühne bringst.«

Paul stand keine drei Meter von ihnen entfernt und musterte sie aus schmalen Augen über den Rand seines Kaffeebechers hinweg. »Sie zieht ihr Ding durch«, sagte er, als wären Micko und er allein.

Regina runzelte die Stirn und warf ihm einen raschen Blick zu. Niemand hatte ihn gefragt, verdammt.

»Respekt«, wiederholte Micko, der von der Spannung zwischen ihnen nichts zu bemerken schien.

»War halb so wild.« Regina zögerte. »Wirklich Stress macht mir der Vizebürgermeister«, erklärte sie dann.

»Der Kerl, der das Nachbargrundstück wollte?«

Regina nickte.

»Was kann er dir schon anhaben?«, warf Paul ein und kam näher. Er setzte sich zu ihnen an den Tisch, schob eine aufgeschlagene Tageszeitung beiseite und stützte seine Ellbogen auf. Regina ignorierte ihn.

»Kenn ich von früher«, meinte Micko, »wenn es einer im Dorf auf dich abgesehen hat, kann das mühsam werden. Du darfst dich nicht beeindrucken lassen. Musst dich stark zeigen und dir Verbündete suchen …«

»Wie Johanna das getan hat«, bemerkte Regina. »Meine Tante«, ergänzte sie auf Mickos fragenden Blick.

»… oder sofort mit einem Anwalt auffahren, einem, der dem Gegner die Schneid abkauft.«

Regina beugte sich vor und stütze die Arme auf die Knie. »Die Kowalsky-Methode«, bestätigte sie mit einem blassen Lächeln. »Er redet mit König. Der wird ihn kontaktieren: Aufforderung zur Unterlassung, Klagsdrohung, Schmerzensgeldforderung … das ganze Programm.«

»Was genau beunruhigt dich so?«, wollte Micko wissen.

Regina informierte ihn mit wenigen Worten über den Mann am Zaun, der sich auffallend verhalten hatte, über den getöteten Kater, die neuen Gerüchte im Zusammenhang mit Johannas Tod. »Das finde ich besonders mies«, erklärte sie. Sie merkte, wie gut es ihr tat, darüber zu reden.

Micko hörte zu, nickte, schwieg. »König ist gut«, sagte er dann. »Teuer, aber gut. Der wird dir Ruhe verschaffen.«

Paul saß die ganze Zeit reglos Regina gegenüber. Sie konnte seinen Gesichtsausdruck nicht deuten. Als Micko aufstand, stellte er unvermittelt seinen Becher ab, dass der Kaffee überschwappte, und verließ ohne ein Wort den Raum.

»Gefällt sie dir?«, fragte Paul den Kollegen später auf dem gemeinsamen Kontrollgang im nächtlichen Zellenhaus.

»Starke Frau«, bemerkte Micko beiläufig und kontrollierte durch das Guckloch einen Haftraum, an dessen Tür eine Tafel erhöhte Vorsicht forderte. »Ich kenne keine, die mir nichts, dir nichts eine Baugrube aushebt – ohne fremde Hilfe.«

Paul blieb stehen. »Sie hat den Ehrgeiz, alles allein zu machen. Ich habe ihr angeboten ...«

Micko grinste. »Und – abgeblitzt?« Er legte dem Kollegen den Arm auf die Schulter. »Da haben sich schon andere die Zähne ausgebissen. Die fängt sich nichts an mit Kollegen.«

Paul konnte nicht widerstehen. »Wir sind zusammen«, erklärte er.

»Du und Regina? Nein!«

»Wir sind zusammen«, wiederholte Paul. »Sie«, er korrigierte sich, »wir wollen es nicht an die große Glocke hängen. Ich meine, hier in der Anstalt.« Ihm wurde klar, dass er in Reginas Augen nun wohl zu weit ging. Sie würde ihm den Kopf abreißen, wenn Micko und die Kollegen sie darauf ansprachen oder Andeutungen machten. »Ich zähle auf deine Verschwiegenheit«, sagte er mit ernstem Blick.

»Unfassbar. Kowalskys Prinzessin«, lachte Micko und schüttelte den Kopf. Er boxte Paul gegen die Schulter. »Du bist ein Glückspilz. Von mir erfährt keiner was.«

Regina verließ die Justizanstalt raschen Schrittes, winkte Mini zu, die eben zu ihrer Freundin ins Auto stieg, und wühlte in ihrem Rucksack. Die Haare fielen ihr ins Gesicht. Sie sah müde und blass aus, hatte Schatten unter den Augen. Paul löste sich mit einem Ruck von der Hauswand und ging ihr ein paar Schritte entgegen. Sie grüßte ihn mit einem Nicken, machte aber keine Anstalten, stehen zu bleiben.

Paul fasste sie am Arm. Sie schüttelte ihn ab und sah sich rasch um. »Ist was?« Sie klang genervt.

»Nein. Alles okay«, erwiderte Paul. »Ein Irrer bedroht dich. Kowalsky rückt an, um dich zu unterstützen, organisiert einen Anwalt. Und Micko hockt die ganze Zeit in deinem Garten herum.«

Regina starrte ihn an. Ihre Brauen schossen in die Höhe. »Machst du mir jetzt eine Szene, oder was? Mit welchem Recht?«

Er ging nicht darauf ein. »Und die wirklich wichtigen Dinge, alles, was uns belastet, besprechen wir mit Micko.«

Ihr Gesicht verschloss sich. Sie presste die Lippen zusammen.

»Schon einmal daran gedacht, wie das für mich ist? Nein?«

Sie zuckte die Schultern. »Paul …«, begann sie.

»Was – Paul?«, fuhr er sie an. »Du versteckst mich vor allen und findest es nicht der Mühe wert, mir zu sagen, dass du Probleme hast, bedroht wirst!«

»Das ist mein Leben«, pfauchte sie.

»Ah ja – und Micko, Kowalsky …«

»Mit wem ich was bespreche, bestimme immer noch ich. Wenn du hier den Othello geben willst, mach ruhig. Ich fahre jetzt. Ich bin müde.«

»Ich komme mit«, erklärte er und hatte die Beifahrertür schon in der Hand.

Sie blieb stehen. »Tickst du noch richtig? Du fährst nirgendwohin mit.« Sie atmete heftig aus. Ihre Schultern sanken herab. »Fahr nach Hause, Paul.« Pause. »Ich bin müde. Ich muss schlafen. Ich …«, sie zögerte, »ruf dich an.«

Er knallte die Tür zu. »*Ich* ruf *dich* an«, erklärte er. »Dann sehen wir weiter.« Er ging ohne einen Blick zurück. Seine Schuhe klackten auf dem Asphalt.

Hassler legte die Arme um seine Frau und konzentrierte sich auf seinen Atem. Yvonne sah ihn erstaunt an, zögerte. Versuchte ein Lächeln. Hassler mied ihren Blick. Er blieb unbeteiligt, wie abgeschaltet. Tat, was zu tun war. Er legte seine Lippen an ihre Wange, drückte sie auf ihr dichtes, dunkles Haar, schloss endlich die Augen und zerrte Bilder hervor, die er lange verdrängt hatte. Sein Atem ging schneller. Er dachte an die Nachbarin. Wie sie rauchte. Ihn lasziv anlächelte. Etwas zu Boden fallen ließ, sich danach bückte, dass er alles sah, weil sie unter dem leichten Pullover nackt war: ihre Mädchenbrüste, das kleine Muttermal ein Stück weiter unten. Hassler stöhnte. Er drehte Yvonne um, bat sie, sich vorzubeugen, und vollzog schließlich den Verkehr.

»Ich liebe dich«, murmelte Yvonne danach und drängte sich an ihn.

Er spürte ihr üppiges Fleisch und seine eigene Niedergeschlagenheit, die an Verzweiflung grenzte. Sie sagte nichts. Er schwieg, leer und zunehmend gelähmt. Yvonne war so weit in Ordnung. Er konnte ihr nichts vorwerfen. Es war seine Schuld. Er sollte gehen. Er hatte gewusst, wie er gemacht war, wie er funktionierte. Er hätte eine andere Wahl treffen sollen. Er hatte die Wahl gehabt. Er hatte sich geirrt. Man blieb derselbe. Es war nicht zu ändern.

Er fuhr tagelang mit ihrem Auto herum und gab vor, Arbeit zu suchen. Yvonne arbeitete halbtags als Friseurin und war bereits am frühen Nachmittag zu Hause. Er sah ihren fragenden Blick und verschloss sich. Er bestärkte sie darin, abends Gäste einzuladen. Er kochte. Das konnte er gut. Er stand stundenlang in der Küche, schnitt Gemüse klein, schälte Kartoffeln, hackte Kräuter. Er briet Fleisch an und verfeinerte die Soßen so lange, bis es Zeit war, den Besuch zu begrüßen und das Essen aufzutragen.

Er war unruhig, wenn das dünne Mädchen aus dem Haus da war. Hassler argwöhnte, dass sie es genoss, ihn zu verwirren.

Sie räkelte sich auf dem Sofa und schaute ihn lange unter halb geschlossenen Lidern an, während sie an einer Zigarette sog. Er starrte abwechselnd zurück oder tat desinteressiert. Er stand auf und stürzte in die Küche.

Er spürte die Spannung, die sich in ihm aufbaute, und genoss und hasste sie.

Das Zimmer sah nach Aufbruch aus. Offene Laden und Türen, die Schränke mit Papier ausgelegt. Leer. Die Mappe lag ganz unten im Schrank. Sie war olivgrün. Eine ganz gewöhnliche Flügelmappe, prall gefüllt, von einem Gummiband zusammengehalten.

Regina zögerte kurz, zog dann einen Müllsack näher zu sich, in den sie bereits Pflegemittel und aussortierte Kleidungsstücke gekippt hatte.

Ihre Neugier überwog. Sie spannte das Gummiband und löste es. Beugte sich über die Mappe. Griff nach den Blättern, die sich vorwölbten und ins Rutschen kamen. Es waren Zeitungsausschnitte, fein säuberlich aufgeklebt. Einige bereits vergilbt, die meisten am oberen Rand mit einem Datum versehen. Sie schloss die Augen und schluckte. Der schwache Duft von Rosen. Staub. Minutenlang saß sie still da und kämpfte die aufsteigende Furcht nieder. Ihr Blick glitt über die Wände, die Fenster. Die geleerten Schränke, die Müllsäcke, angefüllt mit Kosmetika und Johannas alten Kleidern. Die Vögel lärmten.

Sie zog die Mappe näher zu sich. Zwei lachende Mädchengesichter. Vermisst: Karolina M., 16. Isabella G., 17. Karolina hatte dunkle Locken und ein Muttermal auf der linken Wange. Isabella ein zartes, fein geschnittenes Gesichtchen. Einen blonden Pagenkopf. Dünnes, glattes, glänzendes Haar. Sommersprossen auf dem Nasenrücken. Sie sah jünger aus. Regina las den Text, der sich in den folgenden Artikeln mit geringen Abweichungen wiederholte: Vermisst. Im Abstand von zwei Tagen. Freundinnen, wohnhaft im selben Ort, keine 20 Kilometer von hier entfernt. Beides Einzelkinder. Behütet. Keine Auffälligkeiten vor ihrem Verschwinden. Kein Streit. Sommer. Eine Reihe glücklicher Ferientage. Radtouren. Schwimmen im See. Karolina war als Erste verschwunden. Ihr Hund, ein Border Collie, hatte die ganze Nacht am Gartentor auf sie gewartet, erzählten die Eltern. Eine Befragung Isabellas blieb ohne Ergebnis. Das Mädchen wusste von nichts. Zwei Tage später warteten ihre Eltern vergeblich auf sie. Man fand ihr Fahrrad im Gebüsch, an der Abzweigung zum See. Suchmannschaften durchstreiften die Umgebung. Am Abend fand einer der Suchtrupps, junge Männer aus dem Ort, die übel zugerichtete Leiche Karolinas. Schwere Misshandlungen, schrieben die Zeitungen, ohne ins Detail zu gehen. Wieder blickte Regina das Foto des toten Mädchens entgegen. Karolina drückte ihr Gesicht in das Fell ihres Hundes, der zu lachen schien.

Warum, um Himmels willen, hatte Johanna das aufgehoben: eine Chronik der Ermittlungen zu den Mädchenmorden vor nahezu zwei Jahrzehnten? Sie waren aus der Gegend. Hatte Johanna sie gekannt? Etwas geahnt, unmittelbar nach dem Verschwinden der beiden? Hatte sie ihren Neffen befragt? Etwas unternommen? Sie war ihm nahegestanden. Sammelte sie die Ausschnitte erst später, nach dem Auffinden der zweiten Toten? Durchsuchte alte Zeitungen nach Berichten, als ein erster Verdacht auf ihn fiel? Wozu? Für seine Verteidigung? Warum schnitt sie diese Berichte aus und versah sie mit Datum?

Es ergab keinen Sinn. Das war krank! Rasch blätterte Regina über die nächsten Seiten hinweg, Berichte, die nach und nach ins Detail gingen. Isabella, die man wenige Wochen später fand, war am Waldrand verscharrt worden. Regina las von schweren Misshandlungen, einem Knebel im Mund.

Fotos von den Begräbnissen folgten: ein schluchzendes, ein völlig erstarrtes Elternpaar. Reporter mit Kameras im Hintergrund. Schulkinder mit kleinen angestrengten Gesichtern und Blumen in den Händen. Ein Pfarrer vor einem Erdhügel, der die Arme ausbreitete und hilflos und bekümmert aussah. Die nächsten Blätter: Berichterstattung über den Verlauf der Ermittlungen. Die Polizei hielt sich bedeckt. Noch keine Ergebnisse. Die Meldungen wurden kleiner, kaum noch ein paar Zeilen. Gebannt blätterte sie weiter.

Noch vor der Überschrift in dicken Lettern sah sie das Foto:

Große braune Augen schauten sie ernst und aufmerksam an. Schön geschwungene Brauen, ein breiter Mund. Die dunklen, verschnittenen Haare standen vom Kopf ab. Vermisst: Stella T., schrie die Schlagzeile. Hat die Bestie wieder zugeschlagen? Weiteres Mädchen vermisst. Heimzögling, las Regina. Bereits mehrfach abgängig gewesen. Vielleicht nur ein Zufall, mutmaßte eine Regionalzeitung. Vielleicht tauchte sie wieder auf. Regina wusste es besser. Sie ertrug es fast nicht. Das schattige Zimmer, die nackten Regalbretter, die Müllsäcke. Die Müllsäcke! Sie raffte die Blätter zusammen und klappte die Mappe zu.

Ein Blatt Papier segelte zu Boden, glitt ein Stück über die Dielen und kam auf einem Sonnenflecken vor der Tür zur Küche zu liegen. Regina bückte sich mit zitternden Knien. *Für Yoyo*, las sie auf der Rückseite eines Fotos mit gewelltem Rand. Stella trug ein dünnes Sommerkleid. Sie saß auf einem Steinmäuerchen wie ein kleines Mädchen, die Knie eng aneinander, die Fersen nach außen gedreht. Barfuß. Ihre großen Zehen drückten sich in die Erde. Sie war zart, ihr Mund zu groß für das kleine Gesicht. Sie hatte den Kopf zurückgeworfen und lachte. Ihre Augen schmale Schlitze. Unbekümmertheit und Lebenslust. Das Foto in Reginas Hand begann leise zu beben.

Die Erinnerungen machten sich selbständig. In dieser Nacht war Regina plötzlich wieder dort. Im Internat, wie ihr Vater das genannt hatte. Im Heim. Abgegeben wie ein Haustier, das keiner mehr wollte. Das im Weg war. Die neuen roten Schuhe scheuerten. Der Mantel war ihr zu groß und roch nach Putzerei. Der Kiesweg verlief vom Tor bis zu den Stufen, quer durch den Park. Alte Bäume. Sie waren mit dem Taxi gekommen. Der Vater hatte es eilig und zerrte sie hinter sich her. Sie musste laufen, um Schritt zu halten. Sie war noch klein. Die Nonne trug ein schmallippiges Lächeln und beugte sich zu ihr herab.

Sie roch aus dem Mund. Alles war fremd. Lange Korridore. Viele Türen. Kinder, die sie angafften. Sie klammerte sich an die große schwere Lederreisetasche, die gut roch, und weigerte sich, ein Wort zu sagen. Der Vater zwang sie in eine Umarmung. Sie spürte nichts, als er ging.

Vor den anderen Kindern hatte sie Angst. Sie spuckte, biss und schlug um sich, wenn sich eines näherte. In der zweiten Nacht wurde sie verprügelt. Sie waren zu viert. Alle älter. Sie schrie nicht, rief nicht um Hilfe. Ein Vorderzahn wackelte. Blut. Sie kam auf die Krankenstation und schwieg verbissen. Sie zuckte zurück, wenn jemand sie berührte. Sie traute keinem. Als die ersten Krokusse blühten, holte der Vater sie wieder ab. Die neue Wohnung lag im vierten Stock und roch noch nach Farbe. Sie schaute in alle Zimmer. Unter alle Möbel. Ihre Katze Winnie war nicht mehr da.

Der gewohnte Ablauf half ihr, in den Tag hineinzufinden und den Traum, der hartnäckig an ihr klebte, nach und nach abzustreifen. Sie machte Kaffee, duschte, warf einen leichten Bademantel über und lief wieder hinunter in die Küche. Sie frühstückte im Stehen, spülte die Tasse ab und wischte die Brösel auf dem Tisch in die hohle Hand. Dann trat sie – immer noch barfuß und mit nassen Haaren – vor die Tür, fütterte die Katze und sah ihr eine Weile beim Fressen zu. Sie schlang hastig mit vorgerecktem Hals. Regina nahm sie auf den Arm und vergrub das Gesicht in ihrem Fell. Es war feucht und ein wenig spröde und roch nach Holz und Erde. Pass auf dich auf, murmelte sie.

Die Zeit drängte. Rasch zog sie sich an. Die Haare konnten auf der Fahrt trocknen. Als sie das Gartentor hinter sich schloss und zum Auto eilte, war es noch kühl. Um diese Zeit hatte sie bis zur Stadtgrenze die Straße fast für sich allein. Sie summte zur Musik und entspannte sich, bis der Verkehr dichter wurde und ihre ganze Aufmerksamkeit erforderte.

Der Dienst war Routine. Aufsperren. Zusperren. Eine Abteilung durchqueren, die Hausarbeiter mit den Essenswagen und Geruchsschwaden von zerkochten Erdäpfeln und Faschiertem mit Fertigwürze immer hinter sich. Die Kollegen grüßten, manche mit Handschlag. Aufsperren. Zusperren. Weiter durch den Gang. Der Lift vor ihnen entließ Tischler und Mechaniker, die zum Mittagessen aus dem Betrieb kamen und auf der Nachbarabteilung untergebracht waren. Sie schüttelte den Kollegen im Vorübergehen die Hand. »Mahlzeit.«

»Mahlzeit.«

Das Dienstzimmer war leer. Hier waren die Beamten bereits damit beschäftigt, das Essen auszuteilen. An den Wochentagen wurden die Zellentüren geöffnet, am Wochenende das Essen durch die Speiseklappe in den Haftraum geschoben. Aufsperren. Zusperren. Die Hausarbeiter blieben kurz stehen, dann setzten sich zwei mit ihrem Wagen wieder in Bewegung und folgten Fritz, der nach einem längeren Krankenstand wieder im Dienst war, ganz nach hinten. Regina, der drahtige Marhold und der Dicke, dessen Namen sie vergessen hatte, übernahmen die andere Seite. Sie sperrte und entriegelte die erste Tür, warf einen Blick in den Haftraum und trat einen Schritt zurück. Die vier Männer, einer davon mit nacktem Oberkörper, drängten sich zum Wagen.

»Ziehen Sie sich etwas an!«

»Gefällt Ihnen mein Körper nicht?« Er grinste, spannte die Muskeln an und sah sie aus zusammengekniffenen Augen an. »Ihr mögt das doch. Richtige Männer.«

Die Hausarbeiter schaufelten Kartoffeln und Faschiertes auf die Teller und taten geschäftig. Einer nach dem anderen trotteten die Männer zurück in die Zelle und machten sich über das Essen her. Der unzulänglich bekleidete Insasse hielt seinen leeren Teller vor sich hin. Sie trat einen Schritt näher. »Sie haben meiner Aufforderung Folge zu leisten.« Ihre Stimme klang neutral.

Marhold rührte die Suppe um, der Dicke deckte das Fleisch wieder zu.

»Nun?« Mühsam, dachte sie. Einer, der sich beweisen muss.

Der Insasse gab einen verächtlichen Laut von sich, drehte sich langsam um und schlenderte gemächlich zu seinem Spind. Dann zog er sich, als hätte er alle Zeit der Welt, ein enges rotes T-Shirt über und starrte sie dabei herausfordernd an. Sie ging nicht darauf ein.

»Willst du heute noch was essen? Dann ...«, trieb Marhold ihn zur Eile an.

Der Insasse kam wieder zur Tür. Nun ignorierte er sie.

Der Hausarbeiter pappte ihm eine Portion auf den Teller. Dann setzte er den Wagen in Bewegung. »Deppen gibt's!«

Regina schwieg und sperrte den nächsten Haftraum auf.

»Zimmerservice!«, rief Marhold. Die Männer, alle in Shorts und T-Shirt, lachten und schimpften durcheinander über das fade Essen. Das schlechte Hotel.

»Das hättest du dir früher überlegen müssen, wo du absteigst«, erklärte der Dicke. »Kein Mitleid.« Gelächter. Marhold und er arbeiteten zügig, füllten die Teller und schoben den Wagen ein Stück weiter.

Aufsperren. Die rauchgeschwängerte Luft aus dem Haftraum vermischte sich mit einem billigen Duftwasser und dem Essensgeruch. Regina wandte sich ab.

»Kann ich einen Zuschlag haben«, fragte ein langer dünner Insasse, dessen Adamsapfel auffallend vorstand.

»Geht sich aus«, befand Marhold nach einem Blick zu ihr. »Heute haben wir genug.«

Kurz darauf waren sie am Ende des Ganges angelangt, zeitgleich mit Fritz und seiner Truppe, die nun ebenfalls in den Quergang abbogen. Sie arbeiteten Rücken an Rücken. Türe sperren, entriegeln. Blick in den Haftraum. Fünf Männer diesmal.

»Was ist mit dem sechsten?«

»Ich nehme ihm das Essen mit.«

Der dicke Hausarbeiter warf ihr einen Blick zu. Sie trat näher. »Was ist mit ihm?«

»Ihm ist schlecht. Kreislauf wahrscheinlich«, erklärte der Bullige, stark Behaarte, der mit einiger Mühe beide Teller balancierte. Die anderen schwiegen und begannen zu essen. Der Haftraum war überaus ordentlich gehalten. Der sechste Mann stand am Fenster und hielt sich eine Hand vors Gesicht. Er war jünger, noch keine dreißig. Sein Gesicht glänzte kreidig.

»Kommen Sie her«, befahl Regina. Er setzte sich in Bewegung, kam aber nur mit Mühe vorwärts. Seine Stirn troff vor Schweiß. Die Sehnen an seinem Hals waren gespannt, die Fäuste geballt. Er hatte eine Verletzung an der rechten Schläfe, das Auge war blau unterlaufen. Er stank nach Urin.

»Können Sie gehen?«

Der Mann nickte mit zusammengebissenen Zähnen.

»Fritz!«, rief sie laut.

Der Kollege war sofort neben ihr. Er erfasste mit einem Blick die Lage.

»Ich bringe den Insassen zum Arzt«, erklärte Regina. »Manni müsste längst fertig sein. Ich schaue, ob er übernehmen kann.«

Sie informierte Kowalsky, rief in der Krankenabteilung an und füllte das notwendige Formular aus. Der Insasse lehnte an der Glaswand des Dienstzimmers, die Schultern nach vorne gekrümmt, und atmete schwer. Sie hatte den jungen Kollegen neben ihm postiert. »Pass auf, dass er nicht umkippt.«

»Wir nehmen den Lift«, beschied sie dann. Der Häftling stakste neben ihr her wie eine Marionette. Im Aufzug lehnte er den Kopf gegen die Wand und schloss die Augen.

»Was hat man mit Ihnen gemacht?«

»Er bringt mich um, wenn ich etwas sage.« Er sog scharf die Luft ein und biss sich auf die Lippen. »Bitte … schicken Sie mich nicht zurück. Ich kann nicht mehr. Ich halte das nicht mehr aus. Ich … ich …« Er unterdrückte ein Schluchzen.

Der Lift hielt mit einem Ruck. Der Mann stöhnte. Sie betraten die Krankenstation. Die Oberschwester eilte ihnen entgegen. Sie berührte den Insassen vorsichtig am Unterarm und suchte seinen Blick. »Ich bin Schwester Sigrid. Der Arzt wird gleich da sein. Ich denke, wir werden Sie heute Nacht hierbehalten. Dann schauen wir weiter.«

»Danke.« Der Mann schloss kurz die Augen und schluckte.

»Wollen Sie etwas trinken?«

Er nickte und verzog das Gesicht. Regina blieb neben ihm stehen, während die Schwester ein Glas Wasser holte. »Wollen Sie sich hinsetzen?« Sie wies auf die kurze Sesselreihe neben ihnen.

»Nein. Ich … es …« Er brach ab und schluckte erneut. »Das Schlimmste ist«, fuhr er unvermittelt fort, »dass keiner etwas unternimmt. Es beginnt mit Scherzen. Alle beteiligen sich. Man lacht mit. Nimmt es nicht ernst. Ich bin das erste Mal hier. Ich hab nicht gewusst, wie es läuft. Wenn es dann losgeht, wenn du … wenn er schließlich … Keiner sieht was. Keiner unternimmt was. Sie spielen Karten. Schauen fern. Drehen sich um und starren an die Wand.« Nun sah er sie an. Er hatte dunkle Augen, das rechte mittlerweile fast zugeschwollen. »Wissen Sie eigentlich, was man Menschen antut, wenn man sie hier einsperrt?«

Sie senkte den Blick. Die Schwester kam gleichzeitig mit dem Arzt und enthob sie einer Antwort.

»Wir behalten Sie hier, machen Sie sich keine Sorgen«, erklärte Schwester Ingrid nochmals.

Der Arzt nickte. »Wir rufen Sie an«, wandte er sich an Regina. »Anzeige und Befund kann ich erst morgen schreiben. Reicht euch das?«

»Ich denke schon. Die Meldung geht heute hinaus. Den Befund können wir nachreichen. Kowalsky informiert gerade das Ordnungsstrafreferat und die Staatsanwaltschaft. Dann verlegen wir die Männer.«

»Danke«, sagte der Insasse, »dass Sie mich …« Seine Stimme splitterte.

Regina presste die Lippen aufeinander und nickte. »Er wird nicht davonkommen«, versprach sie.

Im Stiegenhaus blieb sie kurz stehen. Sie biss sich auf die Knöchel, bis es schmerzte. Dann lief sie rasch die drei Stockwerke hinunter, sperrte die große grüne Türe auf und betrat die Abteilung.

Sie zieht sich zurück, dachte Paul.

Sie tat die Dinge wie immer. Umarmte ihn. Lehnte sich an ihn. Sie schliefen miteinander. Sie saßen im selben Raum, aber ihre Gedanken waren anderswo. Wenn er sich umwandte, sie ansprach, erschrak sie. Sie hatte abgenommen, wirkte sehniger. Wenn sie sich unbeobachtet wähnte, sah sie plötzlich müde aus, erschöpft. Trotz ihrer Bräune. Ihre Mundwinkel sanken herab. Sie starrte ins Nichts, gab sich dann einen Ruck und straffte sich.

Wenn sie miteinander arbeiteten, war alles gut. Während der Fliesenleger und sein Helfer – Bekannte eines Kollegen – den Boden im Wintergarten fertigstellten, standen Regina und er auf der Leiter. Die Stirnseite des Hauses und die Seite gegen den Wald hin erstrahlten in frischem Weiß. Er war zunächst skeptisch gewesen, aber Regina hatte recht. Die Wirkung war verblüffend: Die weißen Rahmen des Wintergartens verschmolzen mit dem Haus zu einer Einheit. Das Gebäude sah leicht und elegant aus. Unser Haus, dachte Paul immer öfter. Er hütete sich, es auszusprechen. In diesen Dingen war sie eigen. Was das Haus betraf. Ihre Freiheit – oder was sie dafür hielt. Jedem Stück Vertrautheit folgte eine Geste, eine Handlung, die etwas Abstand zwischen sie schob – und sei es, dass sie zwei, drei Tage keine Zeit hatte. Zu tun hatte. Etwas erledigen musste, sich seine Hilfe verbat.

Sie saßen im Garten, zwei Steaks und eine große Schüssel Salat vor sich auf dem Tisch. Langsam machte sich der Muskelkater von den Malerarbeiten in den Armen bemerkbar. Paul mochte das. Auch nach dem Sport: seinen Körper spüren. Die Grenzen. Und über sie hinausgehen. Er trainierte dreimal die Woche und wurde unruhig, wenn er darauf verzichten musste. Das Haus bot genügend Platz, dachte er. Man könnte im leeren Zimmer im Erdgeschoss ein paar Geräte aufstellen. Am Wochenende hatten sie entrümpelt. In Johannas früherem Zimmer, das nun viel größer wirkte, standen nur noch zwei

Fauteuils, die Reginas Freundin Karla haben wollte. Regina hatte den kleinen Frisiertisch mit nach oben genommen. Wenn sie darauf bestand, ihr Dachgeschoss für sich allein zu behalten, konnte er sich einstweilen unten einrichten. Alles Weitere würde sich ergeben.

Paul kaute, schluckte und schenkte sich ein Bier ein. »Was hast du mit dem Raum vor?«

»Ich weiß nicht, vielleicht ein Gästezimmer?«, überlegte Regina. »Ich habe keine Eile. Der Wintergarten, die Sitzgruppe, das war nicht billig. Ich werde eine ganze Weile sparen müssen.« Sie nahm sich noch Salat. »Magst du mein Fleisch?«, fragte sie dann.

Paul grinste. »Klar. Her damit!« Er fasste nach ihrem Arm.

Regina schüttelte den Kopf und schob ihm ihren Teller hin. Sie wirkte genervt.

»Keinen Hunger mehr?« Er beschloss, ihre unerklärlichen Stimmungswechsel zu ignorieren, auszusitzen. Frauen waren so.

»Genug.«

Das bedeutet nichts, sagte er sich. Wir reden übers Essen. Nur übers Essen. »Du isst zu wenig«, stellte er fest, während er das fast unberührte Steak auf seinen Teller nahm.

»Nicht auch du noch«, stöhnte Regina. »Ein Kowalsky reicht mir.« Sie lachten. Es fiel leicht, über Alltagsdinge zu reden. Da entspannt sie sich, dachte er.

»Ich habe morgen und Mittwoch Dienst«, erklärte Regina übergangslos.

»Ich dachte, nur morgen?« Sie hatten ausgemacht, dass sie den Nachmittag miteinander verbringen würden.

»Ich wollte mit dem Ausmalen des Zimmers anfangen«, fuhr Regina fort. Sie sprach nicht mehr von ›Johannas Zimmer‹, fiel ihm auf.

»Ich kann das machen, wenn du willst«, bot er an. »Ich könnte gegen zehn da sein und mit dem Abdecken und den

Vorarbeiten anfangen. Einmal ausmalen. Und am Mittwoch dann ein zweites Mal. Das sollte genügen.« Er streckte sich. Er spürte ihr Zögern. »Wenn du willst«, wiederholte er. Man musste ihr Zeit lassen.

Sie trank einen Schluck, stellte das Glas ab und lehnte sich zurück, ohne es loszulassen. Paul lächelte und zuckte mit den Schultern.

»Das wäre fein«, sagte sie dann zu seiner Überraschung. »Mir tut alles weh. Eine Pause wäre schön.«

»Okay, ich erledige das.« Ja. So konnte das funktionieren. Er musste ihr Zeit lassen, ihr das Gefühl geben, dass sie es war, die die Entscheidungen traf. Da sein, wenn sie ihn brauchte. Alles andere würde sich finden. »Die Farbe sollte reichen«, erklärte er. Er stapelte die Teller übereinander, griff zum Glaskrug mit Zitronenlimonade und schenkte ihr nach. Sie starrte nachdenklich auf einen Punkt hinter ihm.

Als Paul am nächsten Tag das Gartentor aufschloss, galoppierte ihm die Katze entgegen. Sie zögerte kurz und köpfelte dann gegen seine Waden. Er beugte sich hinab und kraulte ihr das Köpfchen. Sie hatte bald genug. Die Haustüre klemmte ein wenig. Er würde sie beim nächsten Besuch richten und die Scharniere ölen. Er betrat den Wintergarten und schaute hinaus auf die Birke, ein paar Sträucher, deren Namen er nicht kannte, und die flachgewalzte Erde rund um das Gebäude. Sobald es etwas kühler war, musste Gras eingesät werden.

Er begann sofort mit der Arbeit. Nach zweieinhalb Stunden machte er eine Pause. Er schmierte sich ein Brot und belegte es dick mit Wurst. Er aß im Stehen, an die Küchenzeile gelehnt. Von allen Räumen mochte er die Küche am liebsten. Sie strahlte Behaglichkeit aus. Es war die Art von Küche, in der in französischen Filmen glückliche kleine Familien einen Sommertag beschlossen, gemeinsam kochten, lachten, sich stritten und wieder versöhnten. Aufgeräumter freilich und ohne all das

Steingutzeug und die großen Schalen für den Milchkaffee. Paul hoffte, dass dieser Raum so bleiben, Reginas Modernisierungstrip, wie er es bei sich nannte, widerstehen würde. Er schaute die Treppe hinauf. Die Tür war geschlossen. Er war zum ersten Mal allein im Haus. Gut möglich, dass sie ihn testete, prüfte, ob er im Haus herumging, in ihren Sachen stöberte.

Am Abend stand sie plötzlich im Türrahmen. Ganz vertieft in eine Ausbesserungsarbeit über dem einen Fenster, hatte er sie nicht kommen gehört.

»Wahnsinn, der Raum wirkt ja riesig«, strahlte sie.

»Schön, oder?«

Sie nickte begeistert.

»Einmal muss ich noch drübergehen. Das Weiß deckt gut, aber wenn schon, machen wir das ordentlich.« Er stieg langsam von der Leiter. Sie umarmte ihn. Sie standen ganz nahe, fast gleich groß. Ihre braunen Haare glänzten wie Kastanien, die man eben aus ihrer stacheligen Schale geschält hat. Paul war glücklich.

Am nächsten Tag betrat er das Dachgeschoss. Hier war es deutlich wärmer als unten, obwohl die Hälfte des Hauses im Schatten eines großen Baumes stand. Nach kurzem Zögern öffnete Paul Reginas Kleiderschrank und staunte über die Ordnung. Ihre Sachen hingen nach Farben getrennt einzeln auf Bügeln, die Pullover und T-Shirts lagen Kante auf Kante. Sie besaß nur wenige Kleider. In der Wäschelade fand er zwei sehr schöne Nachthemdchen und mehrere Höschen mit zarter Spitze. Er kannte sie nur in praktischer oder sportlicher Unterwäsche. Augenblicklich regte sich Eifersucht. Wann trug sie das Zeug? Und für wen, verdammt? Er legte einen schwarzen String zurück, peinlich darauf bedacht, Reginas Ordnung wiederherzustellen, und schob energisch die Lade zu. Dann stand er da und lauschte. Stille.

Ein Blick auf die Uhr. Regina würde frühestens in zwei

Stunden da sein. Ihr Dienst endete um drei. Paul sah sich um: Sie hatte die Möbel umgestellt, die Kommode aus Johannas Zimmer stand hinten an der Wand. Alles schien an seinem Platz. Regina hatte einen guten Blick dafür, wie die Dinge zusammenpassten. Trotz ihres Ordnungsticks wirkte der Raum wohnlich. Die Frisierkommode passte vom Stil her nicht zu den anderen Möbeln, schien sie aber auf angenehme Weise zu ergänzen. Paul verstand nichts davon. Er fühlte sich in einem Raum wohl. Oder unbehaglich. Reginas Zimmer wirkte sehr intim, erstaunlich weiblich. Paul rüttelte an einer Lade der Kommode. Sie war nicht versperrt. Vor ihm lag eine Mappe, prall gefüllt mit Papieren. Ihm wurde heiß. Liebesbriefe? Vorsichtig löste er den Gummi.

Augenblicklich atmete er auf. Es waren Zeitungsausschnitte, alte Zeitungen. Lange zurückliegende Geschichten. Hastig blätterte er den Stapel durch, überflog die Schlagzeilen, bemüht, nichts durcheinanderzubringen. Abgängige Mädchen, Fahndungsberichte, schließlich ein Täter (der Name Svoboda sagte ihm nichts, der schlaksige junge Mann auf dem Foto war ein völlig Fremder), Berichte von der Verhandlung vor siebzehn Jahren. Lebenslang. Das bedeutete in der Realität bei einem jungen Erstmaligen mit etwas Glück fünfzehn Jahre Haft. Der Kerl war sicher längst wieder in Freiheit.

Er blätterte weiter. Ein Foto: ein lachendes Mädchen auf einer Steinmauer. Regina? Es gab eine entfernte Ähnlichkeit. Er drehte das Bild um. Wer war Yoyo? Noch einmal prüfte er das Foto. Er war unsicher. Ein Geräusch. Ein Auto? Er lauschte. Nein, da war nichts. Paul ging zum Fenster. Niemand war zu sehen, der Garten lag still da. Auf dem Zufahrtsweg stand nur sein eigener Wagen. Er sah auf die Uhr und nahm das letzte Blatt auf. Ein Brief!

Sie ist tot. Er hat sie getötet. Und Du tust, als wäre nichts. Ich habe alles zusammengetragen. Ich will, dass Du hinsiehst! Dir alles ansiehst. Er darf nicht davonkommen. Ich bin nicht krank.

Ich bin nicht verrückt! Es ist verrückt, dass Du ihm immer noch glaubst. Ihn beschützt. Er wird wieder töten. Und Du tust nichts. Keine Anrede. Keine Unterschrift. Auch das Datum fehlte.

Wer war der Kerl? Wer waren diese Mädchen? Wie kam Regina zu dieser Mappe, dieser völlig kranken Sammlung? Warum bewahrte sie so etwas auf? Er konnte sie schlecht danach fragen. Soviel er wusste, hatte sie keine Geschwister. Keinen Bruder. Hatte sie welche gehabt? War eines ermordet worden? Er wusste verdammt wenig von ihr. Oder, überlegte Paul weiter, kannte sie den Mörder? War sie mit ihm befreundet – oder zusammen gewesen? Für eine Wachebeamtin wäre das allerdings ein starkes Stück! Darüber würde sie freilich kein Wort verlieren.

Warum, zum Teufel, verwahrte sie das Zeug? Was wollte sie damit? Als der Kerl in Haft gekommen war, musste sie Anfang, Mitte zwanzig gewesen sein. Da war sie doch schon bei der Wache? Komm, beruhigte er sich dann, du weißt nicht, was wirklich ist. Was war. Er beschloss, sich bei Gelegenheit vorsichtig an das Thema heranzutasten. Vielleicht hatte das alles auch gar nichts mit Regina zu tun. Vielleicht hatte ja Johanna … er verwarf den Gedanken. Keine Kinder, keine Verwandten, hatte Regina erzählt. Hatte früher in der Stadt mit einer Frau zusammengelebt. Dann allein. Hier im Haus. Bevor sie an Regina vermietet hatte. Da passte das hier nicht dazu.

Vorsichtig legte er die Mappe zurück und verließ den Raum.

An einem Dienstagvormittag nahm Hassler den Bus und fuhr hin. Er musste mit Johanna reden, die Sache in Ordnung bringen.

Er versuchte sich ihre erste Begegnung nach so langer Zeit vorzustellen. Es gelang ihm nicht. Ob sie ihn gleich erkennen würde? Sie würde überrascht sein. Ärgerlich? Nun, er musste es auf sich zukommen lassen.

Am Ortsende, wo der Bus wendete, stieg er aus. Er ging zügig die Straße entlang und durchquerte die Siedlung. Zwei Kinder auf Fahrrädern kamen ihm entgegen und grüßten. Hassler nickte. Dann bog er nach links ab. Er rupfte im Gehen Zweige, Blätter von den Sträuchern und zerpflückte sie. Ließ sie fallen. Er wischte sich die Finger an der Hose ab. Fuhr sich durch die kurzen Haare. Alles war besser als dieses fortgesetzte Grübeln, dachte er. Und: Was sollte schon passieren? Wenn er ihr gegenüberstand, würde sie ihre Ablehnung nicht durchhalten. So war es immer gewesen. Er hatte keinen konkreten Plan. Er würde sehen.

Am letzten Stück des Weges verlangsamte er seine Schritte. Durch die Sträucher des Nachbargrundstückes blitzte es weiß. Hassler ging schneller und blieb nach wenigen Metern überrascht stehen. Hier stand ein völlig fremdes Haus mit einem Wintergarten. Durch die luftige Konstruktion wirkte es viel größer und sehr nobel. Der vordere Teil des Gartens war begradigt worden. Steinplatten führten zum Haus. Links und rechts davon spross frisch gesätes, zartes Gras.

Das Gartentor war unversperrt. Hassler schloss es sorgsam hinter sich und zögerte kurz. Sein Blick lag auf dem Wintergarten. Man hat sie nicht gefunden, dachte er. Man hätte davon gehört, gelesen. Er hatte die letzten Wochen akribisch alle Zeitungen durchforstet: nichts. Sie war längst verwest. Er hatte sich umsonst gesorgt, sich all die Zeit für nichts und wieder nichts das Hirn zermartert. Was bedeutete schon ein Verdacht, zumal nach so langer Zeit? Jetzt erst verstand er: Sie hatte ihm

Angst machen wollen. Sie war immer noch gekränkt. Alte Geschichten, dachte Hassler befreit. Und klopfte.

Es dauerte eine ganze Weile, bis jemand öffnete. Hassler stand einer etwa gleichaltrigen schlanken Frau gegenüber, die ihn argwöhnisch betrachtete. »Ja?«

»Ich möchte Frau Ritter besuchen«, erklärte Hassler. »Sie wohnt doch da?«

Die Frau musterte ihn. Sie zögerte. »Darf ich fragen, wer Sie sind?«

»Ihr Neffe«, sagte Hassler rasch und streckte ihr die Hand hin. Er lächelte. »Ich …«

Sie ignorierte seine Hand und räusperte sich. »Sie ist nicht …«, begann sie, brach ab und setzte noch einmal an. »Sie werden Frau Ritter hier nicht mehr finden«, sagte sie umständlich.

»Ist sie – ausgezogen?«, fragte Hassler.

»Frau Ritter ist tot«, informierte ihn die Frau. »Ich, äh … wir … wohnen jetzt hier.« Sie machte eine unbestimmte Geste zum Haus hin.

»Tot?«, fragte Hassler. »Wann … wie … ich meine …« Er war wie vor den Kopf geschlagen. »Sie war doch noch nicht alt.«

»Sie ist vor etwas mehr als einem Jahr gestorben. Ist auf dem Dorffriedhof begraben.« Die Frau gab sich einen Ruck. »Mein Beileid«, murmelte sie dann. Es klang schroff. Sie verschränkte die Arme wieder vor der Brust und schien darauf zu warten, dass er ging.

Hassler rührte sich nicht. »Das ist nun alles …«, begann er. »Ich war eine Zeitlang im Ausland, wissen Sie.« Ich rede zu viel, dachte er. »Kann ich ein Glas Wasser haben?«

Sie wies auf die Bank unter dem Baum und verschwand im Haus, nachdem sie die Tür sorgfältig geschlossen hatte. Hassler blieb stehen und wartete. Wer war das? Wann hatte sie das Haus gekauft? Wer hatte Johannas Sachen übernommen? Wusste sie etwas? Hassler ärgerte sich plötzlich, dass er sich als

Verwandter zu erkennen gegeben hatte. Was, wenn es die Unterlagen, von denen Johanna geschrieben hatte, wirklich gab und sie ihre Schlüsse gezogen hatte? Nun galt es vorsichtig zu sein. Die Frau wirkte distanziert, gewappnet. Er musste sich Zeit lassen, um an die nötigen Informationen zu kommen. Er konnte noch einmal herfahren. Oder anrufen. Oder …

Da war sie wieder. Sie reichte ihm das Wasser und sah zu, wie er trank. Hassler ließ sich Zeit. Er hielt das halbvolle Glas umklammert und nagte an seiner Unterlippe. »Danke«, sagte er.

Sie nickte.

»Wir haben einander lange nicht gesehen«, hob er wieder an, »meine Tante und ich. Dann hat sie mir geschrieben, und …«, er schluckte, »nun bin ich wohl zu spät gekommen.«

»Ja«, bestätigte sie. Eine Pause trat ein.

»Haben Sie sie gekannt?«, begann Hassler wieder.

»Wie man's nimmt«, erklärte die Frau.

Beide schwiegen.

»Ich will nicht unhöflich sein, aber ich habe zu tun«, erklärte die Frau dann.

Hassler nahm einen weiteren Schluck und reichte ihr das Glas. »Schön«, sagte er. »Der Wintergarten. Das Haus sieht völlig verändert aus.«

Sie nickte, sagte aber nichts. Hassler wurde nervös.

»Ich war hier oft als Kind. Später nicht mehr.« Ja, das war gut.

»Herr …?«

»Hassler«, ergänzte Hassler, ohne nachzudenken.

Ihr Blick tastete sein Gesicht ab. »Sie sind mit Frau Ritter verwandt? Ein leiblicher Neffe?« Sie klang irritiert.

»Ja«, bestätigte Hassler. »Entfernt verwandt.«

»Sie hat nie von Ihnen erzählt«, murmelte die Frau.

»Sie haben sie also gekannt. Näher gekannt?«, fragte Hassler. Das Gespräch kam langsam ins Laufen. Gut, dachte Hassler. Die Frau zögerte. Sie schien etwas sagen zu wollen, schwieg dann aber. »Es ist nur …«, begann Hassler.

Die Frau sah auf die Uhr. »Ich kann jetzt wirklich nicht länger mit Ihnen reden. Es tut mir leid.« Ihre Bewegungen waren fahrig, unentschlossen. Sie mied seinen Blick.

»Ich kann ein anderes Mal wiederkommen«, schlug Hassler vor. »Ich möchte nur wissen, ob sie etwas für mich hinterlassen hat.«

Sie straffte sich. Ihre Lippen wurden schmal. »Ich habe das Haus gekauft. Noch zu ihren Lebzeiten. Es gibt einen Vertrag. Ich stehe im Grundbuch«, erklärte sie hastig.

Es ging ihr um das Haus! Aus irgendeinem Grund hatte sie Angst, er könnte es ihr streitig machen. Hassler lächelte und suchte ihren Blick. »Andenken, Briefe«, präzisierte er, als hätte sie nichts gesagt. »Sie schrieb von einer Mappe, Unterlagen, die sie mir geben wollte.«

»Nein«, sagte die Frau. Ihre Stimme klang gepresst. »Da war nichts.« Sie hatte die Arme um sich gelegt, als würde sie frösteln. Sie wirkte unruhig, fuhr sich mit der Hand ins Gesicht, kratzte sich an der Nase. Sah sich dann wieder zum Haus um.

Hassler glaubte ihr nicht. »Vielleicht haben Sie noch nicht alles durchgesehen?«, bot er an.

»Sie hatte nicht viel. Sie hat nie von früher geredet. Sie wollte keine Erinnerungen aufheben. Es gab wohl niemanden mehr, der ihr nahestand. Ich habe nichts dergleichen gefunden. Es tut mir leid«, sagte sie noch einmal.

Hassler nickte. »Verstehe. Dann werde ich Sie nicht länger aufhalten. Danke für das Wasser. Und – entschuldigen Sie. Ich wollte Ihnen nicht lästig fallen.«

Die Frau schüttelte den Kopf. »Ich war nur überrascht.«

Sie log!

»Schon gut«, murmelte Hassler. Er streckte ihr die Hand hin, die sie nun ohne Zögern ergriff. Ihr Atem ging noch immer schnell. Er spürte ihre Erleichterung, als er ging.

Als er sich am Gartentor umwandte, stand sie noch immer da. Sie starrte vor sich hin.

»Entschuldigen Sie«, rief Hassler, »kann ich Ihre Nummer haben? Falls ich noch etwas wissen möchte. Der Weg hierher ist doch sehr weit für mich. Und ich möchte Sie nicht unnötig stören.«

Sie wirkte gehetzt, fast panisch, hatte sich aber schnell wieder im Griff. Sie zögerte kurz, kam langsam näher. »Ja«, sagte sie gepresst, »das ist wahrscheinlich besser.«

Er speicherte die Nummer ein und probierte sie gleich aus. Ihr Handy läutete. Sie zuckte zusammen. »Es ist nur … ich vertippe mich ständig«, erklärte er lachend. »Sollte eine Brille tragen, aber … na ja … ich bin ein bisschen eitel.«

Wenig später stand Hassler auf dem Friedhof. Er war der einzige Besucher. Der Friedhof war nicht groß. Er fand Johannas Grab ohne Mühe. Es lag in der prallen Sonne. Ein rosa marmorierter Stein. Ihr Name. Geburtsdatum. Sterbetag. Und Rosen. Auch hier ihre verdammten Rosen! Kleinwüchsige rosafarbene Exemplare, die betäubend rochen. Wie im Garten.

Wie sie gegraben hatte! Gepflanzt. Zum ersten Mal dachte Hassler daran, dass Johanna womöglich ihm zuliebe … hatte sie die Spuren verwischen wollen? War es – er dachte an die Zuschreibung »narzisstische Persönlichkeit«, die ihm der erste Gutachter verpasst hatte – vermessen anzunehmen, dass sie ihn hatte … schützen wollen? Hatte sie die Kleine gefunden? Lagen ihre Knochen jetzt irgendwo da unter einer der Rosenhecken am Rande des Gartens? Wenn doch die andere, die jetzt dort wohnte, von nichts wusste? Beim Graben nichts gefunden hatte?

Sie hat mich geliebt, durchfuhr es Hassler. Die Erkenntnis traf ihn wie ein Schlag. Sie hätte durchgehalten, ihn besucht all die Jahre, hätte er sie nicht weggeschickt. Damals. Sie hatte ihm nicht drohen, sie hatte ihn warnen wollen! Vor Linda. Da war er ausgetickt. Hatte sie zum Teufel geschickt. Den Kontakt abgebrochen. Einmal, vor der Verhandlung, kam noch ein

Brief: »Sie wird nicht kommen. Sie ist im Spital.« Er hatte bis zuletzt gezittert. Er hatte sich nicht bedankt.

Eine Lehrerin, dachte Hassler, als er langsam zur Bushaltestelle ging, sollte das nicht tun. Er war noch ein Kind gewesen. Als es anfing. Und fast fünfzehn, als es endete. Es war immer nur um ihn gegangen, dachte er nun. Nie um seine Mutter. Nie um Linda. Er versuchte, wütend auf Johanna zu sein. Dankbarkeit zu spüren. Nichts von beidem gelang. Hassler stieg in den Bus und starrte durch die Scheiben, ohne etwas zu sehen.

Regina lief die Treppe hinauf. Es war stickig. Sie öffnete die Fenster. Die Lade der Kommode klemmte. Sie nahm die Mappe hastig an sich, setzte sich auf das Bett und öffnete sie. Sie suchte nach Fotos von ihm und betrachtete sie lange. Es bestand kein Zweifel. Nicht der geringste.

Sie legte die Zeitungsausschnitte nebeneinander und starrte sie an. Sie nagte an ihren Nägeln, bis sie schmerzten. Ihr Nacken war steif. Der linke Fuß, auf dem sie saß, wurde taub. Sie stellte die Füße auf den Boden und bewegte vorsichtig die Zehen. Das Bein kribbelte unangenehm. Sie erhob sich und humpelte ein paar Schritte auf und ab. Zunächst musste die Mappe weg. Die Verbindung zur Vergangenheit. Der Beweis. Sie musste sie an einem sicheren Ort verwahren. Dann würde sie jemanden informieren, dass sie belästigt wurde. Ein Stalker, würde sie sagen. Man musste nicht ins Detail gehen.

Paul fiel aus. Er fragte zu viel. War eifersüchtig. Er würde sich als ihr Beschützer aufspielen. Darauf konnte sie verzichten. Karla war mit ihrem eigenen Kram beschäftigt. Mit ihrem Job. Mit ihrem Mann, der sie betrog. Oder nicht betrog. Mit ihren Geschichten, die immer ausuferten und sie manchmal langweilten. Erst jetzt fiel Regina auf, dass sie seit fast zwei Monaten nichts mehr von der Freundin gehört hatte. Sie zuckte die Achseln.

Petra, die Verkäuferin aus der Bäckerei, mochte sie. Aber sie kannte sie kaum. Die Bilanz war ernüchternd. Micko? Damit über kurz oder lang die ganze Geschichte in der Anstalt die Runde machte? Da konnte sie genauso gut gleich kündigen. Kowalsky? Was sollte sie ihm sagen? »Ich habe mit der Wahltante eines verurteilten Mörders zusammengewohnt, die ich im Dienst kennengelernt habe. Und nach ihrem Tod das Haus übernommen. Er hat eine Leiche im Garten begraben, der nun mir gehört. Ich bin bei den Bauarbeiten darauf gestoßen und habe sie versteckt, damit keiner herumschnüffelt. Jetzt ist er aufgetaucht und bedroht mich. Ich will das Haus nicht verlieren und weiß nicht, wie ich ihn loswerden kann.« So in etwa?

Dass man im Dorf behauptete, sie habe die Hausbesitzerin auf dem Gewissen – Regina lachte bitter –, diesen Teil der Geschichte kannte Kowalsky ja schon.

Sie verpackte die Mappe in einer Tragtasche aus dem Supermarkt und schraubte die Revisionsöffnung der Dusche in ihrem Badezimmer ab. Dann rollte sie das Paket zusammen und schob es in den Hohlraum unter der Duschtasse. Mit wenigen Griffen brachte sie die Abdeckung wieder an. Hier waren die Unterlagen sicher. Nun galt es, so gut es ging, die Sache zu verdrängen.

Fünf Tage später meldete sich der Typ, Hassler, zum ersten Mal. Ob sie noch einmal nachgesehen, ob sie etwas gefunden habe? Regina verneinte.

Der nächste Anruf kam zwei Tage später. Paul war gerade bei ihr. Sie legten den Zaun zum Nachbargrundstück um. Regina ging ein paar Schritte zur Seite und wandte sich ab. »Ich kann jetzt nicht reden.«

Paul wurde aufmerksam. Er richtete sich auf und sah zu ihr herüber. »Morgen«, sagte sie und legte auf.

»Wer war das?«

»Kennst du nicht. Ein Bekannter.« Sie zuckte die Schultern. Es läutete wieder. »Ich kann jetzt nicht, verdammt.« Es war Karla. Sie wollte reden. Danijel war ausgezogen. Regina seufzte. »Ich kann jetzt nicht. Ja, ich melde mich.«

Mitten in der Nacht läutete es erneut. Paul war schneller. Er schnappte sich ihr Handy und hatte eine heulende Karla am Apparat. »Deine Freundin«, erklärte er und hielt Regina das Telefon hin.

Sie war zu müde, um mit ihm zu streiten. Zu erschöpft, um Karla abzuwimmeln. Sie tappte im Dunkeln die Stufen hinunter in die Küche, um Pauls Schlaf nicht zu stören, lehnte sich an die Küchenzeile und ließ Karla reden.

Danach war Funkstille. Karla hatte sich ausgeheult. Hassler meldete sich nicht mehr.

Hassler war genervt. »Ich habe heute Vormittag das Bad geputzt. Und jetzt – schau dir das an: der Spiegel verschmiert, Wassertropfen auf den Fliesen und dein Make-up auf der Armatur.«

Ihre Augen wurden rund. »Du lieber Himmel … tut mir leid«, entschuldigte sie sich. Halbherzig, wie er fand. »Du bist aber schon sehr …«, sie zögerte, »empfindlich.«

»Mich stört die Unordnung. Der Staub. Dass du alles liegen lässt«, sagte er schärfer als beabsichtigt. »Da – schon wieder alles voller Haare! Ich bin nicht deine verdammte Putzfrau! Nur weil ich noch keinen Job habe, heißt das nicht, dass ich Lust habe, ständig hinter dir herzuräumen.«

Sie biss sich auf die Lippen. Heul jetzt bloß nicht, dachte Hassler.

Sie griff nach den Zigaretten. Ihre Hand zitterte. »Es tut mir leid.«

Hassler zuckte die Schultern. Bleib mir vom Leib, dachte er.

»Bist du mir böse?« Sie rückte näher.

»Verdammt, und diese Zigaretten die ganze Zeit.« Er wedelte übertrieben den Rauch weg.

»Sag mir, was los ist«, bat sie. »Was ist passiert? Du bist so … so … anders.«

»Nichts ist«, log er. »Ich hab mir nicht gedacht, dass unser Zusammenleben … wir sind zu verschieden. Du …«

Nun weinte sie. Ihre Tränen machten ihn rasend.

»Ich muss raus«, erklärte Hassler knapp. Er schnappte sich seine Jacke und stürzte aus der Wohnung. Es waren nur noch wenige Leute unterwegs. Hassler hatte keinen Blick für sie. Er konnte das nicht, verdammt. Er konnte das nicht: mit einer Frau wie Yvonne leben. Er betrog sie, er betrog sich, wenn er weitermachte wie bisher. Der Druck stieg. Jede Kleinigkeit machte ihn wütend. Wie sie ihn ansah, wenn sie seine Ungeduld spürte: beschwörend, bittend, fast unterwürfig. Er hasste diesen feuchten Blick von unten, ihren zitternden Mund, ihr Verständnis.

Es gab nichts zu verstehen. Er hatte sich geirrt. Man konnte nicht einfach in ein neues Leben schlüpfen. Tun, was alle taten – und alles wäre gut. Nichts war gut. Er hatte Lust, ihre Hand wegzuschlagen, wenn sie ihn berührte. Er würde nicht mehr lange durchhalten. Er konnte nichts tun als das: weglaufen. Durch die Stadt tigern, bis er völlig erledigt war, zu müde, um zu streiten. Zu müde, um zu reden. Wenn er sich mitten in der Nacht vorsichtig neben sie legte, gab sie vor zu schlafen. So lagen sie nebeneinander, bis einer einschlief, bis es dämmerte und sie weitermachten wie die Tage zuvor.

Er musste weg. Sich trennen. Ausziehen. Bevor ein Unglück geschah. Nur – wohin? Er war noch immer ohne Job. Das Arbeitslosengeld reichte nicht für eine eigene Wohnung. Er musste zu Geld kommen. Rasch.

Die Frau fiel ihm wieder ein. Die in Johannas Haus lebte. Sie hatte Angst gehabt. Und – sie log. Hatte ihn rasch abfertigen wollen. Irgendetwas stimmte nicht an ihrer Geschichte. Er würde herausfinden, was.

Am Dienstag – er hatte in der Therapie im Wesentlichen geschwiegen und danach seinen Bewährungshelfer damit beschäftigt, Jobs für ihn zu suchen – fuhr Hassler wieder ins Dorf. Er parkte Yvonnes Wagen gegenüber der Bank und betrat die Bäckerei. Im ersten Moment glaubte er, seine Frau vor sich zu haben. Sie war der gleiche Typ wie Yvonne, aber wesentlich üppiger. Sie war jünger, hatte strahlend blaue Augen, einen hübschen Entenmund und zu dunkel gefärbtes glattes Haar mit roten Strähnchen vorne. Er starrte auf perfekt lackierte, viel zu lange Nägel und fragte sich, wie die Frau damit ihre Arbeit tun konnte. Die Finger glichen flinken molligen Tierchen, die in die Kuchenvitrine langten, in die Kassenlade. Die Brot verpackten und Kuchen, Geld zählten, die Kaffeemaschine zum Pfauchen brachten und mit einem sauberen Lappen über die Theke wischten, während die Frau lachte, scherzte, sich hin und her bewegte und alles im Überblick behielt. Der Laden leerte sich. Beim zweiten Kaffee war Hassler mit ihr allein.

»Ich dachte immer«, begann Hassler mit einem Lächeln, »am Land backen die Frauen ihr Brot, den Kuchen noch selber.«

»Was denn noch alles! Neben der Arbeit am Hof, dem Job, der Versorgung der Alten, der Kinder, der Tiere, des großen Gartens. Zusätzlich zum Engagement in den Vereinen, das hier dazugehört, wenn man nicht zum Außenseiter werden will.«

»Hm«, machte Hassler und nahm einen großen Schluck, »das habe ich nicht bedacht.«

»Schauen Sie sich die Häuser an«, fuhr sie fort, »alle überdimensioniert, viel zu groß gebaut. Allein die Blumenkästen, die vielen Fenster! Die sind so was wie ein Aushängeschild, eine Visitenkarte. Das muss blühen, muss blitzen vor Sauberkeit.«

Sie arrangierte ein Tablett mit Obstkuchen neu, während sie weitersprach. »Sie sollten einmal hören, wie hier geredet wird. Nie direkt, immer … nun ja …« Sie lachte freudlos und fuhr mit veränderter Stimme fort: »Mein Gott, eine junge Frau will halt auch einmal zum Friseur. Oder mit ihren Freundinnen ins Kino. Oder zum – Shoppen. Das muss man schon verstehen … Aber dass sie das Kleine jetzt auch schon in den Kindergarten gibt … das braucht doch noch die Mutter … Die Wiese vor dem Haus? Sie hat mir das erklärt: Naturgarten nennt sich das. Genau! Man lässt alles einfach wachsen, wie es kommt. Erspart sich die Arbeit. Bitte, da müsste natürlich er auch ein wenig dahinter sein. Aber er ist ja ganz vernarrt in sie … und die Fenster – Naturfenster wahrscheinlich«, sie stieß ein boshaftes Lachen aus, »ich will ja nichts sagen, aber … Tja, so klingt das hier.«

»Ich habe mir das Landleben entspannter vorgestellt«, erklärte Hassler.

»Wenn es einem egal ist, was die Leute reden … wenn man von niemandem etwas braucht, bestimmt.« Sie wischte energisch die Front der Kaffeemaschine sauber.

»Sie wohnen hier?«

»Gott bewahre«, lachte die Frau. »Ich fahre jeden Abend zurück in meine Wohnung am Stadtrand. Da kann ich leben, wie ich will. Ohne ständig benotet zu werden. Und hab's nicht weit ins Grüne.«

Hassler nickte und rührte in seinem Kaffee.

»Ich hab's ja versucht. Zwei Jahre lang«, begann sie wieder. »Der Liebe wegen.« Sie lachte. »Als Fremde, als Zugezogene, hast du gewisse Freiheiten, weil du die Spielregeln noch nicht kennst. Du tust einfach, was du für richtig hältst, bis du mitkriegst, dass das ganze Dorf dich durchhechelt und alles, was du tust … Sie müssen mich für eine verbitterte Ziege halten«, unterbrach sie sich plötzlich.

Hassler schüttelte den Kopf. »Sie werden Ihre Erfahrungen haben.«

Sie nickte. »Ich bin halt nicht für das Landleben gemacht. Und manchmal geht mir der Tratsch hier auch jetzt noch wahnsinnig auf die Nerven.«

»Aber es ziehen immer wieder Leute hierher«, knüpfte Hassler an. »Es wird viel gebaut, hab ich gesehen. Und das eine Haus, ganz hinten nach der Abzweigung vom Supermarkt, das mit dem Wintergarten. Das ist doch auch neu?«, fragte er.

Sie warf ihm einen raschen Blick zu. »Wie kommen Sie darauf?«

»Ich hab mich ein wenig umgeschaut hier. Überlege mir, mit meiner Frau«, er schluckte, »aufs Land zu ziehen. Da ist mir das aufgefallen. Schaut noch sehr neu aus. Und – ein schöner großer Garten.«

»Ja«, bestätigte die Verkäuferin. Das Gespräch stockte.

Hassler bat um einen weiteren Kaffee und einen Toast. »Jetzt habe ich richtig Hunger bekommen«, erklärte er.

Stille.

»Mir hat das sehr gut gefallen«, begann Hassler wieder. Und als sie weiter schwieg, erklärte er: »Das Haus.«

»Vergessen Sie das Haus«, erklärte die Frau und stellte den Kaffee vor ihn hin. »Toast kommt gleich.«

»Kennen Sie jemanden, der verkauft?«, erkundigte sich Hassler nun. »Oder einen Baugrund anbietet? Mir gefällt die Gegend.«

»Es ist nicht weit in die Stadt«, stimmte sie zu. »Und wenn man die Leute nicht kennt … Tut mir leid«, erklärte sie dann, »da sollten Sie am besten am Gemeindeamt nachfragen. Vielleicht muss ja wieder jemand verkaufen. Die Leute verschulden sich, lassen sich scheiden – dann bleibt keine andere Möglichkeit …« Sie zögerte. »Das Haus, von dem Sie gesprochen haben, steht sicher nicht zum Verkauf. Regina lebt schon so lange hier und hat eben erst alles renoviert.«

Hassler wartete, aber sie schien nichts mehr sagen zu wollen. Sie blickte auf die Uhr, bückte sich und begann die Spülmaschine auszuräumen. Hassler schluckte den letzten Bissen, hob die leere Tasse nochmals an den Mund, zerknüllte die Serviette und zahlte. Er gab ein viel zu hohes Trinkgeld, lächelte die Frau an und verließ die Bäckerei.

Regina also. Es sollte kein Problem sein, den Nachnamen herauszufinden und ein bisschen zu recherchieren.

Das Gemeindeamt war bereits geschlossen. Am Anschlagbrett waren zwei Veranstaltungen im örtlichen Kulturhaus, eine Versteigerung und eine Baustellenbegehung angekündigt. Hassler überflog die Ankündigung der nächsten Gemeinderatssitzung, bevor ein Schreiben, das halb überklebt war, seine Aufmerksamkeit auf sich zog. Er löste den überlappenden Teil vorsichtig ab. Die in amtlich gehaltenem Ton verfasste Erklärung enthielt – wie Hassler mit wachsender Erregung begriff – alle Informationen, die er benötigte. Regina Aigner also. Ein gewisser Raufer – Hassler zog die Brauen hoch – distanzierte sich nachdrücklich von jeglichem Gerücht, das besagte Regina mit dem Ableben von Frau Johanna Ritter in Verbindung brachte. »In meiner Funktion als Vizebürgermeister« (Dietmar

Raufer war also tatsächlich Vizebürgermeister geworden!), las Hassler atemlos nun schon zum dritten Mal, »ersuche ich Sie, liebe Mitbürgerinnen und Mitbürger, auch im Interesse eines gedeihlichen Zusammenlebens in der Gemeinde mitzuhelfen, dass diese völlig aus der Luft gegriffenen Beschuldigungen und üblen Gerüchte keine weitere Nahrung erhalten und der Wahrheit zu ihrem Recht verholfen wird.«

Das eröffnete nun freilich ganz neue Möglichkeiten!

Hassler sah sich um. Das Schriftstück ablösen? Er wollte keine Aufmerksamkeit erregen. Er angelte nochmals sein Handy aus der rechten Hosentasche und fotografierte seine Entdeckung zur Sicherheit gleich mehrmals.

Eine ältere Frau mit einem Kleinkind auf einem Dreirad kam neugierig näher und blieb stehen. Sie starrte zu ihm herüber, während der Kleine umständlich abstieg, sich hinhockte und damit begann, Dinge vom Boden aufzulesen. Er betrachtete prüfend einen kleinen Stein und schob ihn sich in den Mund.

»Grüß Gott«, sagte Hassler, steckte sein Handy wieder ein und ging zügig Richtung Bank. Das Auto, das er im Halbschatten geparkt hatte, stand mittlerweile in der prallen Abendsonne.

Hassler öffnete die Türen weit und lehnte sich an den Wagen. Er war aufgeregt. Jetzt bloß keinen Fehler machen! Nachdenken, bevor er wieder Kontakt aufnahm.

Die nächsten Stunden fuhr er ziellos durch die Gegend, tankte den Wagen voll und schrieb eine SMS an Yvonne, dass er sich verspäten würde. Er spürte, wie seine Anspannung sich langsam löste. Hassler nahm Witterung auf. Er war wieder auf der Jagd.

Der erste Anruf kam von Petra: »Da war wieder einer. Heute, bei mir in der Bäckerei. Er hat sich nach deinem Haus erkundigt.« Sie beschrieb exakt den Mann, der sich als Johannas Neffe ausgegeben hatte. Hassler.

Regina lehnte sich gegen die Tischkante. Ihre Knie gaben nach.

»Ich hab gedacht, ich sag dir Bescheid.«

»Danke«, murmelte Regina. Sofort hatte sie wieder dieses Sirren im Ohr.

»Du klingst so komisch«, wunderte sich Petra, »ist irgendwas mit dem? Macht er dir Schwierigkeiten? Denkst du, dass Raufer …«

Regina schüttelte den Kopf. »Nein«, krächzte sie dann.

»Vielleicht bin ich auch einfach zu misstrauisch«, sinnierte Petra, »ich traue dem Herrn Vizebürgermeister nicht über den Weg. Egal, ob er sich entschuldigt oder nicht. Ich hab mir gedacht, vielleicht ist das ja wieder ein neuer Anlauf, ein anderer Typ, der …«

Regina hörte ihren Ausführungen nur mit halbem Ohr zu. Es war schlimmer, viel schlimmer! Es hörte niemals auf. Warum, zum Teufel, hatte Johanna nie darüber gesprochen! Getan, als wäre alles in bester Ordnung, und sie zurückgelassen, alleingelassen mit dieser entsetzlichen Geschichte aus einer anderen Zeit, die sie nicht kannte und die sie nun bedrohte.

»… nichts gesagt. Ich hab ihn auflaufen lassen. Aber falls der plötzlich bei dir auftauchen sollte … Regina, wenn du Hilfe brauchst, irgendwas, sag mir Bescheid.«

»Danke«, sagte Regina. »Lieb von dir. Ich glaub aber nicht, dass der etwas mit Raufer zu tun hat.« Es gelang ihr zu lächeln, obwohl sie am Verzweifeln war. Nicht panisch werden, Regina, mahnte sie sich.

»Wenn irgendwas sein sollte …«, begann Petra wieder. »Du kannst mich jederzeit anrufen.«

Regina bedankte sich und legte auf. Sie meinte es sicher gut.

Aber – wie sollte sie ihr helfen können? Wie sollte irgendjemand sie unterstützen, ohne dass sie die ganze Geschichte erzählte? Kurz, es war unmöglich. Sie musste die Sache allein durchstehen.

Sie sagte Paul ab, mit dem sie verabredet war. Sie musste nachdenken. Er reagierte beleidigt. Sie machte einen Spaziergang, kehrte aber bald zurück. Sie war unruhig.

Der nächste Anruf erreichte sie beim Zähneputzen. Eine unterdrückte Nummer. Sie spülte sich den Mund aus und nahm ab.

»Ich habe Gerüchte gehört«, sagte der Mann.

Regina schwieg. Sie zog ihre Unterlippe zwischen die Zähne und biss darauf herum. Ihr Nacken verkrampfte sich.

»Sie werden verstehen, dass ich mir Sorgen mache. Meine Tante war noch nicht alt. Ich möchte mir später nicht vorwerfen müssen, ich hätte nicht alles versucht.«

Sie schwieg.

»Ich war an ihrem Grab. So viele Rosen«, sagte er nachdenklich. Seine Stimme klang sanft.

Regina hielt es nicht mehr aus. »Was wollen Sie?«, fuhr sie ihn an.

»Gewissheit?«

»Hören Sie …«, begann Regina.

»Sie erzählen mir Geschichten«, unterbrach er sie freundlich. »Und keine davon stimmt. Sie haben sie gekannt. Gut gekannt. Jetzt leben Sie ganz allein in einem Haus, das Ihnen nicht zusteht. Denken Sie nicht, dass man sich da fragt …«

»Was wollen Sie von mir?«, fragte sie wieder, obwohl ihr klar war, dass sie besser auflegen sollte.

»Reden?« Wieder klang die Antwort wie eine Frage.

»Es gibt nichts zu reden«, erklärte Regina kühl.

Ein Lachen. »Ich könnte einfach ins Haus kommen. Wir setzen uns an den Tisch. Sie sagen mir die Wahrheit. Und dann sehen wir weiter.«

Reginas Magen revoltierte. Sie verließ das Badezimmer, tappte im dämmrigen Abendlicht zum Fenster und spähte durch die Äste des überhängenden Baums in den Garten. Sie hatte Angst. Was, wenn er da stand? Was, wenn er seine Drohung wahrmachte? Sie hatte die Tür versperrt, ganz sicher, aber … Niemand würde sie hören, wenn sie schrie. Um Hilfe rief. »Ich bin nicht allein«, sagte sie und biss sich auf die Zunge.

Er lachte wieder. »Geschichten! Geschichten!« Dann schwieg er. Sie hörte nur seinen schneller gehenden Atem.

Mit einem Schlag wurde ihr bewusst, wie sehr er die Situation genoss. Sie gab sich einen Ruck. »Wie Sie meinen«, erklärte sie kühl und legte auf. Dann schlüpfte sie im Dunkel die Stiege hinunter und spähte durch die Fenster. Nichts.

Sie würde heute im Erdgeschoss, im Wohnzimmer schlafen. Hastig holte sie ihr Bettzeug und richtete sich auf dem Sofa ein. Sie machte das Licht im Obergeschoss nicht aus. Sollte er sie dort vermuten, wenn er verrückt genug war herzukommen. Sie schlich nochmals in die Küche und wählte ein großes Küchenmesser aus. Sofort fühlte sie sich sicherer. Dann schaltete sie ihr Handy auf Vibracall und starrte lange ins Dunkel. Niemand kam. Erst gegen Morgen, als es bereits dämmerte, schlief sie ein.

Paul war unruhig. Natürlich gab es eine Reihe möglicher Gründe, warum sie nicht ans Telefon ging, obwohl sie freihatte. Vielleicht schlief sie schon. Nach dem stundenlangen Telefonat letzte Nacht mit ihrer Freundin musste sie müde sein. Es wurde schon hell gestern, als sie wieder ins Bett kam. Gegen halb sechs standen sie gemeinsam auf. Regina saß ihm einsilbig gegenüber, grau im Gesicht vor Müdigkeit, rührte in ihrem Kaffee und starrte vor sich hin. Als er sie umarmte, stand sie da wie eine Puppe, mit hängenden Armen. Reagierte nicht, bis er sie wieder freigab.

Er kannte Karla nicht. Er kannte niemanden von ihren Freunden. Das war doch nicht normal, fand Paul. Nach so langer Zeit. Wenn er fragte, mit wem sie telefonierte, blieb sie vage. »Ein Bekannter.« Oder: »Kennst du nicht.« Manchmal wirkte sie wie ertappt.

»Kennst du den schon länger?«

»Paul, bitte …« Sie klang genervt.

»Warum lädst du nicht einmal ein paar deiner Freunde ein? Karla zum Beispiel. Wir könnten grillen.«

Seufzen. »Paul, ich hab keine Ahnung, was jetzt wieder los ist. Was willst du plötzlich mit Karla? Der ist jetzt nicht nach Gesellschaft, glaub mir. Hat Ehekrise und … verdammt, und … ich hab keine Lust auf Party.«

»Du musst ja nicht gleich heftig werden. Ich meine ja bloß …«

»Paul, ich hab den Kopf voll mit tausend Sachen, und …«

Nun war sie sauer. In letzter Zeit kam das oft vor. Sie verschloss sich und schwieg.

Paul beobachtete Micko, der am Pult im Wachzimmer lehnte. War das ihr Typ? Blonde, kurzgeschorene Haare, mittelgroß, breite Schultern, durchtrainiert. Sie schienen sich gut zu verstehen. Zu gut? Was veranlasste eine Frau, Dinge, die sie beschäftigten, mit einem Kollegen zu besprechen, anstatt ihrem Partner das Herz auszuschütten? Kowalsky – das war etwas anderes. Der Bulle hatte sie, aus welchen Gründen auch immer, unter seine Fittiche genommen. Er machte sich einen Spaß daraus, Paul auf die Schaufel zu nehmen. Das war lästig, letztendlich aber egal. Die Kollegen kannten Kowalsky. Reihum bekam jeder sein Fett ab. Regina schien den Dicken zu mögen und war seit geraumer Zeit in seinem Abteilungsteam. Sie stimmten, wenn möglich, sogar ihre Nachtdienste aufeinander ab. Eine Art väterlicher Freund, dachte Paul. Soll sein. Kowalsky war jedenfalls keine Konkurrenz.

Micko? Warum hatte sie darauf bestanden, allein zu sein, seinen Besuch abgewehrt, als Micko die Baumaschine abholte? Den Aushub ein paar Tage später? Dass ihm das noch nie aufgefallen war!

Er sah dem Kollegen zu, wie er sein Handy kontrollierte, dann lächelnd eine Nummer eintippte und wartete. Seine rechte Hand spielte mit einem Kugelschreiber. Kollegen kamen und gingen. Die Stimmung war gelöst. Ein ruhiger Nachtdienst. Micko wandte sich ab und drehte ihm den Rücken zu. Paul blätterte lustlos eine Zeitung durch und sah wieder hin. Würde man Micko als ›gut aussehend‹ beschreiben? Zu breit, befand Paul. Und nicht sonderlich groß. Mit Schuhen war Regina wahrscheinlich sogar ein Stück größer als der. Nun gab der Kollege auf und steckte sein Handy weg. Er drehte sich um, grinste Paul an und schlenderte zu ihm herüber.

»Kein Glück gehabt?«, fragte Paul.

»Ist wohl beschäftigt.« Micko zuckte die Schultern. »Vielleicht ist auch ein bisschen Taktik dabei.« Er lachte. »Frauen spielen gern.«

»Und du kennst dich da aus?«, fragte Paul. »Mit den Frauen?«

»Was ist dir denn über die Leber gelaufen?« Micko boxte ihn leicht gegen den Oberarm und Paul spannte reflexartig die Muskeln an. Er schüttelte den Kopf. »Private Probleme?«

»Hab alles im Griff«, blaffte Paul. Micko zuckte die Schultern und ging.

Paul dachte an die Mappe. Er hatte letztens noch einmal nachgesehen, während Regina einkaufen war. Die Mappe war weg. Er konnte sie schlecht danach fragen. Gespräche über ihre Familie blockte sie ab. Zwei, drei Anläufe waren nicht sonderlich erfolgreich gewesen.

»Wieso interessiert dich das? Ich bin ein Einzelkind, ja. Ganz normale Kindheit. Dann hab ich eine Lehre gemacht, Einzelhandel. Und dann bin ich zur Justiz.« – »Johanna? Du lieber Himmel, was du alles wissen willst. Eine entfernte Verwandte. Mütterlicherseits. Nein, meine Eltern sind beide schon tot.« Er kam keinen Schritt weiter.

Sie telefonierte kaum noch in seiner Gegenwart. Drückte eingehende Anrufe weg. Das war verdächtig. Anders als früher, trug sie ihr Handy nun immer bei sich. Mittlerweile war er sich sicher: Hier stimmte etwas nicht. Er musste endlich etwas unternehmen.

Regina starrte auf die Standtafel im Dienstzimmer, ohne sie zu sehen, und seufzte. Sie bemerkte Kowalsky erst, als er unmittelbar hinter ihr stand. Sie waren allein im Raum.

»Was immer es ist, Regina: Spuck es aus.«

Seit sie in seinem Team arbeitete, war die ›Prinzessin‹ Vergangenheit. »Das untergräbt meine Autorität«, hatte sie erklärt. Mit einem »auch wieder wahr« hatte Kowalsky ihren Wunsch sofort akzeptiert.

Regina zuckte die Schultern und murmelte etwas von Schlafmangel.

»Der Marek brüstet sich damit, dass ihr was habt miteinander.« Kowalsky ging zum Fenster, öffnete es und starrte hinaus.

Sie fuhr auf. »Was hast du gesagt?«

»Dass ihr zusammen seid. Er hilft dir beim Renovieren. Er wird demnächst seine Wohnung aufgeben.« Kowalsky klang zornig.

Regina war fassungslos. »Woher hast du das?«

»Stimmt es denn nicht?«, blaffte Kowalsky. Nach einer Weile fuhr er etwas ruhiger fort: »Er erzählt es herum. Unter dem Siegel der Verschwiegenheit. Ich habe es schon von drei, vier Kollegen gehört.« Kowalsky bewegte sich schwerfällig zum Schreibtisch und ließ sich nieder.

»Es ist nichts Ernstes«, erklärte Regina. Es ging nicht an, dass sie Kowalsky belog. »Keine Rede von Beziehung. Von Zusammenziehen.« Sie starrte zu Boden und sah ihn dann unvermittelt an.

Er schien zu überlegen. »Es ist nicht verboten – mit Kollegen«, begann Kowalsky, »es ist nur, weil du immer …« Er stockte und legte ihr die Hand auf den Arm.

Ein Kollege aus der Tischlerei betrat den Raum. »Störe ich?« Er grinste.

»Ja«, knurrte Kowalsky und wies zur Tür. Der Kollege ging. »Wer bin ich, dass ich dir sage, was du zu tun und zu lassen hast«, begann Kowalsky, »solange du dich nicht mit einem Insassen einlässt.«

Sie sah ihn erschrocken an.

»Ja, gut, vielleicht bin ich eifersüchtig. Aber ich finde, der passt nicht zu dir. Er hat schon einmal Schwierigkeiten gemacht«, erklärte Kowalsky und wischte ihre Frage mit einer raschen Handbewegung weg. »Du brauchst jemanden, der dich so nimmt, so sein lässt, wie du bist. Der deine Entscheidungen akzeptiert. Auf den du dich verlassen kannst. Und der weiß, dass er warten muss, bis du auf ihn zukommst.« Er ließ sich neben ihr nieder.

»Jemanden wie dich, Edi.« Jetzt lächelte sie.

»Zu alt«, knurrte Kowalsky. »Tut mir leid.« Er starrte auf seinen Bauch, der über die Hose quoll.

Jetzt war der Moment, dachte Regina, ihm zu sagen, was sie bedrückte. Sie saßen nebeneinander, Kowalskys Hand auf ihrem Unterarm. Der vertraute Geruch nach Old Spice. Regina nagte an ihrer Unterlippe und dachte nach, wie sie anfangen sollte.

»Solange du dich nicht mit einem Insassen einlässt.« Der Satz hallte nach.

Der Moment ging vorüber. Kowalskys drückte kurz ihren Arm und erhob sich. »Wenn du etwas brauchst …«, erklärte er, sah ihr tief in die Augen und verließ den Raum.

»Edi, wenn dich jemand zu erpressen versucht«, begann Regina beim Mittagessen in der Kantine. Sie saßen allein an einem Tisch. Der größte Ansturm war bereits vorbei.

Kowalsky fuhr auf. »Tut er das, der Marek? Das werde ich ihm gleich abstellen.«

Regina wehrte ab. »Es geht um eine Freundin. Sie war in einer Sache nicht ganz korrekt. Jemand weiß davon und versucht nun, Kapital daraus zu schlagen.«

»Eine Freundin, äh?« Kowalsky sah kurz auf und untersuchte

dann wieder den Schweinsbraten vor sich auf dem Teller. »Diätsau.« Er schnitt ein weiteres Stück Fleisch ab, probierte und verzog das Gesicht. »Das ist kein Fleisch für einen Schweinsbraten. Man sollte den Koch an den Eiern … entschuldige.«

»Sie hat lange überlegt, ob sie mir davon erzählen soll. Wo ich doch auf der Seite des Gesetzes stehe.« Regina verzog den Mund zu einem blassen Lächeln. Sie schob sich einen Bissen in den Mund. »Trocken«, murmelte sie.

»Unter Freunden«, erklärte Kowalsky, der sich nun entschlossen hatte, das Fleisch doch zu verzehren, und grimmig kaute, »kann man über alles reden. Dazu hat man sie ja. Und – jeder macht Fehler.« Er schien zu überlegen. »Jeder hat seine Leichen im Keller.«

Regina verschluckte sich und musste husten. Ihr wurde heiß.

»Sag das deiner Freundin. Was will er denn – Geld?«

Regina nickte.

»Ich würde ihn anzeigen. Ohne Wenn und Aber. Dann ist der Spuk schnell vorbei.«

»Hm«, machte Regina.

»Du bist nicht zufrieden«, stellte Kowalsky fest. Er legte das Besteck beiseite. »Was ist los? Was kann das schon Schlimmes sein? Was kann passieren, wenn es herauskommt? Die Leute reden eine Weile, dann treibt man eine andere Sau durchs Dorf. Mein Gott!«

»Sie fürchtet sich, ihren Job zu verlieren«, erklärte Regina.

»Man muss abwägen«, sagte er. »Wie ist sie denn so, deine – Freundin?«

»Sie hat viel zu verlieren.« Regina hatte plötzlich keinen Appetit mehr.

Zwei junge Kolleginnen sahen sich suchend nach einem freien Tisch um und kamen auf sie zu. Kowalsky machte eine einladende Geste und warnte lautstark vor dem Menü. Alle lachten.

»Man müsste halt mehr wissen«, nahm Kowalsky den Faden wieder auf. »Aber wenn sie kein Vertrauen hat …« Dann wandte er sich, scheinbar gleichmütig, wieder dem Essen zu.

Hassler kaufte sich ein Wertkartenhandy und eröffnete ein Sparbuch. Nach einigen erfolglosen Versuchen, die Frau telefonisch zu erreichen, fuhr er an einem regnerischen Abend wieder zu dem Haus. Die Dorfstraßen waren leer, der Wind peitschte den Regen gegen die Hausmauern und zerwühlte die Baumkronen. Hassler ließ sich Zeit. Nichts überstürzen, dachte er. Er würde den Druck verstärken, konkreter werden. Forderungen stellen. Er überschlug im Kopf seine Berechnung. Es sollte für eine kleine Mietwohnung reichen, für Möbel und drei, vier sorglose Monate. Fürs Erste, dachte er. Wenn er sich außerdem Raufer vornahm, würde er eine ganze Weile gut leben können.

Die Scheibenwischer bewegten sich gleichförmig. Hassler mochte das Verschwimmen und Auftauchen der Straße vor sich, das Motorengeräusch, den Regen. Der Kiesweg war ausgeschwemmt. Er fuhr langsam und vorsichtig. Das Haus lag im Dunkeln. Kein Auto. Er saß lange im Wagen und wartete. Es geht um das Geld, dachte er. Darum, auszusteigen, wegzugehen, bevor die Situation zwischen Yvonne und ihm eskalierte. Nur darum. Er wollte wieder für sich sein. Keine Rücksichten nehmen, allein entscheiden. Seine eigene Ordnung. Ein sauber geputztes Badezimmer. Räume, in denen es nicht nach Rauch stank.

Seit wenigen Tagen fühlte er sich wieder lebendig. Die Starre war von ihm abgefallen, die mühsam unterdrückte Wut, die ihn eng und schwer gemacht hatte. Er gestand sich ungern ein, dass da noch etwas war: die Lust am Spiel. Er sah ihr Gesicht vor sich, wie sie atemlos lauschte, sich angestrengt bemühte zu verstehen. Begreifen wollte, wer er war und was er von ihr wollte. Es war anders als damals: eine erwachsene Frau. Gleich war: Sie hatte Angst. Ihre fahrigen Bewegungen, ihr schneller werdender Atem hatten ihn gekickt. Er sah sie in der Dunkelheit stehen und hastig um sich blicken, wenn er sie anrief. Mittlerweile war er sich sicher: Sie lebte allein. Er konnte sie lenken, die Regeln vorgeben und ändern, wie es ihm gefiel. All die Telefonate. Ihr atemloses Lauschen, bevor sie abrupt auflegte. Er wusste, es würde nicht mehr lange dauern.

Plötzlich glitten Scheinwerfer durch den Regen und erfassten seinen Wagen. Blendeten auf. Blendeten ab. Blendeten Hassler. War sie das? Hassler blieb im Dunkel sitzen. Er zog die Unterlippe zwischen die Zähne und startete. Die Szene mit dem Mädchen auf dem Parkplatz, der billigen kleinen Hure, schob sich vor das Bild. Seine Mundwinkel zuckten. Seine Anspannung stieg. Er war erregt.

Der Wagen vor ihm wurde langsamer, stieß unvermittelt zurück und wendete. Hassler ließ den Motor aufheulen. Der Kies spritzte. Regen. Wasserfontänen, als er beschleunigte. Der Wagen schleuderte.

Er hatte Yvonnes Auto rasch wieder unter Kontrolle. Es dauerte aber eine Weile, bis er sie einholte. Sie fuhr zügig und sicher. Der Regen ließ nach. Hassler blieb ihr auf den Fersen. Er hatte in den wenigen Wochen in Freiheit deutlich an Fahrroutine gewonnen. In der Neubausiedlung, einer Reihe kleiner Häuser mit winzigen Gärten, wurde der Wagen vor ihm langsamer, beschleunigte dann wieder. Sie erreichten die Stadt. Es war spät, der Verkehr floss ruhig. Vor einer grün blinkenden Ampel bremste sie abrupt und beschleunigte, als er zum Stehen kam. Er überfuhr die Ampel bei Rot. Verdammtes Miststück!

Jetzt keinen Fehler machen! Wenn ihn ein Polizist an den Straßenrand winkte, war er verloren. Er hatte keinen Führerschein. Man würde seine Identität überprüfen. Nachfragen. In dem Fall konnte er seinen Plan vergessen. Sie schien es darauf anzulegen, dass sie beide auffielen. Kavalierstart. Abruptes Abbremsen. Im letzten Moment über die gelb blinkende Ampel. Notfalls würde er aufgeben. Abbiegen und nach Hause fahren. Sie würde eine Finte vermuten. Weiter vorsichtig sein. Sich nicht zurücktrauen ins Haus. Nicht schlafen können. Eine Grünphase machte weitere Manöver ihrerseits unmöglich. Hassler folgte ihr unbeirrt. Wohin fuhr sie jetzt? Was zum Teufel …

Hassler erkannte plötzlich die markante Front, die einer Festung glich. Hier hatte er das erste Dreivierteljahr nach seiner Festnahme verbracht. Einige wenige Fenster waren erleuchtet. Die Staatsanwaltschaft. Der Journalrichter. Sie bog ab und querte – allen Verkehrsregeln trotzend – die Straße. Er sah sie telefonieren. Vor dem Tor zum Anlieferungshof kam ihr Wagen zum Stehen. Der Torbereich wurde von Kameras überwacht. Hassler fuhr langsam weiter und verschwand im Gewirr der angrenzenden Gässchen.

Er keuchte. Wut schnürte ihm die Kehle zu. Was hatte die Nutte mit der Anstalt zu schaffen? Wie kam es, dass sie mitten in der Nacht … Endlich begriff er: Sie arbeitete bei der Justiz. Eine Wärterin wohnte in Johannas Haus! Er schaltete schnell. Warum hatte sie Angst? Wovor? Mit der Angehörigen eines Mörders in Verbindung gebracht zu werden? Es gab Schlimmeres. Seines Wissens war das nicht verboten.

Es musste mehr dahinterstecken! Hatte sie Johanna das Haus abgejagt? Sie erpresst? Wusste sie etwas? Der Kreis schloss sich. Hassler musste das klären. So rasch wie möglich.

Regina stellte den Wagen hinten im Hof ab, wo er niemandem im Weg stand. Auch nachts war in der Schleuse Betrieb, überstellten die Kollegen von der Polizei Verdächtige, für die Untersuchungshaft angeordnet werden sollte. Regina stieg aus.

»Was vergessen?«, fragte Herta, die rundliche Kollegin in der Torwache. Der Kollege, der im Halbdunkel vor dem Überwachungsmonitor saß, sah nur kurz auf.

Regina nickte. »Haustorschlüssel. Ist hoffentlich in meinem Spind.«

»Kenne ich.« Die Kollegin lachte. »Einmal ist es das Handy. Dann wieder die Schlüssel. Jedes Mal ein Schock. Trotzdem – ich lerne es nicht. Aber ich will dich nicht aufhalten.«

Regina durchquerte das Wachzimmer. Einzelne Kollegen sahen auf, grüßten, riefen ihr Scherzworte zu. »Noch nicht genug? Willst du meinen Dienst übernehmen?«

Sie winkte ab. »Schlüssel vergessen. Und erst zu Hause draufgekommen. Den ganzen Weg wieder retour. Also nervt mich nicht.«

Auf der Treppe hielt sie kurz inne. Was sollte sie tun? Bleiben, bis es Tag wurde? Unter irgendeinem Vorwand die Abfahrt verzögern? Einen Kaffee trinken, die Stundenabrechnung machen? Sich mit einem Kollegen verplaudern? Was, wenn er draußen auf sie wartete, wie er ihr vor ihrem Haus aufgelauert hatte? Er schien sich sehr sicher zu fühlen. Das machte sie nervös.

Plötzlich fiel ihr siedend heiß ein: Sie hatte einen Fehler gemacht! Er wusste nun, wo sie arbeitete. Würde über kurz oder lang eine Verbindung herstellen. Sie hatte sich ihm auf dem Silbertablett präsentiert.

Ihre Knie wurden weich. Sie hielt sich am Geländer fest. Sie hätte in die Stadt fahren sollen, irgendwohin, in ein Lokal, als sie registrierte, dass Paul nicht zu Hause war. Überallhin, nur nicht hierher.

Der Ärger über sich selbst und die Angst machten sie starr.

Wieder hatte sie nicht nachgedacht, einfach getan, was ihr als Erstes einfiel: Flucht. Er hatte sie gejagt wie ein Tier. Quer durch die Stadt. Er war krank und gefährlich. Er würde nicht aufgeben.

Mach dich nicht verrückt, befahl sie sich, während sie zu ihrem Spind ging und die Tür aufschloss. Sie tat es mechanisch, stand eine Weile davor und schloss dann wieder ab. Sie war allein im Raum.

Plötzlich läutete ihr Handy. Sie durchwühlte hastig ihre Tasche, starrte auf das Display und atmete tief durch, bevor sie das Gespräch annahm.

»Sie sind eine geübte Fahrerin«, begann er. Seine Stimme klang sanft.

Sie schwieg.

»Ich verstehe nur nicht, was Sie so erschreckt hat.« Ein leises Lachen. »Sie benehmen sich kindisch, und das wissen Sie.«

Regina starrte auf die gegenüberliegende Wand. Sie nagte an ihrer Unterlippe. Ihr Unbehagen wuchs. »Hören Sie«, begann sie, aber er unterbrach sie sofort.

»Ich will das verdammte Haus nicht.« Er klang kühl geschäftsmäßig. »Die heilige Johanna« – er lachte wieder, diesmal freudlos – »hat mir genügend Erinnerungen hinterlassen. Schmutzige, schäbige. Dinge, die man am besten vergisst.«

Er schwieg. Sie hörte ihn atmen.

»Ich will Geld«, erklärte er dann. »Man vergisst leichter, wenn man weggehen kann. Wenn man auf niemanden angewiesen ist. Wenn man sich keine Sorgen machen muss.«

»Wovon reden Sie?«, unterbrach Regina.

»Ein kleiner Bub kann sich nicht wehren.« Nun sprach er hastig, atemlos. »Seine Lieblingslehrerin macht ihm Geschenke, fördert ihn, lobt ihn. Er freut sich. Sie nimmt ihn mit nach Hause. Zum Lernen. Als er endlich versteht … Sie befreundet sich mit seiner Mutter. Sie leben zusammen. Den Sommer verbringen sie im Haus. Es gibt kein Entkommen.«

Ein Verrückter, dachte Regina. Wie seine Schwester. Johanna hatte gut daran getan, den Kontakt zu beiden abzubrechen. Sie nicht mehr zu sehen. Man musste es aussitzen. Sie konnte immer noch zur Polizei gehen. Regina gab sich einen Ruck. »Ich lege jetzt auf.«

Gleich darauf läutete es wieder. Er ließ sie nicht zu Wort kommen. »Fünfzigtausend«, erklärte er, nun wieder mit fester Stimme. »Und Ihr kleines Geheimnis bleibt unter uns.«

»Wo sind Sie jetzt?«, fragte sie, um Zeit zu gewinnen. Sie musste überlegen. Keinen weiteren Fehler machen.

»Ganz in der Nähe«, sagte er.

»Wenn ich die Polizei ...«

»Das werden Sie nicht tun. Wir beide haben unsere Gründe, die Sache unter uns zu regeln.« Er schien sich seiner Sache sehr sicher. »Wie lange werden Sie brauchen, um das Geld zu beschaffen?«

»Fünfzigtausend, das ist sehr viel ...«

Wieder unterbrach er sie. »Das Haus ist ein Vielfaches wert. Und – Sie wollen doch Ihren Job nicht verlieren? Johanna hat mir erzählt ...« Wieder klang seine Stimme sanft.

»Was erzählt?«, fragte Regina scharf.

Er lachte. »Reden Sie mit Ihrer Bank. Ich melde mich in ein paar Tagen wieder.«

Bevor sie etwas antworten konnte, war die Leitung tot.

Als sie sich etwas gefasst hatte, nahm Regina ihre Tasche und ging die Stufen hinauf. Im Mannschaftsraum lief der Fernseher, aber niemand sah hin. Wenig später saß sie im Auto. Es war lange nach Mitternacht. Sie fuhr langsam durch kleine Seitengassen und ließ sich Zeit. Niemand folgte ihr. Er hatte wohl geblufft. An einer Tankstelle am Stadtrand stand sie eine Weile an der Theke und trank einen Kaffee. Zwei späte Gäste, Männer mittleren Alters, diskutierten über Politik. Der dickere mit dem niedrigen Haaransatz, der ihn roh und dumpf wirken ließ, warf ihr hin und wieder einen Blick zu. Der andere hatte sich ins Thema verbissen und ereiferte sich über alles und jeden. Regina bestellte einen zweiten Kaffee.

Gegen halb zwei kam wieder ein Anruf. Karla. Regina drückte ihn weg und schaltete das Handy aus. Wenn das Freundschaft war, konnte sie darauf verzichten. Wann hatte es angefangen: dass Karla sie anrief, wann immer ihr danach war, sich in aller Ausführlichkeit bei ihr ausheulte und dann wieder wochenlang nichts von sich hören ließ? War es je anders gewesen? Nun, am Anfang hatten sie etwas miteinander unternommen, waren in eine Therme gefahren, hatten Spaß gehabt, eine ganze Nacht durchgemacht. Sie hatten über alles und nichts geredet, waren miteinander laufen gewesen. Manchmal ins Studio gegangen. Dann war Danijel auf der Bildfläche erschienen, und Karla sprach nur noch von ihm. Vertröstete sie wieder und wieder. Nach einiger Zeit stand dann ihr Job im Mittelpunkt, all die Nachteinsätze, die Besoffenen, die aufeinander losgingen. Dann die Krisen mit Danijel.

Regina hatte nie viel von sich erzählt. Äußerlichkeiten, kleine Erlebnisse – nichts, was sie wirklich betraf. Kowalsky hatte recht: Sie vertraute niemandem.

Der Verkäufer stellte ein kleines Glas mit einer tiefroten Flüssigkeit vor sie hin: »Von dem Herrn dort.«

Sie wandte sich um. Der Dicke hob sein Glas. Er lächelte ihr zu.

»Ich möchte das nicht. Sagen Sie das dem Herrn!«, erklärte Regina und schob das Getränk von sich. Sie legte ein paar Münzen auf die Theke und wandte sich zum Gehen.

»Entspann dich, Mädchen«, sagte der Dicke, während sein Freund breit grinste. »So schön bist du auch wieder nicht.«

»Leck mich«, zischte Regina und stapfte hinaus in die Nacht.

Schon seit einigen Tagen hatte Paul Marek das Gefühl, dass Kowalsky ihn beobachtete. Am Abend waren sie einander zweimal über den Weg gelaufen, aber Paul hatte mit einem Kollegen ein Gespräch begonnen. Nun stand er allein vor dem Kaffeeautomaten, warf eine Münze ein und traf seine Wahl. Kowalsky stellte sich neben ihn. Sie gaben einander die Hand. Beide schwiegen. Er roch Kowalskys Rasierwasser: Altherrenparfum. Paul griff nach seinem Kaffeebecher und trug ihn zum nächstgelegenen Tisch. Kowalsky folgte ihm.

»Wie gut kennst du sie?«, begann er und ließ sich mit einem Ächzen nieder.

Paul reagierte nicht. Er blies in seinen Kaffee und probierte vorsichtig.

»Regina. Wie gut kennst du sie?« Kowalsky ließ nicht locker.

Paul zuckte die Schultern. »Wir sind – befreundet.«

»Befreundet«, wiederholte Kowalsky grimmig.

»Und was geht dich das an, Kowalsky?«, fuhr Paul auf. Er nahm einen raschen Schluck Kaffee, verbrannte sich die Zunge und fluchte.

»Nicht gleich aggressiv werden, Bub«, sagte Kowalsky und rückte näher. »Sie gefällt mir nicht in letzter Zeit. Sie wird immer dünner. Sie schaut müde aus. Ist fahrig. Wenn du etwas damit zu tun hast, Marek, mache ich dich fertig.«

»Verstehe. Du bist ihr Vormund.« Paul schob das Kinn vor.

»Regina braucht keinen, der ihr sagt, was sie zu tun oder zu lassen hat, glaub mir. Und sie braucht«, Kowalsky zögerte und maß ihn von oben bis unten, »auch keinen, der sie stresst. Der sich in ihr Leben drängt. Keinen, der sein Maul zu weit aufreißt … bei den falschen Leuten.«

»Jetzt mach aber einen Punkt.« Paul fuhr hoch und knallte seine Faust auf den Tisch.

Kowalsky erhob sich gemächlich. »Bau nicht schon wieder Scheiße, Marek. Wie damals in der Außenstelle. Bevor du geheiratet hast.« Er stützte sich am Tisch auf und beugte sich vor. »Die junge Kollegin damals hätte gut daran getan, dich anzuzeigen. Du bist ein schlechter Verlierer, Marek. Wenn eine Frau nicht mehr will, hat man das zu akzeptieren.«

Paul wollte etwas erwidern, aber Kowalsky ließ ihn nicht zu Wort kommen. »Hoffen wir, dass du daraus gelernt hast. Wenn nicht, hab ich dich an den Eiern. Das schwör ich dir.«

»Mit welchem Recht …«, begann Paul, aber Kowalsky war bereits an der Tür. Er drehte sich nicht mehr um.

Pauls Kiefer mahlten. Er atmete schwer. Welches Arschloch hatte Kowalsky davon erzählt? Micko? Und was ging ihn das überhaupt an? Wusste – Paul schluckte hart – wusste Regina davon? Dass er nach der Trennung von einer Kollegin, nun – überreagiert hatte? Nach einer Trennung … War er wieder dabei, zum Gespött der Kollegen zu werden? Hatte Regina einen Neuen?

Sie musste ihm Rede und Antwort stehen. Sie musste. Er würde nach dem Nachtdienst hinfahren. Gleich heute. Er hatte viel zu lange gewartet. Sie mussten reden.

Die ganze Fahrt über dachte Paul darüber nach, wie er beginnen sollte. Als er den Kiesweg zu ihrem Haus entlangfuhr, langsamer jetzt, als wollte er den Zeitpunkt ihres Zusammentreffens hinausschieben, beschloss er: keine Vorwürfe, kein Druck. Er würde ihr sagen, dass er sich Sorgen um sie machte. Ihr seine Unterstützung anbieten. Was bei Kowalsky funktionierte, bei Micko – Paul biss die Zähne zusammen –, würde auch in seinem Fall die Wirkung nicht verfehlen. Sie ist eine Frau, dachte er. Auch wenn sie sich nach außen kühl, stark und selbstbewusst gibt und nie um Hilfe bittet. Paul dachte an die Idylle, die sie sich geschaffen hatte. Den teuren Kosmetikkram im Bad, den er nie bei ihr vermutet hätte, weil sie sich kaum je schminkte; die zarte Wäsche, die er gefunden hatte – er schob den nachfolgenden Gedanken energisch weg –, all die Decken und Kissen, ihren Rückzugsort unter dem Dach.

Sie saß auf der Bank vor dem Haus neben dem Kräuterbeet im Halbschatten und blätterte in einem grauen Ordner. Plötzlich riss sie den Kopf hoch, sah erschrocken zur Straße, zu ihm her. Er winkte, ihre Züge entspannten sich. Als er auf das Gartentor zuging, sah er sie hastig die Mappe zuschlagen.

Regina kam ihm nicht entgegen. Sie blieb sitzen, leicht zurückgelehnt, die Arme vor der Brust verschränkt. Er versuchte ihren Blick zu deuten. Sein Lächeln wurde nicht erwidert. Sie schwieg. Er trat rasch hinter sie, legte ihr die Hände auf die Schultern, beugte sich vor und küsste sie auf die Wange. Er war ein wenig atemlos. »Ich hab dich vermisst«, nahm er ihre Frage vorweg.

»Wir hatten ausgemacht, dass du anrufst.« Kein Vorwurf. Eine Feststellung.

Sie drehte sich um. Kowalsky hatte recht. Sie sah abgespannt aus. Noch dünner als zuletzt. Ihre Augen waren wachsam, prüfend, hielten seinem Blick aber nicht stand. Paul ließ sich neben ihr nieder und rückte dann instinktiv ein Stück ab.

»Ich hab einfach Sehnsucht gehabt«, erklärte er. »Weißt du, ich tu mir verdammt schwer damit, mich immer – entschuldige – anmelden zu müssen, wenn ich dich sehen will.« Er sah, wie ihre Lippen schmal wurden, und schluckte. Keine Vorwürfe, ermahnte er sich. »Ehrlich gesagt, Regina«, begann er wieder, »bin ich ein wenig besorgt.«

»Besorgt?«

Nun hatte er ihre Aufmerksamkeit. »Du wirkst müde. Unkonzentriert. Du wirst immer dünner …« Sie hob den Arm, wollte etwas sagen, aber er sprach unbeirrt weiter. »Ist es die Sache mit diesem Vizebürgermeister, die dich belastet? Hast du finanzielle Sorgen?« Paul deutete auf die Mappe. »Ich meine, das Haus, der Umbau, hat sicher eine Menge Geld gekostet.«

Regina schüttelte den Kopf.

»Wenn es das ist: Ich kann dir helfen. Ich könnte meine

Wohnung, ich meine … wenn du Unterstützung brauchst …« Er verhedderte sich und wusste nicht weiter.

Sie beugte sich vor. »Danke, Paul, ich komm schon klar. Es ist«, sie zögerte, »sozusagen eine persönliche Geschichte. Das muss ich allein ausmachen. Es …« Ihr Handy läutete, und plötzlich sah er Panik in ihren Augen. Sie drückte das Gespräch weg.

»Was ist los, Regina?«, fragte Paul. »Ist da …«, er konnte nicht widerstehen, er musste Gewissheit haben, »gibt es jemand anderen?«

Wieder dieses angestrengte Lächeln, kaum mehr als ein Verziehen der Lippen. »Nein«, entgegnete sie. »Es gibt niemand anderen. Ich muss einfach eine alte Geschichte …« Wieder läutete ihr Handy. »Zum Teufel, das nervt«, fuhr sie hoch und schaltete es aus.

»Warum gehst du nicht ran?«

»Weil es mich ankotzt«, pfauchte sie. »Weil es immer dasselbe ist. Weil ich das jetzt nicht brauchen kann. Weil ich noch verrückt werde. Weil …«

»Karla?«, fragte er.

Sie sah ihn überrascht an, zögerte einen Moment. Dann nickte sie. »Ich bin wohl keine besonders gute Freundin.«

»Soll ich mit ihr reden? Ich meine, es ist ja verrückt, jemanden mitten in der Nacht anzurufen und stundenlang wach zu halten …«

Regina winkte ab. »Ich mach das schon.«

Plötzlich fühlte Paul sich leicht. Wenn sie mit ihrer Freundin Stress hatte … Jetzt verstand er, warum sie seinen Vorschlag, Karla zum Grillen einzuladen, so brüsk zurückgewiesen hatte. Er entspannte sich.

Regina holte ihren Laptop und zeigte ihm die Möbel, die sie für den Wintergarten ausgesucht hatte. Große Pflanzen sollten den Raum wohnlich machen. »Johanna wollte immer Orchideen züchten«, erzählte sie, »aber ich will eigentlich lieber einen Dschungel. An den kalten Tagen im Grünen sitzen, es hell und warm haben. Ausspannen. Lesen. Vielleicht«, sie lächelte, »fange ich zu malen an.«

Paul fühlte sich wohl. Vielleicht hatte Kowalsky recht. Sie wusste, was sie wollte. Und je weniger man sie drängte, desto lockerer wurde sie. Erzählte, lächelte, bezog ihn mit ein. Mittags kochten sie gemeinsam. Aßen im Garten. Trugen das Geschirr zurück in die Küche und kamen einander wieder nahe. Regina wehrte sich nicht, als er sie schließlich in die Arme nahm und vorsichtig küsste. Er hielt sie lange und kraulte ihren Nacken, ihr Haar. Sie lehnte sich an ihn. Hand in Hand gingen sie die Treppe hinauf ins Schlafzimmer. Sie schliefen miteinander und dösten dann eine Weile. Abends begann es zu regnen. Paul war zufrieden.

Regina erwachte gegen halb sieben, streckte sich und blinzelte gegen die Sonne. Sie rückte ein Stück zur Seite. Die Vögel zwitscherten und Paul, der neben ihr lag, murmelte etwas Unverständliches, bevor er näher rückte und sie an sich zog. Eine Weile lagen sie so. Paul atmete ihr ins Ohr, und sie drehte den Kopf zur Seite. Ihr linker Arm wurde taub. Vorsichtig wand sie sich aus seiner Umklammerung und stand auf. Auf dem Weg ins Badezimmer sammelte sie die verstreuten Kleidungsstücke auf und hängte Pauls Sachen über einen Stuhl. Sie duschte lange und zog sich an. Dann machte sie Frühstück und deckte im Garten. Die Katze hatte zwei Mäuse auf der Türschwelle deponiert und sonnte sich auf der Bank. Sie hatte ein struppiges Fell und ein ganz schmales Gesichtchen. Ihr Bauch wölbte sich deutlich vor. Regina streichelte sie vorsichtig. Die Katze klagte leise. Zeit, einen Korb auszupolstern. Sie würde in den nächsten Tagen werfen. Ob sie den kleinen Katzen wieder Namen geben sollte? Regina dachte an den toten Kater und sah zum Hollerstrauch hinüber. Dann zur Birke. Die Sonne schien. Die Vögel sangen. Das Gras war nass vom Tau. Nichts wies darauf hin, dass unter dem Strauch ein totes Tier, unter dem Baum ein Mädchen begraben war. Das Schreckliche, dachte sie, kam immer aus dem Nichts. Traf sie unvorbereitet, schutzlos, warf sie aus der Bahn, ganz gleich, wie fest verankert sie dastand. Und immer noch machte sie die gleichen Fehler. Man durfte nie sicher sein. Niemals.

Eine Bilderbuchfamilie, dachte sie. Vater, Mutter, Kind – auf den ganz frühen Fotos: Glück, Lachen, ausgelassen sein. Wie sie über eine Wiese rannte, in einem hellblauen Kleid, in weit ausgebreitete Arme. Leuchtende Augen über der Geburtstagstorte. Ein schokoladeverschmierter Mund. Auf den nächsten Fotos standen alle herum wie Puppen, und die Mutter hatte einen abwesenden Blick. Sie wechselten die Wohnungen, die Orte. Immer wieder verschwand der Vater für einige Zeit. Als sie alles verstand, war es zu spät. Die Mutter tot. Der Vater wieder dabei, ein Luftschloss zu bauen, in das sie mit einziehen sollte. Da war sie gegangen. Flucht, dachte sie. Ich will bleiben und renne immer wieder los ohne Plan und Ziel.

Sie strich sich über die Stirn. Wahrscheinlich liegt es an mir, dachte sie, plötzlich müde. Es musste etwas geben, was andere ihr voraushatten. Die niemand bedrängte oder betrog. Bei denen die Liebe einzog und blieb. Die keine Angst zu haben brauchten. Denen ein Haus Schutz bot. Woher kam diese Sicherheit, die andere das Richtige tun, die richtige Wahl treffen ließ? Sie selber langte mit schöner Regelmäßigkeit mitten in den Dreck.

Sie zuckte zusammen und fuhr herum. Paul. Sie hatte ihn nicht kommen gehört.

»Tut mir leid. Ich wollte dich nicht erschrecken.« Er legte seine Hand auf ihren Arm und beugte sich vor. »Hm, Frühstück«, sagte er und küsste sie. Er roch nach ihrer Zitronenseife. Seine Haare waren noch nass. Er legte ihr Handy auf den Tisch. »Hast du oben vergessen.«

Hastig nahm sie es an sich. Siebzehn Anrufe in Abwesenheit! Karla? Ihr Verfolger? Sie aß zerstreut ein paar Erdbeeren. Trank Kaffee und versuchte, sich ihre Unruhe nicht anmerken zu lassen, während Paul sich ein Brot dick mit Butter beschmierte und es mit der Butterseite nach unten auf den Teller mit Schnittlauch drückte.

»Wahnsinn«, erklärte er strahlend. »Mitten unter der Woche im Garten frühstücken. Mit dir. Während die anderen arbeiten. Ich bin ein Glückspilz.«

Später, dachte sie, aber sie hielt es nicht aus. Sie stand auf und ging ein paar Schritte, das Handy am Ohr. Siebzehn Anrufe mit unterdrückter Nummer. Keine Nachricht, die Mailbox war leer. Langsam ging sie zum Tisch zurück.

»Schlechte Nachrichten?«, fragte Paul.

Sie schüttelte den Kopf und zwang sich zu einem Lächeln. »Alles in Ordnung.«

Regina hörte den Wagen, bevor sie ihn sah. Er bremste scharf und hielt unmittelbar vor dem Gartentor an. Hassler!

Ihr Blick flog vom Auto zu Paul, der sie irritiert ansah. Ehe sie etwas sagen konnte, legte Hassler den Retourgang ein und verschwand aus ihrer beider Blickfeld. Paul sprang auf und rannte zum Gartentor. Hinaus auf den Weg. Er riss sein Handy hoch und fotografierte, kontrollierte dann das Display. Schüttelte ärgerlich den Kopf, schaute lange zu ihr her. Er schien zu überlegen. Regina stand reglos.

Mit großen Schritten kam Paul näher. Er presste die Lippen aufeinander. Er war blass. Er packte sie so grob an den Schultern, dass sie aufschrie. »Wer ist der Kerl? Was will er von dir? Was ist das für ein Scheißspiel, das du mit mir treibst? Na?« Nun schüttelte er sie. Ihr Kopf flog hin und her. Regina versuchte ihn abzuwehren, da bekam er ihre Hände zu fassen und hielt sie fest.

Sein Gesicht war ganz nahe vor ihrem. Zwiebelgeruch. Und in seinen Augen blanker Hass.

»Willst du mich bescheißen, oder was? Hältst du mich für einen Trottel? Sag schon.«

»Paul«, schrie sie, »lass mich los!« Sie trat nach ihm.

Er war wie von Sinnen. Mit einer Hand fixierte er ihre Hände. Mit der anderen umfasste er ihr Kinn und zwang sie, ihn anzusehen. »Wer ist der Scheißkerl? Ihr habt was miteinander. Hat wohl geglaubt, ich bin schon weg, was? Schlecht kalkuliert, was? Eine persönliche Geschichte, ja? Wer ist das, sag schon!«

Paul zitterte. Seine Hand umklammerte ihr Kinn. Er tat ihr weh. Er musste verrückt geworden sein!

»Mach den Mund auf, du … du …«, keuchte er.

»Ich kann …«, stammelte sie und versuchte, ihr Kinn freizubekommen. Er lockerte den Griff.

Mit einer leichten Drehung verschaffte sie sich etwas Abstand. Dann rammte sie ihm mit voller Wucht ihr rechtes Knie in den Unterleib.

Der Schlag wirkte sofort. Regina kam frei. Sie rannte zum Haus und sperrte hinter sich zu. Panisch kontrollierte sie die Fenster, eines nach dem anderen. Alle geschlossen. Wenn er durch den Wintergarten … Sicherheitsglas, dachte sie. Und: Er wird es nicht wagen!

Nach einer Weile stand er vor der Tür. »Mach auf, Regina. Verdammt.« Und als sie nicht reagierte: »Wir müssen reden. Regina!« Er klang nun ruhiger, beherrscht.

»Geh weg oder ich rufe die Polizei.« Sie tastete nach dem Handy.

»Regina, mir sind die Nerven … es tut mir leid … wir müssen –«

»Zum letzten Mal. Hau ab!« Die Anspannung fiel langsam von ihr ab. Ihr war schlecht. Ihre Hand zitterte, als sie die Nummer eintippte. Das Tonband meldete sich. Es war gut, wenn er hörte, dass es ihr ernst war.

»Okay. Ich gehe«, hörte sie von draußen.

»… Polizei, Vermittlung …«

Regina legte auf. Langsam ging sie die Treppe nach oben und spähte vorsichtig aus dem Fenster. Paul blieb noch eine ganze Weile auf der Straße und sah zum Haus herüber. Regina stand hinter den Jalousien verborgen und umklammerte ihr Handy. Schließlich wandte Paul sich um und ging. Wenig später hörte sie den Motor aufheulen.

Was zum Teufel war in Paul gefahren, dass er plötzlich auf sie losging? Dachte er im Ernst, dass sie und Hassler … es war absurd. Er war nahe daran gewesen, sie zu schlagen! Nun wurde sie wütend. Sie sollte ihn anzeigen, ihn fertigmachen. Hatte nicht Kowalsky angedeutet, dass Paul schon einmal unangenehm aufgefallen war? Im Dienst? Sie hatte nicht richtig zugehört. Sie musste Kowalsky fragen.

Dann kamen ihr Zweifel. Und dann die Scham.

Kowalsky hielt viel von ihr. Zuzugeben, dass Paul … dass

sie sich so hatte behandeln lassen, obwohl er sie doch gewarnt hatte … Und nun zu Papa Kowalsky rennen und um Hilfe bitten – nein, unmöglich. Ganz und gar unmöglich.

Das passierte anderen Frauen. Schwachen Frauen, die abhängig waren, ohne Selbstbewusstsein und eigenes Geld. Die glaubten, ihren Peiniger zu lieben und ihn ändern zu können. Ihn retten zu können, wenn sie sich nur genug bemühten. Alles richtig machten. Frauen, die sich ohne Mann wertlos fühlten. Die ihrem Misshandler hörig waren. Die seinen Entschuldigungen glaubten und weitermachten. Bis zum nächsten Mal. Bis sie grün und blau geschlagen aus der Wohnung fliehen mussten. Und ihm wieder verziehen.

Nein, sie würde die Sache selber in die Hand nehmen. Von Paul eine Entschuldigung fordern. Eine Grenze ziehen und ihm unmissverständlich drohen: Wenn er nicht ab sofort Abstand hielt, auch in der Arbeit, würde sie ihn auffliegen lassen. Anzeigen. Es musste bereits Vorfälle gegeben haben. Er würde sich nicht trauen, es auf die Spitze zu treiben. Dann war er auch den Job los.

Ihr Handy läutete. Sie hob reflexartig ab.

»Schön, Sie nehmen langsam Vernunft an.«

Ihre erste Reaktion war Wut. »Wenn Sie noch einmal hier auftauchen, mache ich Ihnen die Hölle heiß. Das schwöre ich. Dann können Sie wieder gesiebte Luft atmen.«

»Ach ja?« Er klang überrascht. »Und wie wollen Sie das angehen?«

»Das werden Sie früher sehen, als Ihnen lieb ist«, behauptete sie.

Er lachte leise. »Sie bluffen nicht gut genug. Ich hab gesehen, wie panisch Sie waren. Und der Typ – Ihr Finanzberater? Ein«, er zögerte, »Verehrer?«

»Mein Mann«, sagte sie knapp.

»Ihr Mann also. Sehr gut. Vielleicht lässt sich das ja unter Männern etwas einfacher regeln. Er wird nicht wollen, dass seine kleine Frau in Schwierigkeiten gerät?« Wieder stieg die Stimme gegen Ende des Satzes an und ließ ihn wie eine Frage klingen.

Regina hielt kurz inne. Ein Gedanke blitzte auf. Statt eines Verrückten hatte sie nun zwei am Hals. Wenn die beiden aneinandergerieten ...

Er redete weiter. Es rauschte an ihr vorbei. Warum zog sie solche Typen an? Warum schaffte sie es nicht, eine klare Grenze zu ziehen? Was ihr im Job ohne Mühe gelang – im Privaten scheiterte sie kläglich.

»Ich hab Sie nicht verstanden«, murmelte sie.

»Was gibt es da zu verstehen: fünfzigtausend bis kommenden Montag. Sie oder meinetwegen Ihr Mann bringen mir das Geld. In kleinen Scheinen. In einem Kuvert. Den Ort gebe ich Ihnen noch bekannt. Sie werden das Handy bis dahin nicht mehr ausschalten.« Er sprach hastig weiter. »Man kann eine Exhumierung durchführen. Die Leiche ausgraben, wenn Sie verstehen, was ich meine. Sie werden Erklärungsbedarf haben. Als Justizwachebeamtin. Man wird sich die ganze Sache mit dem Haus ein bisschen näher ansehen – und das wollen Sie doch nicht?«

Regina schnappte nach Luft. Was zum Teufel wusste er? Hatte er sie beobachtet? Wollte er ihr den Mord in die Schuhe schieben? Oder bluffte er wie sie? Hatte er nicht mindestens genauso viel Interesse daran wie sie selber, dass hier niemand ausgegraben wurde? Sie dachte an die Mappe, die sie versteckt hatte. Sollte sie ihm sagen, dass sie alles wusste? Dass es Beweise für seine Schuld gab, die sie an einem sicheren Ort in Verwahrung gegeben hatte für den Fall, dass ihr etwas zustoßen sollte?

»Ich weiß nicht, wovon Sie reden«, erklärte sie, um Zeit zu gewinnen. Nur keine Schnellschüsse mehr. Diesmal musste sie sich die Sache gut überlegen. »Ich sehe, was ich tun kann«, sagte sie und legte auf.

Hassler rief nicht mehr an.

Auf dem Heimweg kaufte Hassler Rosen. Er wickelte sie aus dem Papier und legte sie vorsichtig auf die Ablage, während er aus seinen Schuhen schlüpfte und sie ordentlich nebeneinander abstellte. Er hörte Stimmen aus dem Wohnzimmer, blickte unschlüssig auf die Blumen, griff dann danach und drückte die Türklinke nieder.

Alle verstummten und sahen ihn an: Yvonne, das Ehepaar aus der Nebenwohnung, rüstige Pensionisten in sportlicher Freizeitkleidung, die ihn abfällig musterten – und zwei Polizisten. Er sah von einem zum anderen, nachdem er vergeblich versucht hatte, Yvonnes Blick auf sich zu ziehen. Seine Frau biss sich auf die Lippen. Ihr linkes Auge war zugeschwollen und verfärbt.

»Ist er das?«, fragte der jüngere Polizist und deutete mit dem Kinn auf Hassler.

Yvonne nickte, ohne ihn anzusehen.

Die Polizisten traten auf Hassler zu. »Wir nehmen Sie mit.«

Hasslers Blick ging zu Yvonne, die ihm nun kühl entgegensah. Ihr Puppengesicht war sorgfältig geschminkt. Die Schwellung zog sich über die Schläfe und ihr rechtes Auge.

»Yvonne, es tut mir so leid«, erklärte Hassler, machte einen Schritt auf sie zu und hielt ihr die Rosen entgegen. Die Polizisten stellten sich ihm in den Weg.

»Gib mir die Schlüssel.« Yvonnes Stimme klang fest und abweisend. Er legte den Schlüsselbund auf die Kommode.

»So ein roher Mensch«, empörte sich der Nachbar und wandte sich an Hassler: »Schämen Sie sich.« Seine Frau nickte und starrte ihn herausfordernd an. Die beiden Beamten blieben an Hasslers Seite.

»Ihre Frau hat bereits ausgesagt«, erklärte der ältere dicke Polizist, den Hassler für den angenehmeren hielt. Er wies Hassler an, unter Aufsicht des jüngeren eine Tasche mit dem Notwendigsten zu packen. Er begleitete die beiden ins Schlafzimmer und blieb an der Tür stehen, die Hand wie beiläufig an der Waffe.

Hassler steckte hastig einige Kleidungsstücke in eine schwarze Sporttasche.

»Duschgel, Zahnpasta und Rasierzeug hat Ihre Frau bereits gepackt. Hier.« Der Beamte wies aufs Bett.

Hassler legte das Necessaire in die Tasche, zögerte und nahm noch zwei Handtücher aus dem Schrank.

»Das bedeutet, dass ich in Haft komme?«

»Es bedeutet, dass Sie hier nichts mehr zu suchen haben.« Er sprach ein Betretungsverbot aus.

»Gehen wir«, forderte der Jüngere Hassler auf. Er wirkte plötzlich nervös. »Auf die Inspektion. Für die Vernehmung. Dann schauen wir weiter. Machen Sie keinen Blödsinn, Herr Hassler. Es liegt in Ihrem Interesse, dass das alles ohne Probleme abläuft.«

Hassler nickte. Trotzdem legte man ihm Handschellen an. Der ältere Beamte griff nach seiner Sporttasche. Hassler warf keinen Blick zurück, als die Wohnungstür hinter ihm zufiel.

Das Stiegenhaus war leer. Im Hof wandten sich die Beamten nach links. Sie lotsten ihn durch einen Nebenausgang auf die Straße und bugsierten ihn in den Streifenwagen. Ein paar Schaulustige blieben stehen. Die üblichen Pensionisten, Vormittagssäufer, Hausfrauen. Hassler hielt den Kopf oben und starrte zurück.

Sie fuhren durch ein Labyrinth aus Einbahnen. Der Polizeifunk rauschte, unterbrochen von monotonen Durchsagen, die er nicht verstand. Hassler schaute aus dem Seitenfenster auf Passanten, Schulkinder, Hunde, Frauenbeine, auf Hausfassaden und Straßenbahnen, in andere Autos, dann wieder auf die Nacken der Polizisten vor sich.

Es ist vorbei, dachte er. Sie werden mich nicht mehr gehen lassen. Mich in Untersuchungshaft nehmen. So kurz nach meiner Entlassung wieder ein Vergehen. Einschlägig, dachte er: Mord. Körperverletzung. Beides Delikte gegen Leib und Leben.

Er fühlte nichts. Sein linkes Bein wippte wie unter Strom auf und ab. Ein Kurzschluss, dachte Hassler. Ich muss das erklären.

Ruckartig fuhr der Wagen wieder an. Hassler fühlte Übelkeit aufsteigen. Wenn er erst in Haft war, würde er bleiben. Man wird die bedingte Entlassung widerrufen! Er legte sein Gesicht in die Hände und schloss die Augen.

Der Wagen hielt. Der ältere Beamte fasste ihn sofort am Oberarm. »Kommen Sie!«

Der zweite trat von rechts an ihn heran. Er hielt die Hand nahe an seiner Waffe.

Einen kurzen Augenblick dachte Hassler daran, ihn zur Seite zu stoßen und loszurennen. Aber: die Handschellen! Ich komme nicht weit. Sie werden auf mich schießen.

Er musste es auf sich zukommen lassen.

Die Beamten schoben ihn vor sich her in die Inspektion. Zwei, drei Uniformierte schauten auf, einer nickte und erhob sich. Telefone klingelten. Rasch durchquerten sie das Wachzimmer, bogen in einen Gang ab und betraten ein karg eingerichtetes, mit Papier zugemülltes Büro. Der ältere Beamte wies ihm einen Platz zu und setzte sich an den Schreibtisch. Ein weiterer Polizist in Zivil trat ein und begann, als wäre er allein im Raum, zu schreiben und in verschiedenen Schubladen herumzukramen. Wieder öffnete sich die Tür einen Spalt und ein dicker Weißhaariger schob den Kopf herein. »Und?«

Hasslers Beamter nickte. Hinter ihm auf der Wand hingen Urkunden und Fotos, peinliche Bürosprüche mit zerfranstem Rand und das Foto einer hübschen jungen Frau.

»Ich schau später noch einmal vorbei.«

»Ist gut.« Der Beamte wandte sich zu seinem Rechner um und loggte sich ein.

Hassler straffte sich.

»Nimm ihm die Achter ab.«

Hassler streckte die Hände vor. Der jüngere Polizist nahm

ihm die Fesseln ab. Ein gutes Zeichen? Hassler rieb sich die Handgelenke und traf eine Entscheidung.

»Es tut mir leid«, sagte er laut und deutlich. »So etwas darf nicht vorkommen. Eine Kurzschlusshandlung. Ich liebe meine Frau.«

»Schon gar nicht bei jemandem, der gerade erst aus einer lebenslangen Haft entlassen worden ist. Aber … da hat der Richter das letzte Wort.«

Der Beamte am Nachbarschreibtisch hatte mit seiner Sache nichts zu tun! Hassler fuhr herum. Im letzten Moment schluckte er eine scharfe Antwort hinunter.

»Dazu kommen wir noch«, begann der ältere Polizist wieder. »Ich brauche Ihnen nicht viel zu erklären. Sie kennen sich aus. Als Beschuldigter müssen Sie nicht aussagen. Im Gegensatz zu einem Zeugen dürfen Sie unwahre Angaben machen. Sie können einen Anwalt beiziehen. Es gibt einen Journaldienst. Das kann aber dauern.«

Hassler nickte. »Passt schon«, erklärte er. »Ich habe nichts zu verbergen.«

»Gut. Ich habe Sie über Ihre Rechte belehrt. Wir kommen jetzt zu Ihren Daten: Edgar Hassler, geborener Svoboda, geboren 26.10.1970, verheiratet, wohnhaft an der Adresse Ihrer Ehefrau, stimmt das?«

»Ja.«

»Eltern?«

»Mutter – Maria Svoboda, geborene Neubauer, verstorben; Vater unbekannt.«

»Familienstand, Sorgepflichten?«

»Verheiratet mit Yvonne Hassler –«

»Dem Opfer«, warf der jüngere Beamte ein, der an der Wand lehnte und Hassler fixierte.

»Keine Sorgepflichten«, ergänzte Hassler betont ruhig. Er wusste, wie das lief. Er durfte sich nicht provozieren lassen.

»Einkommen, Schulden?«

»Nein«, erklärte Hassler. »Keine Schulden. Ich bin auf Arbeitssuche.«

»Also ohne Beschäftigung. Sie beziehen Arbeitslosengeld?«

Hassler nickte.

»Sich von der Frau aushalten lassen und sie dann auch noch verprügeln«, murmelte der langhaarige Kerl in Zivil hinter ihm. Laut genug, dass Hassler es hören musste. Er reagierte nicht.

»So, jetzt erzählen Sie mir von Anfang an, wie es zu diesem Vorfall gekommen ist«, erklärte der Polizist vor ihm und nahm die Hände von der Tastatur.

»Es war eine Kurzschlussreaktion. Es war das erste Mal. Es wird nicht wieder vorkommen. Ich liebe meine Frau …«

»Heben Sie sich das für die Verhandlung auf. Ich brauche Fakten. Also – Sie waren beide in der Wohnung.«

»Ja. Nein. Yvonne arbeitet Teilzeit als Friseurin. Ich kümmere mich, solange ich noch keine Arbeit habe, um unseren Haushalt. Einkaufen, Kochen, Aufräumen. Gestern war ich länger unterwegs.«

»Mit der Straßenbahn … zu Fuß?«

»Mit Yvonnes Auto. Ich habe Vorstelltermine, sie braucht es nicht. Sie arbeitet ganz in der Nähe …« Hassler sprach hastig.

»Sie haben einen Führerschein, Herr Hassler?«, mischte sich der jüngere Beamte ein.

Hassler brach der Schweiß aus allen Poren. Er schluckte. »Nein«, gestand er.

»Weiß sie davon?«

»Nein«, erklärte Hassler, »nein.« Er musste es nicht noch komplizierter machen.

»Da haben wir also noch eine unbefugte Inbetriebnahme.«

Hassler erstarrte.

»Das ist Ihr geringstes Problem, Herr Hassler«, übernahm sein Beamter. »Sie kamen also nach Hause. Später als sonst. Ihre Frau war schon da.«

»Später als ausgemacht«, korrigierte Hassler. »Ich hatte mich verspätet, und sie war ärgerlich. Hat mir Vorhaltungen gemacht, dass ich mich nicht genug bemühe, eine Arbeit zu finden. Ich habe ihr gesagt, dass das nicht stimmt. Sie wollte wissen, wo ich war. Mit wem ich gesprochen habe. Ich bin in die Küche gegangen, um mir ein Glas Wasser zu holen. Sie ist mir gefolgt. Hat sich weiter beschwert.«

Hinter ihm ging die Tür.

»Gut. Warten Sie. Ich halte also fest ...« Der Beamte begann zu schreiben. »Am 23. Juli kam ich später als ausgemacht, so gegen ...« Er sah Hassler an.

»Fünfzehn Uhr.« Hassler räusperte sich.

»... fünfzehn Uhr nach Hause. Ich war mit dem Auto meiner Gattin ... ich schreibe jetzt Ihre bisherige Aussage nieder. Wir gehen das Ganze dann Punkt für Punkt noch einmal durch.« Er tippte rasant mit zwei Fingern, korrigierte mehrmals.

Hassler nickte. Er schwieg. Er musste sich konzentrieren. Das Richtige sagen. Kurz und knapp. Sich nicht provozieren lassen, das vor allem. Ihnen vermitteln, dass er nicht der Typ Mann war, der bei der geringsten Kleinigkeit die Nerven verlor. Es hatte angefangen wie schon so oft: Über eine Stunde nervte Yvonne ihn mit ihren Nachfragen, wo er schon wieder mit ihrem Auto gewesen sei. Sie schaute ihn mit ihren großen Augen an, die beim geringsten scharfen Wort zu schwimmen begannen. Anders als sonst ließ sie diesmal nicht locker. Eifersucht, dachte Hassler. Sie merkt, dass ich mich ihr mehr und mehr entziehe. Mir keine Mühe mehr gebe. Yvonne stand wie immer zu nahe. Er roch ihr Parfum, ihren Haarspray, ihren Raucheratem, den sie mit Minzebonbons zu kaschieren versuchte. Sie bedrängte ihn mit ihren Fragen, mit ihrem üppigen Körper, und als sie schließlich zu weinen begann, ohne Grund, schlug er sie. Er hätte nie gedacht, dass sie die Polizei anrufen, ihn anzeigen würde.

Wieder ging die Tür auf. »Ich übernehme jetzt. Du kannst gehen«, erklärte der Polizist in Zivil von vorhin, und der jüngere Uniformierte, der Hassler hierher eskortiert hatte, verließ das Zimmer.

»Hat er gestanden?«, fragte der in Zivil, als wäre Hassler nicht im Raum.

»Wir sind mittendrin. Herr Hassler, wie ging es weiter?«

»Wir standen in der Küche. Ich habe sie am Morgen sauber verlassen. Nun war die Arbeitsfläche schmutzig. Im Abwaschbecken stapelte sich das Geschirr. Wir gerieten in Streit. Ich musste mir eine Stunde lang ihre Vorwürfe anhören. Ich war ärgerlich und wies sie darauf hin, dass sie mir Unrecht tut. Dass ich Arbeit suche. Den ganzen Haushalt mache. Dass ich ständig hinter ihr herputzen muss. Ich habe ihr vorgehalten, dass sie schlampig ist. Da hat sie mich … geschubst. Es ging alles ganz schnell. Es war ein Reflex. Es tut mir leid. Ich wollte das nicht.«

»Dann sind Sie weggegangen?«

»Ja. Ich wollte nicht, dass die Situation weiter eskaliert. Ich wollte, dass wir beide uns beruhigen.«

»Sie hat Sie geschubst, sagen Sie«, mischte sich der andere Beamte ein. »Wie?«

Hassler wandte sich um. »Sie hat mit der Faust gegen meine Brust geschlagen. Sie ist ja kleiner als ich.«

»Mit der Hand oder mit der Faust?«

Hassler dachte nach. »Ich glaube, mit der Faust. Ich kann es nicht mit Sicherheit sagen.«

Der Uniformierte nickte. »Haben Sie Verletzungen davongetragen?«

»Nein.«

»Ihre Frau hat ein blaues Auge und Abschürfungen am Jochbein und im Bereich der Schläfe.«

»Ich wollte das nicht«, wiederholte Hassler.

»Wie oft haben Sie zugeschlagen?«

»Einmal.«

»Mit der Faust?«

»Nein. Nein. Ich glaube, es war …« Er versuchte sich zu erinnern. »Mit dem Handrücken.«

»Tragen Sie einen Ring?«

»Nein.«

»Keinen Ehering?«

»Nein.« Hassler wollte etwas erklären, besann sich aber.

»Gut, fassen wir zusammen …« Der Beamte begann wieder zu schreiben. Diesmal brauchte er länger. Einmal stand er auf und verließ den Raum. Der Weißkopf von vorhin trat ein und tuschelte mit dem Zivilen. Hassler verstand kein Wort. Er wurde immer nervöser. Nach Abschluss der Vernehmung würde die Staatsanwaltschaft entscheiden, ob er in Untersuchungshaft kam.

Nun war sein Beamter wieder da und machte weiter. Er hatte sich einen Kaffee geholt und trank in großen Schlucken. In der Folge ging es um Details. Hassler hatte den Eindruck, dass ihm das Ganze nicht mehr wichtig war. Auch der Zivile hinter ihm ignorierte ihn nun völlig.

»Ich möchte noch festhalten«, sagte Hassler, »dass ich regelmäßig bei meinem Bewährungshelfer bin. Und bei meinem Therapeuten.«

War die Entscheidung bereits gefallen? Würde er in Haft kommen? Er konnte sich nicht konzentrieren.

Schließlich druckte der Polizist das fertige Vernehmungsprotokoll aus und reichte es Hassler zur Unterschrift. Hassler las und unterschrieb unten auf jeder einzelnen Seite.

Wieder verließ der Beamte den Raum. Jetzt rief er den Staatsanwalt an, war sich Hassler plötzlich sicher. Er versuchte die Sprüche auf der Pinnwand hinter dem Schreibtisch zu entziffern und ruhig weiterzuatmen. Die Tür ging auf. Der Beamte trug einen Packen Papier zum Schreibtisch, streifte Hassler mit einem Blick, den er nicht zu deuten vermochte, und griff zum Telefon.

»Ja. Nein. Ist fertig, ja. Brauchst du ihn noch für die erkennungsdienstliche Behandlung? Machen wir das da oder muss er in den zweiten? Ja. Gut, ist mir recht.« Er wandte sich zu Hassler um. »Sie können gehen.« Hassler blieb wie betäubt sitzen. »Sie haben ein Betretungsverbot. Der Kollege hat Ihnen erklärt, was das bedeutet. Einmal in der Nähe der Wohnung, ein Kontaktversuch mit Ihrer Frau, und Sie sind in Haft. Verstanden? Sie melden sich einmal die Woche hier. Wenn Sie ausbleiben, geht ein Haftbefehl hinaus.«

»Verstanden«, sagte Hassler. »Danke.« Er biss sich auf die Zunge. Er war schweißgebadet.

Der Beamte ignorierte seine ausgestreckte Hand.

Als Hassler wenig später mit seiner Sporttasche auf der Straße stand, regnete es. Sein Kopf war leer. Er ging geradeaus weiter, ohne etwas zu sehen.

Sie traf in der Torwache auf Paul. Er sah müde und mitgenommen aus.

»Ich muss mich entschuldigen.«

Regina blickte ihn kühl an. Sie fühlte nichts. Sie verabschiedete sich von den Kollegen und ging stumm neben ihm her zum Ausgang. Paul blieb an ihrer Seite, hielt aber etwas Abstand. Sein Blick tastete ihr Gesicht ab. Ihre Autos standen nicht weit voneinander entfernt. Regina lehnte sich an ihren Clio. Paul blieb stehen.

»Tut mir leid«, wiederholte er. »Ich weiß nicht, was in mich gefahren ist. Ich wollte dich nicht erschrecken. Es war nur – der Typ. Ich … nun, ich war eben eifersüchtig. Ich hab mir gedacht, dass du …«

»Es ist aus, Paul.« Er setzte zu einer Antwort an, aber sie unterbrach ihn sofort. »Ich hab mich geirrt. Wir passen nicht zusammen. Ich vertrage das nicht: Kontrolle. Eifersucht. Jemanden, der …« Sie zögerte. Der Satz blieb unvollendet stehen. »Wir werden einander nicht mehr sehen. Ich möchte, dass du auch in der Anstalt Abstand hältst. Es war ein Irrtum. Aus. Fertig.«

Paul kam näher. Sie verschränkte die Arme vor der Brust. »Regina, ich …«

»Es ist aus, Paul«, wiederholte sie langsam. »Lass es doch einfach gut sein. Ich trage dir nichts nach. Ich will einfach nicht mehr. Wir passen nicht zusammen. Akzeptier das.«

Er presste die Lippen aufeinander. »Hast du … gibt es einen anderen?«, stieß er dann hervor.

»Nein.«

»Der Mann, der letztens –«

»Hat damit nichts zu tun«, erklärte sie hastig. Sie stieß sich vom Auto ab und kramte in ihrer Tasche nach dem Schlüsselbund. Dann schaute sie auf.

Paul war bleich, sein Gesicht verzerrt. Er atmete heftig. »Ich kenne dein Geheimnis«, sagte er dann. »Die drei Mädchen. Der Brief.« Sonst nichts.

Die Eisschicht zersplitterte. Sie schluckte. Paul schwieg. In seinem Blick lag etwas Lauerndes. Regina krampfte ihre Hand um die Autoschlüssel, bis es schmerzte. »Ich weiß nicht, wovon du sprichst«, sagte sie mit fremder Stimme. Sie befeuchtete ihre trockenen Lippen und räusperte sich. Er blufft nur, beruhigte sie sich. Er weiß nichts. Nichts.

Paul ließ nicht locker. »Es passt nicht zusammen«, erklärte er. »Miss Moral und der Typ. Nichts passt zusammen.« Seine Augen wurden schmal. Er fixierte sie. »Ich glaube nicht, dass du die Spielregeln vorgeben kannst, mich ein- und ausknipsen wie eine Lampe.«

Regina schwieg. Jetzt kein falsches Wort, dachte sie. Es war alles nur ein dummer Zufall. Er reimte sich etwas zusammen, bluffte, versuchte sie zu verunsichern.

»Ich denke, wir sollten es noch einmal miteinander probieren. Was meinst du? Wenn wir uns beide ein bisschen bemühen …« Er strich ihr leicht übers Haar.

Sie zuckte zurück. »Du hast nichts verstanden, Paul. Nichts.«

Er sah ernst aus. »*Du* verstehst nicht. Du kannst nicht einfach gehen, nach allem, was war, Regina. Ich hatte das schon. Ich hab genug von Spielchen. Ich bin kein dummer Junge mehr. Ich will eine Beziehung. Ich liebe dich. Ich will mit dir leben.«

Nein!

Regina schwieg, zog mit dem rechten Fuß kleine Kreise auf dem Asphalt und wartete. Es soll aufhören, dachte sie wie ein Kind. Aufhören! Wieder war da der hohe Pfeifton, der ihre Gedanken zerschnitt. Sie sah Pauls besorgten Blick, sah ihn sich vorbeugen und hob abwehrend die Hand, aber da küsste er sie schon auf die Wange.

»Denk noch einmal darüber nach. Ich komme übermorgen zu dir raus. Dann schauen wir weiter.« Er drehte sich um und ging zu seinem Wagen. Winkte, als er losfuhr. Sie hob mechanisch den Arm, immer noch unter Schock, immer noch unfähig, einen klaren Gedanken zu fassen.

Sie blieb eine Weile im Auto sitzen, den Kopf auf dem Lenkrad, starr vor Entsetzen, bis jemand an die Scheibe klopfte und besorgt fragte, ob alles in Ordnung sei, ob sie Hilfe brauche.
»Danke«, sagte sie. »Danke. Es geht mir gut.«

Der Regen wurde stärker und Hassler floh in ein Lokal. Die drei Männer an der Theke verstummten. Musterten ihn. Hassler sah in vom Leben und vom Alkohol gezeichnete Gesichter. Er stutzte. Der da in der Mitte …

»Svoboda!« Der Mann löste sich von der Theke und kam steifbeinig und leicht schwankend auf Hassler zu. Hassler zermarterte sich das Hirn. Der Name seines Gegenübers fiel ihm nicht ein. »Was machst du denn da?«

Hassler wechselte die Sporttasche in die linke Hand und klopfte dem anderen auf die Schulter. Er zuckte die Achseln. »Es regnet«, sagte er.

Der Mann kniff die Augen zu. Branntweingeruch schlug Hassler ins Gesicht. Er wich zurück. »Ein großes Bier, einen doppelten Schnaps«, orderte der Betrunkene. Hassler hob abwehrend die Hand, aber der Wirt griff bereits nach einem Glas, hielt es prüfend gegen das Licht und zapfte ein Bier. Hassler wurde nach vorne geschoben. Die beiden anderen Männer rückten schweigend ein Stück zur Seite.

Hassler stellte die Tasche ab, hob sein Glas und prostete dem Spender zu. Den Schnaps ließ er stehen. Er fühlte sich unbehaglich. »Und du?«, fragte er, um etwas zu sagen. »Seit wann bist du draußen?«

»Seit drei Monaten«, erklärte sein Gegenüber. Der Mann starrte eine Weile dumpf vor sich hin, bevor er den Blick wieder hob und Hassler mit wässrigen Augen musterte. »Immer noch der große Schweiger«, stellte er fest.

Hassler nickte. »Ich suche was zum Wohnen«, sagte er unvermittelt. »Nur für ein paar Tage.«

So kam er zu dem spartanisch eingerichteten Zimmer in einer schäbigen kleinen Pension, die wochenweise oder auch für mehrere Monate an Haftentlassene und andere am Rand der Gesellschaft Gestrandete vermietete. Hassler bezog ein Zimmer im zweiten Stock. Er tat die ganze Nacht kein Auge zu.

Der Nachbar hinter der Wand schnarchte. Die Matratze war durchgelegen und das hektisch blinkende Licht einer Reklametafel machte ihn nervös. Durch die schlecht isolierten Fenster hörte er die Lkws vorüberdonnern.

Er vertrug keinen Alkohol. Dennoch hatte er zuletzt auch den Schnaps getrunken und selber zwei Runden ausgegeben. Ihm war schlecht. Das Bett wankte. Er schwor, nie wieder einen Tropfen zu trinken. Er brauchte einen klaren Kopf. Mehr denn je. Vorsichtig befühlte er die Pistole unter seinem Kopfkissen, eine Walther PPK.

Hassler erwachte mit einem pelzigen Geschmack im Mund. Sein Nacken war steif, der Rücken tat ihm weh. Sofort meldeten sich starke Kopfschmerzen. Das Zimmer sah trostlos aus. Über dem Bett, das bei jeder Bewegung ächzte, hing ein ausgeblichener Landschaftsdruck. Die Vorhänge, verwaschene Lappen, hatten die Farbe von Erbrochenem. Sie hielten die gleißende Helle nur notdürftig ab.

Hasslers Magen krampfte. Ganz unten, dachte er. Nun bist du ganz unten. Eine Kurzschlusshandlung hatte genügt, um ihn dahin zu bringen. Augenblicklich regte sich Zorn. Warum, zum Teufel, hatte sie die Polizei gerufen? Ihn angezeigt? Wo war da die große Liebe, die sie ständig beschwor? Sie hatte ihn provoziert, nicht locker gelassen. Sie kannte ihn mittlerweile gut genug, um zu wissen, wann es besser war zu schweigen. Sie hatte, verdammt, ihren Teil dazu beigetragen, dass die Situation eskaliert war! Es war nicht in Ordnung, eine Frau zu schlagen, gut, aber … Hassler griff zum Handy, besann sich und legte es wieder hin. Er öffnete die Nachttischlade, die klemmte und schließlich mit einem Ruck nachgab. Eine Bibel, natürlich. Überall gingen sie auf Seelenfang. In den Gefängnissen, Asylen, in Krankenhäusern und Altenheimen. Versprachen Hoffnung, Rettung und Heil. Schöne Worte, dachte Hassler. Und wo war Gott, wenn man ihn brauchte? Ein hartes Lachen entfuhr ihm. Humbug, dachte er dann. Alles Humbug. Man lebte. Man starb. Man machte es besser. Oder schlechter. Man starb nicht anders als ein Tier. Man wehrte sich ein bisschen. Begriff dann. Und ergab sich.

Hassler erhob sich und ging zum Waschbecken. Eine verquollene, misslaunige Visage blickte ihm entgegen. Er wusch sich, klatschte sich kaltes Wasser ins Gesicht, putzte sich die Zähne. Draußen tobte der Verkehr. Aus dem Nebenzimmer hörte er Stimmen, dann das rhythmische Quietschen eines Bettes und schließlich professionelles Stöhnen. Wie die Tiere. Ihn ekelte. Er zog hastig frische Kleidung an und stopfte seine verschwitzten, verqualmten Klamotten in den sauberen Müllsack aus dem Papierkorb. Fluchtartig verließ er das Zimmer. Im Stiegenhaus, auf dem Weg nach unten, stockte er: die Pistole!

Sie lag unter dem klumpigen Kissen. Hassler nahm sie an sich.

Eine halbe Stunde später saß er in einem gemütlichen kleinen Café mit roten Sitzbänken, ein gutes Stück vom Elend der letzten Nacht entfernt, und bestellte ein Frühstück. Die Kellnerin lächelte ihn an, als sie das Tablett vor ihn hinstellte. Sofort fühlte er sich besser. Er nahm vorsichtig einen Schluck Kaffee und entspannte sich.

Menschen hasteten am Fenster vorbei. Hassler beneidete sie. Sie wussten, was sie als Nächstes tun würden, hatten eine Aufgabe zu erledigen, ein Ziel vor Augen. Vor ihm lag ein langer Tag. Nichts von dem, was ihm nach der Haft Halt gegeben hatte, war noch da. Jemand wie er – einen geregelten Tagesablauf gewöhnt – brauchte Struktur, um sich sicher zu fühlen. Da hatte der Therapeut ausnahmsweise recht. Mit einem Schlag hatte er alles verloren. Er spürte einen Anflug von Selbstmitleid, der gleich in Wut umschlug. Während die eine in ihrer Wohnung hockte, aus der sie ihn hatte wegschaffen lassen, und die andere im Haus, das ihr nicht zustand, wusste er nicht, wo er heute Abend unterkommen sollte.

Das Haus, dachte Hassler, wäre ein Anfang. Sein Startkapital. Dann konnte er weitersehen. Sie schien nicht gewillt zu zahlen. Er würde ihr noch eine Chance geben. Er tastete nach seiner Pistole, die er in die Innentasche seiner Jacke geschoben hatte. Er hatte keine Wahl.

Nach einer knappen Stunde verließ Hassler das Lokal.

Diesmal kam ihm der Weg weit vor. Der Bus schlich durch die Landschaft, und Hassler starrte auf die Wiesen und Felder, ohne sie zu sehen.

Wieder und wieder überlegte er sich, wie er vorgehen sollte. Seine Anrufe gingen ins Leere. Sie hob nicht ab. Er verstand nicht, warum seine Drohungen keine Wirkung mehr zeigten. Sie ignorierte ihn, stellte sich tot. Hatte sie die Nummer gewechselt? War sie verreist, untergekrochen bei einer Freundin in der Hoffnung, er würde loslassen, aufgeben? Vielleicht war es ja so einfach. Hassler glaubte es nicht. Genauso wenig, wie er ihr die Geschichte von ihrem Mann abnahm. Er würde hinfahren, sehen, ob sie da war, den Druck verstärken. Es machte ihn verrückt, dass die Dinge seiner Kontrolle entglitten. Dazu kam: Er hatte keinen klaren Plan. Er musste sich erneut darauf verlassen, in der Situation das Richtige zu tun.

Der Bus blieb mit einem Ruck stehen und riss Hassler aus seinen Gedanken. Zwei Frauen stiegen zu. Sie musterten ihn. Er beeilte sich zu grüßen. Schlecht, dachte er. Ganz schlecht. Je öfter ich hierherkomme, desto größer ist die Wahrscheinlichkeit, dass sich jemand mein Gesicht merkt, sich später an mich erinnert. Nun konnte er nicht mehr zurück.

An der Endstelle wendete der Bus, und Hassler ging langsam hinter den anderen her Richtung Dorfplatz.

Das Gemeindeamt hatte geöffnet. Er studierte das Anschlagbrett, bis sich die Leute verlaufen hatten, und betrat dann das Gebäude. Er klopfte und öffnete die Tür zur Amtsstube. Ein dünner Mann, der leidend wirkte, blickte ihm entgegen. Hassler bekundete Interesse an zwei, drei Häusern oder Grundstücken, die möglicherweise zum Verkauf standen, und begehrte Einblick ins Grundbuch. Es war ganz einfach. Er musste sich weder ausweisen, noch schien der Mann – was Hassler befürchtet hatte – an einem Gespräch interessiert. Er wandte sich gleich wieder seiner Arbeit zu und kaute gedankenverloren an einem Zwieback, den er in eine Tasse Tee tauchte.

Hassler brauchte eine Weile, bis er das Grundstück gefunden hatte. Sie hatte nicht gelogen. Sie war seit gut eineinhalb Jahren als rechtmäßige Besitzerin eingetragen. Auch das Nachbargrundstück gehörte ihr. Was hatte er erwartet?

»Brauchen Sie einen Auszug?«, erkundigte sich der Sekretär, als Hassler aufsah. Ein Stück feuchten Zwiebacks klebte an seinem Kinn. Hassler konnte den Blick nicht davon lösen, obwohl ihn ekelte.

»Ja.« Er bat um Ausdrucke aller vier nebeneinanderliegenden Grundstücke, die an der Zufahrtsstraße zum ehemaligen Haus seiner Wahltante lagen. Man musste es nicht so offensichtlich machen. Er wollte keine Spuren legen.

Es klopfte. Die Tür flog auf und knallte gegen den Türstopper. Hassler fuhr herum.

»Grüß Gott.« Ein fettleibiger Mann in Trachtenjanker und festen Schuhen betrat das Büro. Er verhielt den Schritt, kam dann mit ausgestrecktem Arm auf Hassler zu und schüttelte ihm die Hand. »Raufer«, stellte sich der Mann vor. »Ich bin hier der Vizebürgermeister. Wenn Sie etwas brauchen …«

Hassler starrte fassungslos in das feiste, lachende Gesicht mit den flinken Augen, die das seine abtasteten, während die offene Linke des Lokalpolitikers auf seinen Oberarm eindrosch. Gleich darauf wurde der Blick unruhig, das breite Lachen erstarb und die Hand erschlaffte in Hasslers rechter.

»Edgar? Edgar Svoboda? Was … was verschlägt dich hierher?«

Augenblicklich erkannte Hassler seine Chance. »Muss doch

einmal schauen, wie es den alten Freunden so ergangen ist. Ob sie mehr Glück gehabt haben als man selber.«

Raufer wurde der Kragen eng. Er öffnete den obersten Kopf. Er schwitzte. »Na ja, man lebt. Es muss gehen.«

Der Sekretär war zu ihnen getreten und übergab Hassler die Auszüge.

Er nahm sie rasch an sich. »Wie viel bin ich schuldig?«

Raufer griff nach seiner Brieftasche. »Lass. Ich mach das schon.«

Der Sekretär zuckte die Schultern und ging zum Schreibtisch zurück.

»Vizebürgermeister also«, sagte Hassler, als hätte der andere nichts gesagt, und lächelte. »Hast du den Hof übernommen? Und die Tankstelle?«

»Viel Arbeit«, erklärte Raufer. »Aber es wirft nichts mehr ab. Man kann kaum seine Familie ernähren.«

Der Sekretär blickte überrascht auf. Hasslers Lächeln wurde breiter.

»Trinkst du einen Kaffee mit mir?«, fragte Raufer nun freundlich, obwohl sein ganzer Körper Abwehr signalisierte, Flucht.

»Gern.« Hassler begann das Ganze zu genießen. »Ein paar Erinnerungen austauschen, warum nicht?«

Er folgte Raufer in den Nebenraum, ein geräumiges Büro mit einer beeindruckenden Urkundensammlung, wo Raufer – mittlerweile schweißgebadet – sich zunächst ungeschickt an einer Kaffeemaschine zu schaffen machte, Hassler und sich dann einen Schnaps einschenkte und sich schließlich hinter einem wuchtigen Schreibtisch verschanzte. »Du bist also wieder draußen?«, stellte er fest und kippte den Schnaps in einem Zug. Die Kaffeemaschine zischte.

Hassler ließ den Blick schweifen und schwieg. »In Freiheit, ja. Wie du und Selinger die ganze Zeit über«, stellte er dann fest.

Raufer sprang auf und goss ihnen Kaffee ein. Die Tasse klirrte, als er sie vor Hassler hinstellte. »Zucker? Milch?«

Hassler dankte. Beide rührten sie in ihren Tassen, als erfordere dies ihre ganze Konzentration.

Hassler nahm noch Milch nach. »Hast du dich eigentlich immer sicher gefühlt?«, begann er dann. »Nie einen Gedanken daran verschwendet, ich könnte zu erzählen beginnen? Man hat viel Zeit zum Nachdenken in Haft, weißt du? Man überlegt, warum einen die Freunde vergessen haben. Nicht schreiben, kein Geld schicken.«

Raufer blickte starr vor sich hin. Sein linkes Augenlid zuckte.

»Man fragt sich, warum sie einen dort verrotten lassen«, fuhr Hassler fort, »und selber weiterleben, als wäre nichts geschehen.«

»Wenn du eine Starthilfe brauchst, Arbeit, etwas Geld«, unterbrach Raufer, »musst du es nur sagen. Ich habe freilich nicht viel.«

Hassler fixierte sein Gegenüber. »Ich rede nicht von Almosen, Herr Vizebürgermeister. Ich spreche von einer Abgeltung für mein Schweigen all die Jahre. Dafür, dass du ungeschoren davongekommen bist. Denk nur, die Schande: der Großbauernsohn im Gefängnis. Ein Verbrecher. Ein Mörder. Der Hof ohne Erben. Das sollte dir schon etwas wert sein.«

»Willst du mich erpressen?«

»Wir wollen nicht übertreiben.« Hassler hielt seinem Gegenüber auffordernd die Tasse entgegen und ließ sich Kaffee nachschenken. »Ich will eine Abgeltung. Nicht mehr, nicht weniger.«

Raufer schien zu einem Entschluss gekommen zu sein. »Und wenn ich dich anzeige?«

»Wirst du viel zu erklären haben.« Hassler stand auf und begann auf und ab zu gehen. Er würdigte Raufer keines Blicks, während er sprach. Seine Stimme klang kühl, neutral, wie die eines Nachrichtensprechers. »Beide Mädchen wurden mehrfach missbraucht. Man kann so etwas feststellen, weißt du?

Ich habe die medizinischen Gutachten gelesen, die des Pathologen. Sperma von drei verschiedenen Männern. Es ist ein Leichtes, den Fall wieder aufzurollen. Immerhin geht es um Mord. Man kann Proben nehmen. Vergleichen. Die Gerichtsmedizin ist heute viel weiter als damals.« Abrupt wandte er sich um.

Raufer sah ihn hasserfüllt an. »Sie haben beide gelebt, als wir gegangen sind, Selinger und ich.«

»Ach ja? Vielleicht haben wir sie ja auch gemeinsam getötet? Ich glaube mich daran zu erinnern, dass du die Idee dazu hattest?«

Der Mann vor ihm verfiel. Sein Gesicht war grau, sein Atem kam stoßweise.

Hassler blieb stehen, stützte sich auf dem Schreibtisch ab und beugte sich zu Raufer vor, dessen Blick zu flackern begann. Hasslers Ton wurde sanft. »Der Großbauernsohn wollte vertuschen, dass er ein Verbrechen begangen hat. Zwei Mädchen, Raufer, beide noch jung. Die Arzttochter. Die Kleine des Lehrerehepaares. Das ist etwas anderes, als wenn man auf dem Feuerwehrfest eine Häuslertochter schwängert. Das eine lässt sich mit Geld aus der Welt schaffen. Das andere nicht.« Er kniff die Augen zusammen. »Das dritte Mädchen wurde nie gefunden, wie du weißt.«

»Ich habe nichts mit der Sache zu tun«, stieß Raufer hervor. »Selinger kann bezeugen –«

»Selinger.« Hassler lachte. »Sein Sperma. Deins. Gut, und meines. Wer sie getötet hat? Nun, ich erinnere mich …«

Mit einem Satz war Raufer bei ihm und fasste ihn an der Gurgel. Er keuchte. Schweiß troff ihm von der Stirn. Hassler hielt den Atem an und versuchte, Raufers Griff zu lösen.

»Du Arschloch«, zischte Raufer nach einem gehetzten Blick zur Tür, »du gottverdammtes Arschloch willst mir da etwas anhängen. Warum? Du weißt genau, dass ich damit nichts zu tun habe. Du, du – Lügner! Du – Mörder!«

Hassler sah ihn kühl an. »Wir sind Komplizen, Raufer. Und nur einer von uns dreien hat gebüßt. Kannst du dir vorstellen, wie das ist, im Gefängnis? Eingesperrt zu sein wie ein Tier? Unter Tieren?«

Raufer ließ von ihm ab und wankte zum Schreibtisch. Seine Arme hingen schlaff herab.

»Deine Freiheit sollte dir etwas wert sein. Mach mir ein Angebot.«

Raufer schüttelte den Kopf. »Arschlöcher wie du kriegen den Hals nie voll. Du wirst wiederkommen. Mehr fordern. Wieder drohen.« Er wirkte regelrecht verzagt.

Hassler spürte ein Gefühl von Macht und stellte fest, dass er es genoss. Dieser Blick eines Menschen, der begriffen hatte, dass er in der Falle saß. Nicht mehr auskam. Dem Gegenüber, das er hasste, abgrundtief hasste, auf Gedeih und Verderb ausgeliefert.

»Selinger und ich haben sie festgehalten. Die Kleine, die dir so gefallen hat. Erinnerst du dich? Selinger war der Zweite. Das weißt du doch noch? Danach hast du geheult. Und dann deinen Freund verprügelt. Und dich bei ihr entschuldigt. Entschuldigt! Du hast dich angeschissen vor Angst, dein Vater könnte davon erfahren. Du hast –«

»Hör auf!«, brüllte Raufer.

»Und am zweiten Abend warst du es, der ihre Freundin zum Blockhaus gelockt hast. Das weißt du doch noch?«

»Du hast mich gezwungen. Ich, ich hatte Angst … ich war betrunken.«

»Sie hat gemerkt, was gespielt wurde, und wollte weglaufen. Mach was, Edgar, hast du gesagt. Kann gut sein, dass mir wieder einfällt, dass du es dann selber getan hast.«

Raufer hatte die Hände vorm Gesicht. Er gab keinen Laut von sich.

»Anstiftung zum Mord. Oder Mord. Wir werden sehen. Es sei denn …« Hassler lächelte.

»Sie haben beide noch gelebt, als wir gegangen sind«, flüsterte Raufer heiser.

»Das behauptest *du*«, erklärte Hassler kühl. »*Ich* sage, dass wir beide es waren. Du und ich.«

»Selinger ...«

»Selinger hat immer getan, was du verlangt hast. Ich wette, das hat sich nicht geändert. Ein schwacher Zeuge, unser Komplize.«

Raufer straffte sich. »Du lügst, Svoboda. Und das weißt du. Das hast du immer getan. Du hast alle drei getötet und warst zu Recht dafür in Haft.«

»Ach ja, die Dritte. Lindas Freundin.« Hassler lächelte versonnen. »Die nie gefunden wurde. Hattet ihr nicht eine Auseinandersetzung, bevor sie verschwand? Auf dem Kirchplatz, oder? Linda hat mir davon erzählt. Es wird genügend Leute geben, die sich daran erinnern. Du hattest Kratzer im Gesicht und ein blaues Auge. Sie war eine kleine Wilde, die sich gewehrt hat, wenn sie etwas nicht wollte.«

Raufer starrte vor sich hin, hob dann den Kopf. »Besser, du gehst jetzt. Es ist absurd, was du behauptest. Niemand wird dir glauben. Warum solltest du all die Jahre sitzen und schweigen? Und erst jetzt, wo du in Freiheit bist, mit der« – er betonte das Wort übertrieben – »*Wahrheit* herauskommen?«

»Ich habe bis zuletzt bestritten, dass ich die Mädchen getötet habe«, erklärte Hassler. »Warum ich eure Mittäterschaft verschwiegen habe? Schuldgefühle wegen der Übergriffe? Falsch verstandene Freundschaft? Du erinnerst dich – wir hatten einen Ehrenkodex. Freunde halten zusammen. Helfen einander. Immer. Und: Man verpfeift einander nicht. Ich habe meinen Teil gehalten.«

Es klopfte.

»Später«, rief Raufer. »Wie viel?«, fragte er dann.

»Fünfzigtausend.«

»Du bist verrückt«, fuhr er auf.

»Fünfzigtausend, und du hörst nie wieder was von mir.«

»Ich brauche Zeit«, beschied Raufer. Er war zu einem Entschluss gelangt.

»Wie viel kannst du sofort zahlen?«

»Fünfzehn-, zwanzigtausend. Höchstens.«

Hassler verbarg seine Überraschung gut. »Das wird nicht reichen.« Sie musterten einander. Hassler erhob sich. »Hast du das Geld hier auf der Bank?«

»Zu Hause«, erklärte Raufer.

»Dreißig«, bestimmte Hassler. »Die Bank hat noch offen. Ich bin in einer Stunde am Friedhof. Wenn du nicht pünktlich mit dem Geld da bist, gehe ich zur Polizei.«

Raufer wollte etwas sagen, zuckte dann aber mit den Schultern. »Gut.« Er ergab sich!

»Die restlichen zwanzig hole ich nächste Woche. Sollte etwas danebengehen …«

»Ja«, sagte Raufer.

Sie gaben einander nicht die Hand. Hassler wusste, es würde glattgehen.

Exakt drei Minuten vor der vereinbarten Zeit betrat Hassler den Friedhof. Raufer stand wenige Schritte vom Eingang entfernt neben der WC-Anlage. Er schien sich wieder gefasst zu haben. »Du bist und bleibst ein Arschloch, Svoboda. Einmal Verbrecher, immer Verbrecher.«

»Das Geld«, forderte Hassler und behielt das Tor im Blick. Man konnte nie wissen. Raufer griff in die Innentasche seiner Jacke, die er trotz der Hitze immer noch trug, zog ein Kuvert hervor und hielt es Hassler hin. Hassler riss es auf, zählte sorgfältig nach und nickte dann. »Der Rest kommende Woche. Dann ist die Sache für dich erledigt. Ich melde mich.«

Raufer stand da mit hängenden Armen und mühsam gebändigter Wut.

Schon im Gehen wandte sich Hassler noch einmal um. »Und

Selinger?«, fragte er. »Vielleicht könnte der dir ein bisschen unter die Arme greifen?«

»Da ist nichts zu holen.« Raufer sah ihn abschätzig an. »Der hatte einen Unfall. Ein Auto, mitten in der Nacht. Fahrerflucht. Er ist seitdem invalide. Bezieht eine kleine Rente. Hilft manchmal irgendwo aus ...«

»Nun, das ist dann wohl ganz allein deine Sache.« Hassler befühlte seine Brusttasche. Dreißigtausend. Einfach so. Im Bund steckte seine Pistole. Es lief gut. Das musste er nützen.

Kowalskys Anruf erreichte Regina kurz vor Dienstschluss. Er war seit einer knappen Woche im Krankenstand. Sie hatte für ihn einspringen müssen.

»Regina, ich brauche dich. Ich muss mit jemandem reden. Kannst du kommen?«

Sie zögerte keinen Augenblick. Kowalsky beschrieb ihr den Weg. Eine Stunde später erreichte sie eines dieser typischen Straßendörfer, je ein Häuserband links und rechts der Fahrbahn, die Fenster mit dicken Vorhängen oder Jalousien gegen neugierige Blicke geschützt. Vor dem einen oder anderen stand eine Bank, standen Stühle, auf denen abends die Alten hockten. Eine schmale Blumenrabatte die Hausmauer entlang. Ein mannshohes Hoftor. Hier ließ man sich nicht hinter die Fassaden blicken. Fremde fielen auf. Während man die Häuserzeile entlangfuhr oder -ging, knickten da zwei Lamellen einer Jalousie ein und boten jemandem Durchblick, bewegte sich dort ein Vorhang. Sah man hin, schnellten die Aluminiumstreifen in die Ausgangsposition zurück, der Vorhang fiel.

Kowalskys Haus unterschied sich in nichts von denen seiner Nachbarn. Eine schlichte weiße Fassade mit abweisenden Fenstern. Regina parkte auf der gegenüberliegenden Straßenseite.

Das Hoftor war unversperrt. Vor ihr öffnete sich ein freundlicher Innenhof. Ein weinumrankter Laubengang lief die Hauswand entlang. Unter einem Nussbaum zwei Holzbänke und ein stabiler, etwas verwitterter Holztisch. Im hinteren Teil des Hofs goss ein junges Mädchen ein eigenwillig bepflanztes Blumenbeet. Es sah aus, als hätte jemand wahllos Samen in die Erde geworfen. Alles blühte wie verrückt. Die junge Frau kam auf sie zu, ohne den Schlauch loszulassen. Ihre Arme und Beine schienen verdreht. Sie bewegte sich ruckartig, aber sicher. Kowalskys Tochter.

»Du bist die Regina«, stellte das Mädchen fest.

Regina wusste ihren Namen nicht.

»Magdalena.« Die junge Frau deutete auf sich. Sie hielt den

Schlauch zu Boden gerichtet. Während sie sprachen, bildete sich eine Pfütze um ihre nackten Füße. Sie lachte.

»Es sind Magdalenas Blumen. Schön, nicht?« Kowalsky trat neben sie. Er trug einen Brotkorb und einen großen blauen Krug. »Hab keine Hand frei.« Er hielt ihr die Wange hin.

In Zivil wirkte Kowalsky kleiner, schmäler. Mit der Uniform schien er das Laute, Ruppige abgelegt zu haben. Regina berührte mit ihrer Wange kurz die seine. Er roch nach Citronella-Seife.

»Du riechst so fremd«, beschwerte sie sich.

»Ich vertrage mein Rasierwasser nicht mehr. Den Geruch.« Kowalsky deutete zum Tisch. »Setz dich. Ich hole uns was zu essen.«

Umständlich ließ er sich wenig später ihr gegenüber nieder, reichte ihr den Brotkorb, schob ihr den Krug hin. Regina schnupperte.

»Hollersaft«, sagte er. »Ich hoffe, du magst so was. Ist nicht jedermanns Geschmack. Meine Schwester bringt mir jedes Jahr ein paar Flaschen.«

Sie nickte und goss sich ein Glas ein, nahm einen Schluck. »Was ist los, Edi?«, fragte sie.

»Später«, beschied er und rief nach Magdalena. Die junge Frau drehte den Wasserhahn zu, überprüfte noch einmal sorgfältig das überschwemmte Blumenbeet und setzte sich dann zu ihnen. Kowalsky bestrich ein Brot, belegte es mit Käse, fächerte eine Essiggurke, teilte das Brot in zwei Hälften und reichte die eine seiner Tochter. »Eine Gewohnheit aus Kindertagen.« Er lächelte.

Sie sprachen wenig, verzehrten ihre Jause wie müde Landarbeiter am Ende eines langen Tages. Regina fühlte sich wohl. Kowalsky, ein unbekannter, sehr liebevoller und umsichtiger Kowalsky, reichte seiner Tochter ein Stück Salami und schmunzelte über eine kleine Geschichte, die sie erzählte. Als es kühler wurde, holte er Decken aus dem Haus. Sie räumten gemeinsam den Tisch ab, dann zündete Magdalena ein paar Teelichte an und wünschte eine gute Nacht.

Kowalsky schwieg lange. Sie hörten dem Zirpen der Grillen zu. Sterne funkelten. »Es fällt mir schwer …«, begann er.

Regina hob den Blick und wartete.

»Wenn man das Reden nicht gewöhnt ist«, sagte Kowalsky und brach ab.

»Ich habe einen Tumor«, begann er wieder. »Dickdarm. Sie wollen operieren. Es muss schnell gehen.« Sie wollte etwas sagen, aber er wehrte ab. »Lass mich.« Er sprach hastig weiter: »Es ist … mein Herz ist nicht in Ordnung. Es ist ein Risiko. Kann sein, dass es … dass ich …« Er stockte. »Ich habe alles geregelt. Magdalena kann bei meiner Schwester bleiben, auch wenn … falls … wenn es nicht gutgehen sollte. Sie kümmert sich auch um das Haus.«

Regina erstarrte. Sie sollte etwas sagen. Sie konnte nicht.

»Regina«, Kowalsky hob den Blick, »ich hab Angst. Vor dem, was kommt.« Er presste die Lippen zusammen. »Wenn Magdalena nicht wäre – und du … Ich hab meine Walther auseinandergenommen, gereinigt, geölt, wieder zusammengebaut. Sie weggesperrt und wieder in die Hand genommen. Ich hab so eine Scheißangst«, stieß er hervor.

Regina legte ihre Hand auf den Tisch und schob sie ihm hilflos ein Stück entgegen. Ich sollte aufstehen und ihn in den Arm nehmen, dachte sie. Und dass sie es nicht konnte. Kowalsky rührte sich nicht. Ihr ausgestreckter Arm, die offene Hand, lag zwischen ihnen auf dem Tisch. Es sieht lächerlich aus, dachte sie.

Kowalsky starrte ins Leere. »Man denkt«, sagte er, »dass es immer so weitergeht, dass man noch viel Zeit hat. Und dann hast du vielleicht nur noch ein paar Tage. Einen kläglichen Rest.« Seine Hand schloss sich um ihre. »Du denkst daran, dass das wohl alles war. Das ganze Leben. Daran, was man nie gesagt, nie getan hat. Ach, zum Teufel mit dem Selbstmitleid!«

Endlich fand sie ihre Sprache wieder. »Wann gehst du?«

»Am Donnerstag«, sagte er mit rauer Stimme und starrte auf die Tischplatte.

»Soll ich mitkommen?«, fragte sie. »Auf dich warten?«

Er sah auf.

»Wenn du aufwachst«, sie räusperte sich, »sollte jemand da sein.« Ihre Kehle brannte.

»Das wäre schön«, sagte er. Dann entzog er ihr abrupt seine Hand. »Nein, ich fahre allein. Ich will nicht, dass ...« Er schüttelte den Kopf.

Sie fragte nicht nach. Und Kowalsky schwieg. Ein Nachtfalter stürzte ab und ruderte in ihrem Glas um sein Leben.

Stunden später – es war lange nach Mitternacht – übersiedelten sie in die ein wenig unordentliche, aber gemütliche Küche. Regina stellte zwei, drei Fragen zur Diagnose. Nun redete Kowalsky, erzählte ohne zu stocken: vom ersten Verdacht, den Untersuchungen, der Befundbesprechung.

»Man sieht es ihnen an«, sagte er, »bevor sie ihr Urteil verkünden. Es ist ihr Blick. Sie können deinen nicht halten. Sie sehen aus, als wollten sie davonrennen. Dann verschanzen sie sich hinter Worten, Erklärungen, Diagnosen. Und du kriegst ohnehin nichts davon mit.«

Regina dachte an die Schöffen, die Geschworenen, wenn sie nach der Urteilsberatung den Saal betraten. Sie wusste, wovon er sprach.

»Ich habe«, begann Kowalsky ganz unvermittelt, nachdem er eine Weile geschwiegen hatte, »daran gedacht, wie du damals warst.«

»Damals?«

»Du warst so – jung«, sagte Kowalsky, »und so sicher in deinen Ansichten, in allem. Ich habe dich beneidet. Bewundert auch, wie du mir Kontra gegeben hast. Ich war damals schon, mit Mitte dreißig ... nun ja ... ein alter Mann. Ich hatte aufgegeben. Wie lange habe ich den Tod meiner Frau dafür verantwortlich gemacht, dass ich nicht mehr kämpfe. An nichts mehr glaube. Nichts erhoffe. Man kann sich in seinem Unglück einrichten, weißt du?« Er sah sie an. »Man macht einfach weiter, tut Tag für Tag die gleichen Dinge und lässt sich dafür bewundern. Man schiebt es auf die Umstände, wenn man plötzlich ganz allein dasteht. Ohne Freunde. Dass … dass man vereinsamt.«

»Ja, sagte Regina. »Ich erinnere mich. Ich war so wütend. Ich weiß noch, was du gesagt hast: Was willst du – Mitleid?«

»Es war ungerecht«, erklärte er. »Mir hätte das einer sagen sollen. Mir. Wie man sich selber aufs Schönste bescheißt …«, sinnierte er.

Regina schwieg. Wollte er das jetzt – Mitgefühl?

»Ich habe vergessen«, sagte er da, »wie schön das ist: mit jemandem, mit dir, dazusitzen und zu reden. Nicht allein zu sein. Mit dem Wissen. Mit der Angst.«

Regina schluckte.

»Kennst du das?«, fragte Kowalsky. »Man denkt: Wenn ich erst zu reden anfange, wenn der Damm bricht …«

Regina nickte.

»Ich habe in Drachenblut gebadet, und kein Lindenblatt ließ mich irgendwo schutzlos. Aus dieser Haut komme ich nicht mehr heraus. In meiner unverletzbaren Hülle werde ich krepieren«, zitierte Kowalsky bitter.

Regina sah erstaunt auf. »Woher hast du das?«

»Meine Frau hat viel gelesen. Manchmal hat sie mir vorgelesen.« Sein Blick ging in die Ferne. »Ganze Passagen. Mir den Inhalt erzählt, die Geschichten. Was sie berührt, bewegt hat. Sie konnte in einem Buch versinken. Nach diesem Zitat hatten wir Streit. Das vergesse ich nie.« Er wischte sich mit der Hand über die Augen. »Sie kannte mich gut.«

»Du warst schon damals …?«

»Gewappnet gegen alles und jeden. Das hat sie behauptet, ja«, erklärte Kowalsky. Und nach einer Pause: »Ich glaube, der Autor hieß Hein.«

Hassler fand das Gartentor versperrt. Er schwang sich über den Zaun und näherte sich vorsichtig dem Wintergarten, der mittlerweile möbliert war. Ohne zu klopfen drückte er die Klinke der Haustüre nieder – nichts.

Er war enttäuscht. Schaute auf die Uhr. Es ging auf vier zu. Sie konnte jeden Moment zurückkommen. Der letzte Bus in die Stadt fuhr um sechs. Sollte er warten mit dem Risiko, die ganze Nacht hier zu verbringen?

Er wurde nicht schlau aus ihr. Sie wirkte taff. Aber er hatte ihre Panik gespürt. Ärger. Unsicherheit. Einmal war sie vor ihm geflohen. Sie hatte geblufft – und dann gar nicht mehr reagiert. Ihn ignoriert. Seine Anweisung, jederzeit erreichbar zu sein. Es machte ihn ärgerlich. Nein – wütend. Hassler nagte an seiner Unterlippe und starrte zum Gartentor hin. Sollte er es riskieren? Ins Haus einbrechen und dort auf sie warten?

Er inspizierte das Türschloss. So etwas hatte er bereits als Jugendlicher ohne Mühe geknackt. Andererseits: Was tat er, wenn sie nicht auftauchte? Wenn sie verreist war, ein Freund währenddessen das Haus hütete? Egal – er würde sich umsehen. Danach würde er mehr über sie wissen, sie besser einschätzen können. Vielleicht etwas finden, das ihm weiterhalf. Er hatte noch zwei Stunden Zeit.

Hassler nahm ein T-Shirt aus seiner Sporttasche und wickelte es um seine rechte Hand. Er durfte keine Fingerabdrücke hinterlassen! Nach wenigen Versuchen gab das Schloss nach. Hassler betrat eine geräumige, peinlich saubere Küche, die trotzdem wohnlich wirkte. Auf dem Tisch lagen Zeitschriften, nichts von Belang. Eine strahlend weiße Küchenzeile, die Wände in sattem sonnigem Gelb. Die Küche seiner Kindheit war vollgestopft gewesen mit allem möglichen Kram. Eine Handarbeitslehrerinnenküche. Er erinnerte sich an Wandbehänge und Gestecke, einen Resopaltisch mit einer mit Margeriten bestickten Tischdecke. Darüber lag ein Plastiktuch, das mit Klammern fixiert war. Ein Puppenhaus!

Er öffnete die Tür zum Wohnzimmer. Sein Blick fiel auf helle Sitzmöbel. Auf der Kommode stand ein kleiner älterer Fernsehapparat. Der Raum wirkte kühl, wenig benutzt. Wo früher die Speisekammer gewesen war, hatte man ein Bad eingebaut. Hassler zögerte an der Tür zu Johannas Zimmer, bevor er sie mit einem Ruck aufriss.

Der Raum war weiß ausgemalt und bis auf zwei Polstersessel völlig leer. Ein heller Boden. Alle Spuren getilgt. Seine Anspannung löste sich. Es roch neutral nach frischer Farbe. Du bist verrückt, sagte sich Hassler. Was hast du erwartet? Es waren fast zwei Jahrzehnte vergangen. Es war nicht mehr Johannas Haus.

Er schaute auf die Uhr. Halb fünf. Sein Herz schlug ungewöhnlich rasch.

Das Dachgeschoss, während der Ferien sein und Lindas Kinderzimmer, war eine Überraschung. Er hatte einen niedrigen, immer etwas dämmrigen Raum in Erinnerung mit hölzernen Dachsparren und kleinen, ins Dach eingelassenen Fenstern, an denen bei Wind die großen Bäume kratzten. Der Raum war größer, höher, heller. Hier lebte sie also. Bunt zusammengewürfelte Möbel, Kissen, Decken, Bücherstapel. Kräftige und zarte Farben nebeneinander. Der Raum wirkte freundlich, warm. Wie passte diese große sehnige Frau dazu?

Hassler öffnete zwei, drei Schubladen. Wäsche, Kleinkram. Er blätterte einige Ordner durch, sah Dokumente, Versicherungspolicen. Kein Geld, keine Sparbücher. Keine Unterlagen zum Haus. Im Schrank lagen und hingen sportliche Kleidungsstücke. Vier Kleider wirkten wie Fremdkörper. Das Bad war klein, aber gut angelegt. Viele Abstellflächen, zahlreiche Tiegel und Flaschen. Ein Frauenbad, aber penibel aufgeräumt.

Hassler ging zurück zum Fenster. Der Zufahrtsweg lag still da. Kurz vor sechs. Es wurde knapp. Er musste sich entscheiden. Wenn er heute noch zurückfahren wollte, musste er auf der Stelle los.

Hassler beschloss, auf sie zu warten.

Als Paul die Bäckerei verliess, sah er gegenüber, an der Bushaltestelle, den Mann wieder. Er trug für den noch kühlen Morgen viel zu dünne Kleidung und eine schwarze Sporttasche. Er studierte den Fahrplan, sah auf die Uhr. War er bei ihr gewesen? Paul blickte sich rasch um. Reginas Wagen war nirgends zu sehen. Er eilte zu seinem Auto und behielt die Haltestelle im Blick, bis der Bus einfuhr, zwei Leute ausspuckte und den Mann aufnahm.

Paul disponierte um. Er würde die Aussprache mit Regina verschieben. Er wartete eine Weile. Nervös trommelte er mit den Fingern aufs Lenkrad. Dann startete er und folgte dem Bus. Sein Mund war trocken. Die Gedanken gingen im Kreis: Das bedeutete nichts. Sie konnte ihn hierhergefahren haben. Oder sie hatten sich an der Haustüre verabschiedet und Regina war zurückgegangen, wahrscheinlich ins Bad, wo sie aus dem Bademantel in die Dusche schlüpfen würde. Er sah sie mit nassen Haaren und frischer rosiger Haut nach einem Badetuch greifen und sich trockenrubbeln. Wie ein Mann wand sie sich das Tuch um die Hüften, ging näher an den Spiegel heran, inspizierte ihr Gesicht. Schraubte eine Tube auf und roch daran, cremte Gesicht und Hals, den Brustansatz. Schraubte die Tube ordentlich zu, stellte sie an ihren Platz. Sie schnupperte an zwei verschiedenen Flaschen mit Körpermilch, bevor sie sich für eine dritte entschied, das Handtuch fallen ließ und sich zügig am ganzen Körper eincremte. Nach dem Händewaschen strähnte sie die Haare mit den Fingern, strich sie nach hinten und griff zur Zahnbürste. Das Handtuch lag immer noch zu ihren Füßen. Sie würde es später in die Schmutzwäsche werfen. Ein Spleen von ihr, den er seltsam fand: Sie verwendete ihre Duschtücher nur einmal. Die Waschmaschine lief entsprechend oft.

Pauls Herz hämmerte gegen die Rippen, die Brust wurde ihm eng. Er dachte an den Mann, wie er an der Bushaltestelle auf und ab gegangen war – ihren neuen Liebhaber, seinen Konkurrenten, den Nebenbuhler –, und krampfte seine Hände ums Lenkrad. Er hatte seinen Besuch für heute angekündigt. Sie empfing in der Nacht davor ihren neuen Liebhaber. Stellte ihn, Paul, vor vollendete Tatsachen. Er schluckte hart. Das konnte sie mit ihm nicht machen! Kurz erwog er, zu wenden und sie zur Rede zu stellen. Was sollte er hier? Den Kerl stellen – und was dann? Sich prügeln? Ihm klarmachen, dass er das Feld zu räumen hatte. Ihm drohen? Womit?

Der Bus hielt. Der Mann stieg als Zweiter aus. Er fasste sich unter der Jacke an die Rippen, wechselte dann die Sporttasche in die andere Hand und überquerte die Straße.

Wenig später betrat Paul das kleine, dämmrige Café. Die dunkelhaarige Frau hinter der Theke polierte Gläser, ein Regionalsender nervte mit überdrehter Fröhlichkeit. Der Mann saß über einem Frühstück. Er sah nicht auf.

Paul orderte an der Theke eine Melange und deutete nach hinten. Die Kellnerin nickte. Es mochte so aussehen, als seien sie hier verabredet. Sie hat ihn ohne Frühstück weggeschickt, dachte er und spürte einen leisen Triumph. Er trat an den Tisch, zog den Stuhl zu sich und ließ sich nieder. Der andere blickte auf. Sie maßen einander.

»Was willst du? Hat Raufer dich geschickt?«

Raufer? Das war doch der Vizebürgermeister, der Kerl, über den sich Regina bei Micko beklagt, auf den Kowalsky den Anwalt gehetzt hatte? Was hatten die beiden miteinander zu tun? Paul fixierte den Mann und ließ sich Zeit mit der Antwort.

Sein Gegenüber wirkte nervös. Er drückte die Schultern nach hinten und kniff die Augen zusammen. Sein rechtes Bein wippte. Paul spürte die Vibration, als die Kellnerin seinen Kaffee vor ihn hinstellte.

Das Porzellan klirrte leise. Sie starrten einander an.

»Ich kenne dich nicht«, erklärte der Mann.

Paul schwieg.

»Was willst du?«

Paul rührte seinen Kaffee um und nahm einen Schluck. Die Atmosphäre zwischen ihnen verdichtete sich. Paul lehnte sich zurück. »Du solltest dir gut überlegen, was du tust«, begann er. »Sie hat mir alles über dich erzählt.«

»Wovon zum Teufel redest du?« Sein Gegenüber schob seinen Teller von sich und beugte sich vor.

»Man kann schneller wieder im Gefängnis sein, als man denkt. Zwei Mädchen«, sagte Paul aufs Geratewohl, »oder drei?«

Der Mann sog die Luft ein. »Wir können reden«, sagte er knapp. »Aber nicht hier.«

Paul nickte. Sie erhoben sich, zahlten – jeder für sich – und verließen das Lokal.

Einen Augenblick lang hatte Paul Zweifel. Er starrte auf den breiten Rücken, den sehnigen Nacken des Mannes vor ihm. Ein Boxer, dachte er. Stark, wendig. Wahrscheinlich brutal, wenn es darauf ankam. Paul kannte den Typ Insassen. In den Strafhäusern trainierten sie viele Stunden am Tag und polierten ihr geringes Selbstbewusstsein mit wachsender Muskelmasse auf. Er fand es aber ungewöhnlich, dass sein Kontrahent ihm den Rücken zukehrte, ohne zu wissen, was ihn erwartete. Hatte er sich getäuscht? Trog der erste Eindruck? War der so abgebrüht? So sicher?

Sie traten aus dem Schatten des Vordachs. Paul blinzelte in die Sonne. Plötzlich, völlig unerwartet, schnellte der Mann herum. Er maß Paul von Kopf bis Fuß, den linken Mundwinkel leicht nach unten gezogen, legte den Kopf schief und wartete ab. Ein leichtes Lächeln lag auf seinen Lippen.

»Raufer also …«, startete Paul einen Versuch, den anderen erneut zu verunsichern, und schob das Kinn vor. »Du scheinst Probleme anzuziehen.«

»Red nicht herum. Sag, was du willst«, kam die knappe Antwort.

Es entging Paul nicht, dass die Sicherheit seines Gegenübers wieder feine Risse bekam. Sein Blick strafte seine lässige Haltung Lügen. Er wechselte die Sporttasche in die linke Hand, räusperte sich, schob seinerseits das Kinn vor und legte die Stirn in Falten.

Paul kannte diese Situation von früher. Man täuschte Selbstsicherheit vor, starrte einander an, bis der andere den Blick senkte, kapitulierte, sich unterwarf – oder die Herausforderung annahm. Sie waren keine Kinder, keine Halbwüchsigen mehr, die Spielregeln aber funktionierten immer noch. Er musste handeln.

»Du wirst sie in Ruhe lassen«, erklärte er. »Nicht mehr anrufen, sie nicht mehr sehen. Du verschwindest aus ihrem Leben. Ohne Wenn und Aber.«

»Sagt wer?« Sein Gegenüber gab sich unbeeindruckt.

»Meine Frau hat mit der Sache abgeschlossen. Spiel nicht den Helden. Das beeindruckt hier niemanden.«

»Ich hole mir, was mir zusteht. Das ist eine Sache zwischen ihr und mir.«

Pauls Hand schoss vor. »Du Arschloch!«

Der andere duckte sich weg, Pauls Schlag ging ins Leere. Er fand nur mit Mühe das Gleichgewicht wieder.

»Und jetzt?«

Der Kerl machte sich über ihn lustig! Drohte unverhohlen, das Verhältnis fortzusetzen. Sagte ihm, dem Mann der Geliebten, ins Gesicht, er denke nicht daran, sie aufzugeben. Schwer atmend wandte sich Paul ab. Er versuchte sich zu beruhigen. Er musste sich zusammenreißen! Nur so konnte man gewinnen.

»Willst du kämpfen?«

Nicht darauf einsteigen, dachte Paul. Kühlen Kopf bewahren. Lass dich nicht provozieren. Du hast alle Trümpfe in der Hand. Er wird bluten! Ich will dich auf den Knien sehen, dachte er. Auf den Knien!

Die Sonne brannte herab. Der Kies knirschte unter ihren

Füßen. Keiner von beiden stand still. Pauls Schuhe waren von feinem weißem Staub bedeckt. »Das dritte Mädchen«, begann er wie beiläufig, als redete er zu sich selber, »wurde nie gefunden.« Er blickte über die Schulter zu seinem Kontrahenten und beobachtete die Wirkung seiner Worte. Das Gesicht des Mannes verschloss sich. Seine Augen aber blieben hellwach. Er stand unbewegt. Eine Ader an seinem Hals pochte, die Sehnen traten hervor.

Volltreffer, dachte Paul. Er hat Angst.

»Es gibt eine Mappe. Fein säuberlich zusammengetragene Beweise. Eine Dokumentation der damaligen Ereignisse, wenn du so willst.« Er wandte sich um. Der Mann stand wie eingefroren da. »Das dritte Mädchen«, Paul warf ihm einen raschen Blick zu, »du weißt, wovon ich rede? Das dritte Mädchen könnte unvermutet auftauchen. Oder das, was von ihr noch übrig ist.«

Jetzt hatte er ihn! Der Mann presste die Lippen aufeinander, sein Brustkorb hob und senkte sich. Die Sehnen am Hals wie Seile. Die Hände hingen schlaff herab. Die Tasche hatte er hingestellt. »Und?«, krächzte er.

»Ich lasse dich davonkommen«, erklärte Paul. »Es ist niemandem damit gedient, alte Geschichten auszugraben.«

Der Mann atmete hörbar aus. In seinem Blick wechselten Hoffnung, Wut und etwas, das Paul nicht zu deuten vermochte. Er sagte kein Wort. Wartete, dass Paul weitersprach.

»Meine Bedingung: Du siehst meine Frau nie wieder. Du rufst nicht mehr an. Du verschwindest, als hätte es dich nie gegeben. Ein Regelbruch, und du verbringst dein restliches Leben hinter Gittern.«

»Die Mappe – ich möchte die Mappe sehen?«, erklärte der Mann. Es klang wie eine Frage. Weltklasse, dachte Paul. Er hat angebissen!

»Das wird dich etwas kosten«, erklärte Paul, einer plötzlichen Eingebung folgend. »Fünfzehn-, zwanzigtausend ist sie sicher wert.« Er grinste. Sein Plan war gut. Ohne die Zusammenhänge genau zu kennen, hatte er den wunden Punkt getroffen. Er würde mit Regina reden, sich die Mappe schnappen, das Geld kassieren – Strafe muss sein! – und den Kerl dann laufen lassen. Nein, er würde … Plötzlich fühlte er sich leicht. »Kennst du den Parkplatz im zweiten Bezirk?« Paul beschrieb die nähere Umgebung, ein, zwei markante Gebäude.

Sein Gegenüber nickte.

»Übermorgen. Um acht am Abend. Ich warte nicht. Ich bringe die Mappe mit. Du das Geld.«

»Du kommst allein?«

Paul nickte. Er würde sich absichern. Seine Waffe einstecken. Das sollte reichen. Ihm lag nichts an Zeugen. »Ja«, erklärte er. »Keine Tricks.«

Paul wandte sich um, überquerte gemessenen Schrittes die Straße und stieg in sein Auto, das mittlerweile in der prallen Sonne stand. Binnen Sekunden war er schweißüberströmt. Im Wagen roch es nach frischem Brot, das er für das Frühstück gekauft hatte. Er war hungrig. Er fühlte sich gut. Stark. Zufrieden. Er würde sich rächen. Den Kerl vernichten. Alles im Rahmen der Gesetze. Es war ganz einfach. Er würde Sieger bleiben. Auf allen Ebenen.

Paul startete den Wagen und betätigte den Fensterheber. Im Rückspiegel sah er den Mann kleiner werden. Er stand an der Bushaltestelle und bewegte sich nicht.

Regina verliess Kowalsky am Morgen nach dem Frühstück. Kowalsky wirkte müde, aber gelöst. Fast glücklich. Er begleitete sie zum Hoftor. Mit einer ungeschickten Bewegung zog er sie in seine Arme. Ihr Gesicht kam an seiner Schulter zu liegen. Sie fühlte den weichen Stoff seines Hemdes, seinen Bart an ihrer Stirn, sog seinen Geruch ein, während Kowalsky ihren Hinterkopf streichelte, als tröste er ein Kind.

Ihre Kehle, ihre Augen brannten. Ihr Mund war trocken. »Bis dann, Edi«, flüsterte sie.

Kowalsky küsste sie auf die linke Wange und fuhr sich mit dem Handrücken über die Augen. »Ich sollte dich nicht gehen lassen«, erklärte er.

»Ich ...« Sie nahm noch einmal Anlauf. »Wir ... bis dann, Edi.« Sie löste sich mit einem Ruck. Und floh.

Als sie ins Auto stieg, stand er noch am Tor und schaute ihr nach. Weder er noch sie winkten, als sie den Wagen wendete und losfuhr.

Sie blinzelte. Langsam verschwamm die Landschaft vor ihr. Sie konzentrierte sich auf die Straße. Ihr Gesicht war nass. Sie wühlte ein Taschentuch hervor, fuhr in einen Feldweg und blieb nach wenigen Metern stehen. Ein lautes Schluchzen. Sie biss sich auf die Knöchel und schlug mit dem Kopf gegen das Lenkrad. Es tat nicht weh. Es half nicht.

Dann zersplitterte etwas in ihr. Der Schmerz lief wie ein Riss mitten durch sie durch. Alles brannte. Ihr Körper bebte. Nach kurzer Gegenwehr ergab sie sich. Sie würgte, keuchte, heulte dann los wie ein Kind – laut und verzweifelt. Sie fühlte Kowalskys Hand auf ihrem Haar, schnappte nach Luft, wimmerte, zog den Rotz hoch, zerbiss sich die Lippen, schniefte. Schrie.

Dann war es vorbei. Sie war erschöpft und leer. Im Spiegel betrachtete sie ihr verheultes Gesicht. Sie angelte unter dem Beifahrersitz nach einer noch halb vollen Mineralwasserflasche, die sie erst nach mehreren Versuchen zu fassen bekam. Stieg aus dem Auto und sah sich um. Sie war allein. Langsam strich sie sich die Haare zurück, ließ sich das Wasser übers Gesicht laufen. Über den Hals. Der Stoff ihrer Bluse färbte sich dunkel und klebte ihr am Leib. Ihr Atem wurde ruhiger. Am Waldrand zeigte sich ein Reh. Es stand still und nahm ihre Witterung auf. Als der Wind drehte, verschwand es im Dickicht. Ein Auto fuhr vorbei. Vögel flogen auf. Das Getreide sirrte, als der Wind darüber strich. Die Sonne wärmte schon.

Eine gute Stunde später betrat Regina mit einer prall gefüllten Einkaufstasche den Garten. Mit raschen Schritten ging sie zum Haus. Die Katze warf ihr einen Blick zu, zögerte und blieb dann stehen. Sie trug ein winziges Kätzchen im Maul. Regina kniete sich hin. Das Junge hatte feuchtes rotes Fell. Die Ohren lagen eng am Kopf, die Augen waren noch geschlossen. Wie ein pelziges Würmchen hing es im Maul der Mutterkatze. Sie trägt sie anderswohin, versteckt sie, dachte Regina. Das taten sie immer. Sie würde sie erst präsentieren, wenn sie die Augen offen hatten. Wenn sie wie richtige Katzen aussahen. Und sich annähernd so benahmen. Mit einem Mal war sie froh. Es gab wieder Katzen im Haus. Einen kleinen roten Kater. Wie viele es wohl waren? Regina näherte sich dem Kellerabgang. Die Katze wandte sich um und schien unschlüssig. Dann verschwand sie mit dem Kätzchen hinter dem Haus. Ihr schlaffer Bauch mit den großen Zitzen schlenkerte bei jeder Bewegung. Im ausgepolsterten Korb lag ein einziges graues Tigerchen. Hatte sie die anderen bereits in Sicherheit gebracht oder gab es tatsächlich nur die beiden? Regina widerstand dem Wunsch, das Kätzchen zu berühren, es zu streicheln. Sie nahm die Einkaufstasche wieder auf und suchte nach ihrem Schlüsselbund.

Bereits nach wenigen Schritten merkte sie, dass etwas nicht stimmte. Auf der Sitzbank im Wintergarten lag die brombeerfarbene Decke. Die Haustüre war unversperrt. Hastig sah sie um sich. Hinter sich. Der Garten, die Umgebung lagen ruhig da. Die Katze schleppte das zweite Junge vorüber, duckte sich, beschleunigte auf ihrer Höhe – das Kätzchen baumelte schlaff unter ihrem Maul – und verschwand um die Ecke.

Regina stellte die Tasche wieder ab. Vorsichtig betrat sie die Küche, alle Sinne hellwach. Sie roch ihren eigenen Schweiß, leicht säuerlich. Ein fremdes, aggressives Rasierwasser. Sie tastete nach ihrem Handy und schlüpfte aus den Schuhen. Wagte kaum zu atmen. Jemand war im Haus gewesen! War vielleicht noch da! Sie lauschte angestrengt in die Stille: nichts. Kein Laut. Was tun? Jemanden anrufen? Wen? Draußen im Auto warten, bis Hilfe kam? Fliehen? Sollte sie weitergehen, dem Geruch nach, die Räume absuchen? Sie musste sich bewaffnen!

Behutsam zog sie die Besteckiade auf und wählte ein großes Küchenmesser, hielt kurz inne und legte es dann zurück. Besser keine Stichwaffe! Sie war sich nicht sicher, ob sie im entscheidenden Moment den Mut haben würde, sich zu wehren. Zuzustechen! Das bekannte hohe Sirren, ein unangenehmer Pfeifton im Ohr, war wieder da. Sie öffnete eine weitere Lade und wählte ein Nudelholz. Sie war stark. Sie konnte mit voller Wucht zuschlagen, wenn sie den Einbrecher ertappte. Es zur Not werfen und ihn so daran hindern, sie anzugreifen. Langsam schlich sie zur Eingangstür und öffnete sie weit. Der Fluchtweg musste frei bleiben.

Sie durchsuchte zunächst die Räume im Erdgeschoss, das Wohnzimmer und das neu ausgemalte neben der Küche. Warf, ihre Schlagwaffe zum sofortigen Einsatz erhoben, einen Blick ins Badezimmer, ins Klo. Nichts. Ein rascher Blick auf die Fenster: Keines stand offen. Der hohe Pfeifton in den Ohren wurde lauter und machte ihr Angst: Sie würde ihn nicht hören! Sie durchquerte die Küche, auf alles gefasst, und betrat den Wintergarten.

Bis auf die ordentlich gefaltete Decke auf dem Sofa war der Raum unverändert. Wer legte eine Decke Kante auf Kante, wenn er in Eile war, damit rechnen musste, ertappt zu werden? Paul? War er hier gewesen? Er ist nicht mehr im Haus, beruhigte sie sich. Sie lockerte den Griff um das Holz, spürte ihren schmerzenden Nacken und bewegte die verkrampften Hände.

Sie musste nach oben! Unter dem hellen hohen Pfeifen jagte ihr Puls. Regina umfasste das Holz fester und bemühte sich, leise zu sein. Vorsichtig stieg sie Stufe um Stufe höher. Die Treppe knarrte. Er würde sie hören! Sich wappnen. Sie angreifen, bevor sie zum Schlag ausholen konnte. Sie musste zurück!

Sie ging weiter, setzte einen Fuß vor den anderen. Das Sirren im Ohr verstärkte sich, und plötzlich war jedes Gefühl weg. Mechanisch hob sie den Schlagarm, den Blick. Nichts. Der Raum war leer. Die schlecht geschlossene Lade des Frisiertisches fiel ihr ins Auge. In der Tür des Kleiderschranks klemmte eines ihrer Kleider, das wohl vom Bügel gerutscht war.

Rasch sah sich Regina um. Hatte er sie gehört? Versteckte er sich im Bad? Sie wirbelte herum, alle Sinne plötzlich wieder hellwach. In das Ohrgeräusch mischte sich ihr Herzton. Ihr war heiß, Angst packte sie und beschleunigte ihren Atem. Die Hände wurden feucht. Hastig wischte sie sie an der Hose ab, fasste ihren Schlagstock fester und riss die Tür auf. Das Bad war hell erleuchtet, aber leer.

Regina stand reglos da. Dann sackten ihre Schultern nach unten, lösten sich die Hände, fiel das Nudelholz mit einem dumpfen Knall zu Boden. Sie lehnte sich nach hinten und rutschte langsam den Türrahmen entlang. Ihr Gesicht kam auf den Knien zu liegen. Nach und nach erfasste ein Zittern ihren ganzen Körper.

Paul schnappte seinen Einkauf, warf die Autotür zu und wandte sich um. Die Haustüre stand offen. Regina konnte nicht weit sein. Vielleicht hatte sie den Küchenboden aufgewaschen, der nun trocknen musste. Sie machte diese Arbeiten meist gleich am Morgen. Wenn er achtlos auf den nassen Boden trat, würde es sofort Streit geben. Er blieb im Türrahmen stehen und rief nach ihr.

Es dauerte eine Weile, bis ihre nackten Füße, ihre Beine in einer knielangen hellen Hose sichtbar wurden. Sie wirkte aufgelöst. Blieb auf der Treppe stehen, klammerte sich ans Geländer. Nun war er besorgt.

»Alles okay, Regina? Du bist so blass.«

Sie winkte ab. Sie schien in Gedanken. »Meine Ohren«, erklärte sie. »Und leichte Kopfschmerzen.« Erst jetzt schien sie ihn wirklich zu sehen. Sie straffte sich. »Was willst du hier?«, fragte sie schroff. Sie knetete ihre Hände.

Reflexartig blaffte er sie an: »Schon vergessen, dass ich heute komme?« Bestens, dachte er. So konnte das nichts werden! Er musste einlenken, sich entschuldigen. »Es tut mir leid, Regina. Ich will das nicht so stehen lassen zwischen uns. Wir waren wohl beide etwas überreizt. Haben überreagiert. Das kann vorkommen. Ist ja kein Drama. Wir klären das – und …«

Sie nagte an ihrer Unterlippe. Ihr Blick war kühl. Sie schien zu überlegen.

»Ich war beim Bäcker«, erklärte er, der die Stille nicht ertrug, und hielt den Papiersack hoch. »Frühstücken wir erst einmal.«

Sie zuckte die Schultern und wandte sich um. Sie hatte Schweißflecken unter den Achseln. Sie zog eine Lade auf und griff nach den Filtertüten, streckte sich und langte nach der Kaffeedose. Drehte den Wasserhahn auf, füllte Wasser in die Kanne, in die Maschine und maß das Kaffeemehl ab. Sie beugte sich nach vorn. Ihr Haaransatz im Nacken war feucht. Paul trat neben sie und legte ihr den Arm um die Schultern. Gleich würde sie ihren Widerstand aufgeben und sich an ihn lehnen.

Nichts dergleichen geschah.

Paul trat zwei Schritte zur Seite, öffnete Laden, suchte nach einem Tablett und dem Frühstücksgeschirr. Eine Gabel fiel ihm aus der Hand. Regina öffnete und schloss mehrmals die Kühlschranktüre und legte scheinbar wahllos Käse und Wurst auf einen großen Teller mit abgesplittertem Rand. Sie arbeiteten schweigend nebeneinander, wie Fremde oder müde, schlecht gelaunte Kollegen, die Frühschicht hatten und keine Lust zu reden, während die altmodische Kaffeemaschine blubberte und die Sonne breite helle Streifen auf den Boden warf.

Paul deckte im Garten und ließ sich nieder. Sie folgte ihm nach wenigen Minuten mit der Kaffeekanne, schenkte ihm ein, dann sich. Sie goss kalte Milch direkt aus der Packung in ihre Tasse, nahm einen Schluck und beugte sich vor.

»Was willst du noch?«

»Ich hab Fehler gemacht«, erklärte Paul. »Die will ich wiedergutmachen.« Er schwieg.

Sie seufzte. Es klang genervt. »Das fällt dir jetzt ein?«

»Du warst heute Morgen nicht da …«

Sie fuhr auf ihn los. »Warst du das? Der hier herumgeschnüffelt hat?«

Er schüttelte den Kopf.

»In meinen Sachen wühlen, wenn ich nicht da bin! Was hast du da zu suchen? Was hoffst du zu finden, hä? Irgendwelche Geheimnisse? Micko? Einen Liebhaber? Was?« Nun schrie sie: »Ich halte deine verdammte Eifersucht … Hau ab. Hau, verdammt, endlich ab.«

Was war das nun wieder? »Es geht um die Mappe, Regina«, sagte er ruhig. Augenblicklich biss er sich auf die Zunge. Das hatte er nicht sagen wollen! Noch nicht. Nicht jetzt!

Sie starrte ihn an. Schluckte. Ihr Atem ging schneller. Er schaute auf ihre Hände, die sich um die Tasse krampften. »Wovon redest du?«, fragte sie mit schneidender Stimme.

Er hatte einen Fehler gemacht. Eine Tür zugeschlagen, die sich vorsichtig einen kleinen Spalt weit geöffnet hatte. Mit einem einzigen Satz. »Ich habe nach nichts gesucht«, erklärte er und wischte ihren Versuch, ihn zu unterbrechen, mit einer Handbewegung weg. »Hör mir, verdammt, einfach zu!« Er senkte die Stimme und bemühte sich, ruhig weiterzureden. »Ich habe die Mappe gesehen. Damals, als ich ausgemalt habe. Es war Zufall. Ich hab mir nichts dabei gedacht. Sie durchgeblättert ...« Er sah, dass sie die Luft anhielt. »Ich weiß nicht, warum du ihn beschützt. Ich verstehe das nicht. Du kannst doch so einen Typen ... Der ist gefährlich, Regina. Der hat schon getötet. Der ...«, Paul zögerte, »der räumt jeden aus dem Weg, der ihm in die Quere kommt. Du bist in Gefahr.«

»Phaaa, du hast ja keine Ahnung.« Endlich eine Antwort.

»Was gibt es da groß zu verstehen?«, fragte Paul, froh, dass sie endlich redete. »Er nimmt sich, was er will.« Er dachte an den einen Satz, der ihm wie ein Stachel im Fleisch saß – ›Ich hole mir, was mir zusteht‹ –, an das selbstsichere Grinsen des Kerls, und sofort schoss die Wut wieder in ihm hoch. Er redete sich in Rage. »Das hat er immer getan. Er ist ein Verbrecher. So einer ändert sich nicht. Das solltest du am besten wissen. Wenn er sein Spielzeug nicht mehr will ...«

»Du kennst ihn?« Sie biss sich auf die Lippen.

»Das«, erklärte Paul, »ist ein riesiges Schlamassel, in das du dich da hineinmanövriert hast. Raufer hängt irgendwie in der Geschichte mit drin. Und wer weiß, wer noch alles.« Ja, das war gut. Auch, wenn sie nach wie vor nichts sagen wollte, abweisend die Arme vor der Brust verschränkt hielt – er sah, dass sie verunsichert war. Sie wirkte nervös. Sie hatte Angst. Er dachte an seinen Plan, der ihm – je mehr er darüber nachdachte – immer besser gefiel. Er würde sie retten. Sie würde ihm dankbar sein. Sie würden sich zusammenraufen. Ihre Meinungsverschiedenheiten klären, verbesserte er sich. Es würde sich alles zum Guten wenden. Er würde ...

»Du willst mir Angst machen«, warf sie ihm vor. Sie redete hastig. Ihre Augen waren dunkel.

Er schüttelte den Kopf. »Nein«, erklärte er bestimmt. »Ich bin einfach nur … besorgt. Vielleicht hab ich auch deswegen«, er stockte kurz, »letztens die Nerven verloren. Du rennst in dein Unglück und lässt dir nicht helfen. Von niemandem. Das ist schwer zu ertragen.«

Sie wirkte nachdenklich. Eine kleine Falte stand zwischen ihren Brauen.

»Kowalsky«, begann er wieder, »sieht das ähnlich. Du wirst immer dünner, schottest dich ab …« Er sah erschrocken, wie ihre Augen feucht wurden. »Regina«, sagte er mit sanfter Stimme, »ich werde nicht zulassen, dass dir jemand wehtut, dir Probleme macht. Ich kümmere mich darum. Du musst mir nichts erklären. Das hat Zeit. Wir werden später reden, hm?« Er beugte sich vor und griff nach ihrer Hand. Sie wehrte sich nicht. Ihr Mund spannte sich, ihr Kinn zitterte.

»Ich kann jetzt nicht«, sagte sie dann und entzog ihm ihre Hand. Sie sprang auf und lief zum Haus.

Sie blieb eine ganze Weile weg. Als sie wiederkam, hatte sie verquollene Augen. In ihrer rechten Hand ein zerknülltes Taschentuch. »Es ist nur …«, begann sie.

»Das hat Zeit«, beruhigte Paul. »Ich kümmere mich um die Sache. Mach dir keine Sorgen.«

Er würde sie nicht mehr auf die Mappe ansprechen. Sie nicht weiter mit Fragen quälen. So schlecht er damit zurechtkam, wenn eine Frau weinte, so froh war er über den Umstand, dass sie ihm gezeigt hatte: Es war ihr nicht gleichgültig, was geschah. *Er* war ihr nicht gleichgültig. Er nahm ein Brot und belegte es dick mit Käse, verzierte es mit einer kleinen Essiggurke. Teilte es in zwei Hälften und hielt ihr eine hin. »Magst du?«

Wieder füllten sich ihre Augen mit Tränen, gegen die sie tapfer ankämpfte. Sie ist es nicht gewohnt, dass jemand sich um sie kümmert, dachte Paul. Er war gerührt. Er würde ihr Zeit lassen, es vorsichtig angehen. Erst die Sache regeln und dann langsam, Schritt für Schritt, sich seinen Platz in ihrem Leben wiedererobern. Er war mit sich zufrieden.

Nachdem Paul gegangen war, räumte Regina den Frühstückstisch ab. Sie setzte sich auf die Stufen vor dem Haus und starrte vor sich hin, ohne etwas zu sehen. Sie war verzweifelt. Seit dem Gespräch mit Kowalsky zerfiel ihre Welt. Der Kopf, auf den sie sich ihr ganzes Leben lang verlassen hatte, das Denken, Planen, Kontrollieren, ihre gottverdammte Unabhängigkeit, waren nichts mehr wert. Was bedeutete schon ein Haus, was die Meinung anderer? Was ein Job? Kowalsky – Edi, dachte sie – hatte recht. Man legte sich eine Schutzschicht zu, die alle fernhielt und einen am Ende selber erstickte: In meiner unverletzbaren Hülle werde ich krepieren.

Ihr Handy läutete, aber sie reagierte nicht. Kurz darauf kam eine SMS. Reginas Kopf sank nach vorn. Lange saß sie so, die Arme um die Knie gelegt, den Kopf daraufgebettet, ruhig atmend. Sie betrachtete Ameisen, die sich ihren Weg durch den Sand bahnten, kleine Ästchen und Halme trugen, Eier und tote Kollegen – ein ruhig und gleichförmig dahinfließender Strom, der irgendwo unter der Treppe entsprang und ein Stück hinter ihren nackten Zehen ihrem Blick entschwand. Die Katze, die keinen Namen hatte, kam und schmiegte sich an ihre Beine. Sie streichelte sie mechanisch, bis sie auffordernd maunzte und nach ihr pfötelte.

Regina erhob sich und ging zur Kellerstiege. Die Futterschüssel war bis auf ein paar verdorrte Reste am Rand leer, die Wasserschüssel umgeworfen. Eine kleine Schnecke hatte sich darauf festgeklebt. Sie setzte sie vorsichtig ins Gras.

Regina holte Futter und stellte frisches Wasser hin. Die Katze schlang wie eine Verhungernde. Über dem leeren Bauch stachen die Rippen hervor, das Fell wirkte stumpf. Regina schämte sich. Sie hatte es nicht bemerkt. Ihr Blick fiel auf den Kellerabgang, ging über den Garten, der wieder grün und unversehrt dalag, die samtigen Rosen am Torbogen, die am späten Nachmittag, wenn die Sonne tief stand, einen schweren Duft verströmten. Blieb an der Birke hängen, deren Blätter im leichten Wind tanzten. Wie nie gewesen, dachte sie.

Motorengeräusche. Sie sprang auf und sah gehetzt zur Straße hin. Beim Anblick Karlas beruhigte sie sich wieder. Die Freundin stieg aus einem fremden Auto, das wendete und wegfuhr. Regina ging ihr entgegen und umarmte sie. Karla streckte sich und strubbelte ihr das Haar. »Was ist mit dir, dass du gar nichts mehr von dir hören lässt?«, murmelte sie.

Regina schlang ihre Arme fester um sie.

»Muss ich erst ein Auto kidnappen, damit ich dich wieder zu Gesicht kriege?« Karla lachte, löste sich von Regina und hielt sie ein Stück weit von sich weg. Sie schien nicht zufrieden. »Komm«, befahl sie und nahm sie an der Hand. »Ein Freund hatte in der Nähe zu tun. Ich hab die Gelegenheit genützt ... er holt mich in ein, zwei Stunden wieder ab.« Ein prüfender Blick. »Was ist los? Ein Kerl?«

Regina schüttelte den Kopf. »Alles«, erklärte sie, entzog Karla ihre Hand und legte sie ihr um die Schultern. »Alles gerät ins Rutschen ... ich weiß nicht.« Sie registrierte einen erstaunten Blick der Freundin.

Sie gingen zur Gartenbank und setzten sich.

»Ein Typ erpresst mich. Paul nimmt mir die Luft mit seiner Eifersucht. Er will nicht akzeptieren, dass ich Schluss gemacht habe. Er will bleiben. Das Haus ... der Wintergarten ...« Sie stockte und machte eine Bewegung, als sei es sinnlos, darüber auch nur ein Wort zu verlieren, weil ohnedies alles verloren war. »Und Edi – Kowalsky meine ich – Edi hat Krebs.« Ihre Stimme brach.

Karla zog sie an sich. Regina legte ihren Kopf auf die Schulter der Freundin. Tränen liefen über ihr Gesicht. Karla saß still und streichelte ihre Wange.

Ein ums andere Mal schluchzte Regina laut auf. Keine von ihnen sprach. Lange saßen sie so. Als Regina sich aufrichtete, schmerzte ihr Genick. Ihr Atem aber ging freier.

Karla rieb sich den Nacken und streckte sich. »Soll ich heute hierbleiben?«, fragte sie nach einem Blick auf die Uhr. »Ich kann ihn anrufen.«

»Ich hab morgen Dienst. Muss früh raus. Ich bin auch noch nicht so weit. Ich muss mich wohl noch kräftig ausheulen, bevor ich reden kann.«

Karla nickte. »Du weißt, dass ich dich … dass ich da bin, wenn du mich brauchst.« Sie schluckte. »So wie du für mich die ganze Zeit über.«

»Alles in Ordnung mit Danijel und dir?«

»Ja. Er ist ein Verrückter, aber wir kommen schon klar. – Gina, ich kriege ein Baby.« Ihr Gesicht leuchtete auf.

»Hey, schön! – Was sagt Danijel?«

»Er weiß es noch nicht. Ich sage es ihm morgen. Du bist die Erste, die davon erfährt.«

Sie sahen einander an. Beide lächelten.

Die Arbeitsroutine tat Regina gut. Die klar festgelegten Abläufe, Handlungsanweisungen, der vertraute Umgang mit den Kollegen ließen sie das Draußen, die Angst, die Anspannung für ein paar Stunden vergessen. Jetzt hat sich alles umgekehrt, dachte sie. Nun lauerte die Gefahr, das Unvorhersehbare, Beängstigende im Privaten. Daheim. An ihrem Rückzugsort. Ums Haus. Im Garten.

Sie vermisste Kowalsky. Neben Fritz und Manninger waren heute zwei abteilungsfremde Kollegen eingeteilt. Der Neue, frisch von der Schule, war noch keine Hilfe. Sie drückte den Knopf für die Sprechanlage und kündigte die Bewegung im Freien an. Manninger erhob sich träge und schlurfte auf den Gang hinaus, um mit dem jungen Kollegen die Hafträume aufzusperren. Er hatte zugelegt in den letzten Monaten, das Uniformhemd spannte über dem Bauch. Alle – von den Sportlern und der Einsatzgruppe abgesehen, die regelmäßig trainierten und für die Zugriffe in Extremsituationen topfit sein mussten – nahmen sie zu im Laufe der Jahre, polsterten sich mit Fett und Gleichmut gegen Routine und aufreibende Einsätze. Gegen durchgeknallte oder lästige Insassen, mühsame Vorgesetzte und unmögliche, familienfeindliche Dienstzeiten.

Regina seufzte und erhob sich, schaltete das plärrende Radio aus und öffnete das Fenster einen Spalt weit. Der Blick ging durch Gitter auf den gegenüberliegenden Zellentrakt, der in der prallen Sonne lag. Es war vergleichsweise ruhig. Kein Schreien, kaum Zurufe von Fenster zu Fenster. Zu heiß, dachte sie. Sie war zum Umfallen müde. Der Nacken verspannt. Kopfschmerzen kündigten sich an. Das Flimmern der Neonröhren tat in den Augen weh, die abgestandene Luft verursachte ihr Übelkeit. Sie hörte die Schlüssel nahezu synchron ins Schloss fahren und gleich danach das Geräusch der Balken, als die Türen entriegelt wurden. Binnen kürzester Zeit war ihr Blick aus dem Dienstzimmer von Männerrücken verstellt. Der Lärmpegel stieg.

»Ruhe!«

Mehrere Insassen drehten sich nach ihr um und grinsten. Die Häftlinge, meist in Shorts oder Sportklamotten, standen kaum je still. Sie näherten sich einander, entfernten sich, redeten, lachten, scherzten. Bahnten ihre Geschäfte an, dachte Regina, die sie später in einem günstigen Moment im Stiegenhaus oder im Hof abwickeln würden. Vor dem neuerlichen Einschluss. Sie beugte sich vor und studierte die Standtafel: Zwei Untersuchungshäftlinge waren wegen Ordnungsstrafen abgesondert, zwölf Insassen beim Besuch oder ihren Anwälten. Montag war ein starker Tag.

Vor dem Dienstzimmer kam Bewegung in die Gruppe. Manninger öffnete die Tür zum Stiegenhaus, der neue Kollege sperrte hinter dem Pulk wieder ab. Nach wenigen Minuten waren beide zurück. Die Aufsicht im Spazierhof übernahmen Kollegen aus dem Wachzimmer.

Während die Insassen im Hof ihre Runden drehten oder träge an den Wänden lehnten, rauchten, sich unterhielten, waren hier einige Hafträume zu durchsuchen. Fritz vertrat Kowalsky als Stockchef. »Manni und du, ihr fangt links an. Schaut, wie weit ihr kommt.«

Regina nickte, fasste in die Lade und verließ das Dienstzimmer. Manninger stand bereits in der offenen Tür zum ersten Haftraum und streifte die Handschuhe über. Der junge Beamte, der für einen erkrankten Kollegen eingesprungen war, begann am anderen Ende des Ganges mit dem Versperren der Hafträume. Er hatte ein Kindergesicht und kurze gegelte Haare. Die Uniform passte ihm wie angegossen.

Die Zelle roch extrem nach Mann, nach verschwitzter Kleidung und billigem Tabak. Regina dachte an ihre offene Wäschelade, das vom Bügel geglittene Kleid, die Decke auf dem Sofa ... »Was für ein Scheißjob. In den Sachen anderer herumzuwühlen!«, schimpfte sie.

Manninger wandte sich um. »Schlecht geschlafen?«

»Ich könnte mir echt was Besseres vorstellen«, erklärte sie nun ruhiger und blätterte einen Stapel Bücher durch, die den Stempel der hauseigenen Bibliothek trugen. Er nickte und machte sich gleichmütig wieder an die Arbeit. Sie filzten routiniert, jeder Handgriff saß. Keiner von ihnen bemühte sich, die Dinge wieder exakt auf ihren Platz zu legen. Hier war nichts privat, alles unterlag der Kontrolle – und die Insassen sollten das sehen. Raue graue Decken, vollgesogen mit Rauch, Schweiß und ... Ekel. Der Geruch eines billigen Rasierwassers stieg ihr in die Nase. Regina hob eine Matratze an, fuhr die Kanten entlang und ruinierte mit zwei, drei Handgriffen ein akkurat gebautes Bett. Einer mit viel Hafterfahrung. Hier stand alles an seinem Platz, lag die Wäsche Kante auf Kante. Sie hob einen Stapel T-Shirts hoch. Seine Unterhosen, die Socken, arbeitete sich von Fach zu Fach. Seit Karlas Geschichte von der Kollegin, die sich an einer Nadel gestochen hatte, war sie wieder vorsichtiger. Das fehlte noch! Das hier war keine Giftlerzelle, man konnte sich aber nie sicher sein.

»Na serwas.« Der Kollege hielt ein Handy hoch. Wenig später ein zweites. »Die müssen sich ja sehr sicher fühlen.«

Nun durchsuchten sie penibel die Lebensmittel, Kaffee, Tabak, Zucker, inspizierten die üblichen Verstecke und wurden nochmals fündig. Tabletten, Cannabis, eine angebrochene Flasche Schnaps.

Der zweite Haftraum war sauber. Regina arbeitete konzentriert und verbot sich das Denken. Shorts, Socken, T-Shirts, unordentlich in ein Fach geschaufelt. Schweißgeruch, von einem intensiv nach Sandelholz riechenden Deo überlagert. Sie hielt den Atem an. Pflegemittel, Lebensmittel, Bücher. Sie fuhr herum, als Manninger die Luft einsog.

»Wahnsinnsweib.«

Regina trat näher und schaute ihm über die Schulter. Ein Stapel Fotos. Urlaubsfotos. Eine sehr schöne schwarzhaarige Frau im Bikini lächelte den Betrachter an. Schnappschüsse. Sie kam aus dem Wasser, rannte den Strand entlang, sprang in einen tiefblauen Pool. Dann ein Porträtfoto. Strahlende Augen.

»Die hat sie nicht für dich gemacht.« Sie griff nach den Bildern. Ihre Stimme klang hart.

Manninger fuhr auf.

»Mach weiter!«, mahnte sie nun ruhiger.

Der Kollege schüttelte den Kopf. Widerwillig schob er die Fotos in die Hülle und riss die Tür zur Nasszelle auf.

Kurz bevor die Insassen vom Hofgang zurückkamen, versperrte Regina die durchsuchten Zellen und folgte Manninger ins Dienstzimmer. Sie legten die beschlagnahmten Gegenstände vor Fritz auf den Tisch.

»Na, ganz schön. Schreibst du die Meldung?«

Manninger nickte und suchte das Formular, das den Insassen ein Ordnungsstrafverfahren samt Absonderung bescheren würde.

»Hat jemand ein Schmerzmittel?« Die Kopfschmerzen waren unerträglich geworden.

»Schau in die erste Lade links.«

Regina dankte und ging nach nebenan in den Aufenthaltsraum der Beamten, um sich ein Glas Wasser zu holen. Sie trank in großen Schlucken und blieb im Türrahmen stehen. Fritz ließ die alten Zeiten aufleben.

»Früher«, erklärte er, »waren auch die Insassen anders. Denen hat keiner Zucker in den Arsch geblasen. Der Umgang war hart, aber gerecht.« Der Neue hing an seinen Lippen. »Natürlich haben wir bei den Durchsuchungen auch alles Mögliche gefunden. Messer, Geld.« Fritz lachte. »Sie haben Alkohol angesetzt. Klassisch – Germ, Zucker, Orangen. Das war fast ein Sport. Im alten Haus gab's genügend Verstecke. Da haben sie sogar Schnaps gebrannt.«

»Früher«, unterbrach Regina, »musste sich der Insasse, nur durch einen Vorhang von den anderen getrennt, in einen Kübel erleichtern, der täglich geleert wurde. Früher gab's Dunkelhaft und hartes Lager am Jahrestag der Tat und kein ›Sie‹ und kein ›Herr‹. Da durfte der Beamte sich nicht einmal unterhalten mit dem Insassen. Hat ihn wie ein Kalb neben sich hergezerrt an den Achtern und stundenlang schweigend neben ihm ausgeharrt bei Ausführungen. Könnt ja ansteckend sein, die Kriminalität.« Sie schnaubte. »Die guten alten Zeiten, was, Fritz?«

Alle drei starrten sie an.

»Was ist jetzt los? Machst jetzt eine Umschulung zur Sozialarbeiterin?«, fragte Manninger mit einem Seitenblick zu den männlichen Kollegen. Alle lachten.

»Besser wär's«, erklärte sie und verließ das Dienstzimmer.

»Oder sie hat …«, hörte sie hinter sich. Der Rest ging in Gelächter unter.

Diesmal mietete sich Hassler in einem kleinen freundlichen Hotel unweit des Bahnhofs ein, wo viele Touristen nächtigten und er nicht weiter auffiel. Er schlief eine Stunde, duschte lange und sah aus dem Fenster. Dann beschloss er, einkaufen zu gehen, und suchte nach leidlich sauberer Kleidung. Versteckte die Pistole in der Schmutzwäsche und schob die Tasche unters Bett. Der Lift brachte ihn ins Erdgeschoss.

Hassler verließ das Hotel durch einen Nebeneingang. Er wandte sich nach rechts, ließ sich durch die große Einkaufsstraße treiben, in Seitengassen und wieder zurück spülen, flanierte durch Passagen und sah sich die Schaufenster an. Er brauchte Abstand, mied die kleinen Geschäfte und ließ sich Zeit. Im ersten Stock eines Herrenausstatters schlenderte er die Regale entlang, bis ihn ein Verkäufer ansprach und damit in die Flucht schlug. Im Einkaufszentrum fuhr er mit der Rolltreppe bis in den dritten Stock, trank in einem fast leeren Lokal, dessen Terrasse überfüllt war, einen Kaffee und fuhr wieder nach unten. In einem Großkaufhaus, wo niemand ihn beachtete, suchte er ein halbes Dutzend T-Shirts, drei Jeans und zwei Jacken aus und nahm sie mit in die Kabine. Die Jacken waren ihm an den Schultern zu eng. Hassler ließ sie zurück und fand zwei ähnlich geschnittene, die ihm passten. Er zahlte bar und schob das dicke Kuvert in die Jackentasche zurück. Nach längerem Suchen erstand er teure Sportschuhe und ein Paar aus hellem weichem Leder. Die Verkäuferin umhüllte sie mit Papier und legte sie behutsam, fast zärtlich, in einen Karton. Sie hatte sorgsam manikürte Nägel in einem blassen Rosa und roch gut. Sie lächelte und wünschte ihm einen schönen Tag. Seine Stimmung hob sich.

Mit vier Taschen beladen betrat er wenig später einen Friseursalon. Er wurde in einen Nebenraum geführt und musste eine Weile warten. Er nahm den angebotenen Kaffee an, ließ sich von einem Lehrmädchen die Haare waschen und den Kopf massieren. Hassler schloss die Augen und entspannte sich. Ein Vorgeschmack auf sein neues Leben. Die Geräusche um ihn ließen ihn wohlig müde werden. Er verließ das Geschäft frisch rasiert und mit ganz kurz geschnittenen Haaren, kaufte noch Unterwäsche und Sportsocken und kehrte in sein Zimmer zurück.

Als es dunkel wurde, zog Hassler sich um, stopfte die Schmutzwäsche in zwei Tragtaschen und verließ erneut das Hotel. Er warf die Säcke in einen Altkleidercontainer, flanierte durch die Seitengassen, fand eine kleine Pizzeria und nahm im Gastgarten Platz. Nach der Bestellung hörte er seine Mailbox ab: drei Nachrichten von seinem Therapeuten, der ihn auf zwei verpasste Termine aufmerksam machte und um einen Rückruf ersuchte. Er drohte damit, das Gericht zu verständigen. Es folgten mehrere Anrufe mit unterdrückter Nummer ohne Nachricht. Und sein Bewährungshelfer, der Druck machte. Dann hörte er Yvonne. Ihre Stimme klang gepresst. Sie stellte ihm eine Versöhnung in Aussicht. Hassler tippte ihre Nummer ein – der Anschluss war gesperrt. Sah sie ihren Fehler ein? Er nahm an, dass sie mit dem Alleinsein schwer zurande kam. Vielleicht sollte er hinfahren, die Sache besprechen. Sich versöhnen. Es konnte ihm für die Verhandlung helfen. Er wählte die Nummer seines Therapeuten und hinterließ eine Nachricht, dass er sich morgen melden werde. Er sei krank gewesen.

Seine Pasta kam. Hassler dankte mit einem Nicken und legte das Handy beiseite. Er griff zur Gabel, verteilte die Meeresfrüchte über die Nudeln, beugte sich vor und führte eine Portion zum Mund. Sein Handy läutete. Er kaute hastig und schluckte. Er zögerte, nahm dann ab. Vielleicht war es ja Yvonne, und er ersparte sich eine Fahrt ans andere Ende der Stadt. »Ja?«

»Herr Hassler? Gut, dass ich Sie endlich erreiche.« Sein Bewährungshelfer. Hassler legte die Gabel hin und wischte sich mit der Serviette den Mund ab.

»Störe ich?«

»Ich bin beim Essen.«

»Ich werde Sie nicht lange aufhalten. Ich komme am besten gleich zum Punkt. Ich mache mir Sorgen. Sie haben zwei Termine nicht eingehalten, nicht abgesagt. Sie wohnen nicht mehr bei Ihrer Frau. Haben eine Wegweisung. Es läuft eine Anzeige gegen Sie wegen Körperverletzung. Sie halten Ihre Therapieweisung nicht ein.« Er machte eine Pause. Hassler hörte im Hintergrund ein Telefon läuten. »Ich möchte Sie morgen früh sehen. Können Sie gleich um neun bei mir im Büro sein?«

»Ich …«, begann Hassler, »ich kann das alles erklären.«

»Morgen um neun! Ich möchte wissen, warum Sie Ihre Auflagen nicht einhalten. Und ich möchte von Ihnen hören, was es mit diesem neuen Verfahren auf sich hat. Sie sind gut beraten, den Termin wahrzunehmen. Wenn Sie so weitermachen, sind Sie in Kürze wieder in Haft. Sie sind nirgends gemeldet. Das ist ein Haftgrund. Fluchtgefahr – aber das wissen Sie sicher. Es ist höchste Zeit, dass Sie Unterstützung annehmen, Herr Hassler.«

»Ich gehe in kein Obdachlosenheim«, erklärte Hassler wütend. Ein Paar wandte sich nach ihm um. Er funkelte sie an.

»Davon redet niemand. Aber es muss Ihnen klar sein, dass Sie nicht einfach auf Tauchstation gehen können. Es ist keine gute Idee, den Kopf in den Sand zu stecken, wenn man in Schwierigkeiten ist.«

Red du nur, dachte Hassler. Genau das brauche ich jetzt: Deppen wie dich, die mir sagen, was ich zu tun habe! »Ich werde da sein«, erklärte er knapp. Er knallte das Handy auf den Tisch. Das Paar wandte sich wieder um.

»Ist was?«, schnauzte Hassler sie an. Der Mann im hellgrauen Anzug, Kurzhaarschnitt, Geheimratsecken, machte Anstalten aufzustehen. Die üppige Brünette an seiner Seite legte ihre Hand auf seinen Arm und murmelte beschwörend auf ihn ein. Der Mann setzte sich wieder. Kurz darauf zahlte er für beide, und sie verließen raschen Schrittes den Gastgarten. In sicherer

Entfernung drehte sich der Mann nochmals um und sagte etwas, das Hassler nicht verstand. Die Frau fasste nach seinem Arm und zog ihn weiter. Ein Bürohengst, dachte Hassler. Einer, der sich vor seiner neuen Tussi aufblasen musste, aber wenn es ernst wurde, den Schwanz einzog. Er hatte gute Lust, ihm nachzurennen und ihn zu verprügeln.

Er machte sich wieder über die lauwarmen Nudeln her und würgte an einer dumpfen Wut. Das Essen lag ihm wie Beton im Magen. Er fühlte eine zunehmende Beklemmung. Umzingelt bin ich, dachte er. Andere sagen mir, was ich zu tun habe. Und mein Plan läuft völlig aus dem Ruder. So hatte er sich sein Leben in Freiheit nicht vorgestellt. Er ließ das Essen stehen, bestellte ein zweites Bier, trank es und zahlte.

Später lag er lange wach und starrte an die Decke. Er durfte nicht aufgeben. Sich nicht gehen lassen. Er musste die Zügel in die Hand nehmen. Sich wieder etwas Spielraum, Bewegungsfreiheit verschaffen. Das war der härteste Teil. Es bedeutete, beim Therapeuten und bei seinem Wachhund von Bewährungshelfer zu Kreuze zu kriechen. Er würde tun, was er auf der Begutachtungsstation getan hatte: sich einsichtig zeigen, ein paar Schwierigkeiten zugeben, um Rat fragen. Das mochten sie. Vor allem sein Therapeut, der noch jung war. Der ließ sich, wenn er es darauf anlegte, glatt dazu verführen, einen Monolog zu halten. Anderen, die er erlebt hatte, genügte ein gelegentliches »Hm« oder »Ja?« oder »Woran denken Sie gerade, was beschäftigt Sie?«, um eine ganze Stunde zu gestalten. Die warteten, wenn man schwieg, bis einem der Schweiß aus allen Poren brach und man den Scheißkerl zum Teufel wünschte. Das waren die Schlimmsten. Irgendwann hielt man es nicht mehr aus und begann zu reden. Mit meinem, dachte Hassler, habe ich also noch Glück.

Der Bewährungshelfer war der härtere Brocken. Er war freundlich im Ton, aber unnachgiebig in der Sache. Hassler konnte versuchen, ihn mit Erledigungen auf Trab zu halten. Er hatte auch seinen Termin am Arbeitsamt nicht wahrgenommen und also eine Bezugssperre. Er brauchte eine Meldeadresse, einen Anwalt und Beratung, was sein Verfahren betraf. Das sollte fürs Erste reichen.

»Meine Probleme mit Nähe, meine Bindungsängste, die auch zu unseren Beziehungsschwierigkeiten und schließlich zu dem Vorfall geführt haben«, würde er sagen, »bearbeite ich in der Therapie.« Und den Beamten darum bitten, ob er seinen Therapeuten gleich hier, vom Büro aus, anrufen könne. Dann würde er Yvonne aufsuchen. Nein, besser, er erzählte dem Bewährungshelfer, dass sie ihn kontaktiert hatte, und ließ ihn die Nachricht abhören. »Ich möchte keine Probleme haben«, würde er erklären und Weber bitten, mit ihr zu reden.

Hassler stand auf und ging ins Bad. Er trank ein Glas Wasser und legte sich wieder hin. Er tastete nach dem Geld unter dem Kopfkissen. Das wollte er gleich morgen früh auf sein Sparbuch einzahlen. Den Teufel würde er tun und dem Kerl, den er am Abend treffen sollte, zwanzigtausend aushändigen. Er würde bei Raufer den Rest abkassieren, dem Mann, der ihm aufgelauert hatte, die Mappe abnehmen und ... der Treffpunkt, den er vorgeschlagen hatte, war abgelegen. Wenn der andere sich an die Vereinbarungen hielt und allein kam, sollte es kein Problem sein ... seine Waffe war nicht registriert. Er musste nur darauf achten, dass ... Hassler schlief erschöpft ein.

Während Regina aufräumte, Lade um Lade aufzog und kontrollierte, die Baupläne und Fotos vom Wintergarten einräumte, die sie Kowalsky hatte zeigen wollen und dann im Auto vergessen hatte, wurde sie ruhiger. Ordnung schaffen half – fast – immer. Sie verrückte einige Möbel, bezog das Bett neu und schaute lange aus dem Fenster. Drei freie Tage lagen vor ihr. Sie würde Karla treffen, im Garten arbeiten, Möbel für das leere Zimmer suchen, nachdenken. Der Gedanke an Paul machte sie wütend, vor allem auf sich selber. Sie hätte früher reagieren müssen, deutlicher werden. Was immer er schwor – sie glaubte ihm nicht. Sie war froh, die Mappe versteckt zu haben. Gerade noch rechtzeitig, dachte sie. Er hatte umsonst gesucht. Es gab keine Beweise, keine Verbindung zu drei toten Mädchen. Zu der einen, die verschwunden war. Verschwunden bleiben würde. Kowalsky hatte recht: Wenn er ihr weiter nachspionierte, würde sie ihn anzeigen. Stalking war ein ernst zu nehmendes Delikt. Alles andere würde sich finden. Nach und nach.

Der andere, Johannas Neffe, meldete sich nicht mehr. Er würde wieder auftauchen. Und sie diesmal vorbereitet antreffen. Sie würde nicht zahlen.

Der Klingelton ihres Handys ließ sie auffahren.

»Frau Aigner?« Eine fremde Frauenstimme, ein wenig atemlos.

»Wer spricht?«

»Entschuldigen Sie. Ich bin die Schwester von Edi Kowalsky.«

»Ist alles … hat er …?« Lebt er?, dachte sie. Sag, dass er lebt!

»Er ist schon wach. Ich war gerade bei ihm.«

Regina schluckte und schloss die Augen. »Wie geht es ihm?«

»Er will Sie sehen …«, hörte Regina wie von weit her.

»Ja«, krächzte sie. »Ich komme.«

Die Sonne stand schon tief, als Regina durch die vertraute Landschaft fuhr. Kowalsky lag im Kreiskrankenhaus in der Nähe seines Wohnortes. Über Nacht war es Herbst geworden. Die Wälder färbten sich. Ein sanfter Wind strich über stoppelige Felder. Regina ließ sich Zeit. Die Schwester würde bis zum Abend bleiben.

Der ganze Sommer, dachte Regina, ist an mir vorübergerauscht. Wie die letzten Jahre. Wie das halbe Leben. Was nützt dir dein schöner Garten, wenn du nichts davon siehst? Helle, sonnige Tage, wenn du sie mit Arbeit zupflasterst? Was ist das für ein Miteinander, das keine Nähe zulässt? Johanna und sie – zwei Fremde, die gut miteinander auskamen. Leichtgängiger Alltag, Routine, ein paar gemeinsame Vorhaben, nicht mehr. Viele Paare lebten so. Nebeneinander, verbunden durch ein Haus, gemeinsamen Besitz. Durch Kinder. Man arbeitete die Tage ab, bis man alt war und müde und alle Träume und Wünsche verdorrt.

Auf ihre kühle, distanzierte Art musste Johanna sie gemocht haben, dachte Regina. Ihr Versuch, sie abzusichern, der Kauf des Nachbargrundstücks als Puffer gegen die Nachbarn, die ohnehin selten da waren. Gegen Raufer, der auf irgendeine Weise mit Johannas Geheimnis in Verbindung zu stehen schien. Wie viel hatte Johanna gewusst? Wie viel geahnt? Was hatte sie selber damit zu tun? Stimmten die Vorwürfe aus diesem seltsamen Brief? Die Erinnerungen einer Frau, die Johanna als »labil«, wenn nicht »verrückt« beschrieben hatte?

Stella, dachte Regina. Heimkind wie ich (falls es stimmte). Eine, die sich nicht angepasst hat (wie ich), sondern um Dinge gekämpft hat, die ihr wichtig waren. Die abgehauen ist, immer wieder, um mit der Freundin zusammen zu sein. Die sich nichts gefallen ließ. Von keinem. Regina dachte an das Foto. Das breite Lachen, die blitzenden Augen. Eine Lebensfreude, die ansteckend wirkte. Stella war keine siebzehn Jahre alt gewesen, als sie ermordet wurde.

Plötzlich schämte sie sich. Sie hatte sich zeitlebens geschont. War, wenn es enger wurde, gegangen. Hatte Menschen ausgewählt, die ihr niemals nahekommen konnten – solche wie Wolfgang, der gebunden war. Die kühle, kontrollierte Johanna. Karla, die im Gefühlschaos lebte und so sehr mit sich beschäftigt war, dass für das Gegenüber kaum Zeit und Platz blieb. Paul, der nur sich selber wahrnahm. Und Kowalsky? Kowalsky war gewesen wie sie – bis sein sorgsam gepflegter Schutzpanzer aufbrach.

Regina brauchte eine ganze Weile, um das Spital zu finden. Es dämmerte bereits. An der Information wies man ihr den Weg in den zweiten Stock. Regina hörte ihre Schuhe auf dem Fußboden klacken und neben sich die Gummisohlen einer Schwester. Sie wappnete sich gegen den Spitalsgeruch.

»Sie müssen sich einschleusen.«

Kowalsky schlief, als sie den Raum betrat. Die Schwester rückte einen Sessel nahe zum Bett. Ihre dunklen Augen über dem Mundschutz lächelten, als Regina sich vorsichtig setzte. »Nehmen Sie seine Hand«, sagte sie.

Kowalsky schlug die Augen auf. »Ich bin noch da«, erklärte er heiser, als er sie erkannte.

»Gut«, sagte Regina.

»Heulst du etwa, Prinzessin?«, fragte er sanft.

»Nein«, sagte sie und blinzelte.

»Gut.« Wieder fiel er in einen leichten Schlaf. Sie blieb zwei Stunden bei ihm. Sie redeten wenig. Immer wieder dämmerte Kowalsky weg. Wachte auf und lächelte sie an.

»Ich komme morgen wieder«, versprach Regina, als sie ging.

Gegen vier betrat Hassler den Friedhof und sah sich um. Raufer war nicht da. Weiter hinten setzte eine ältere Frau Stiefmütterchen auf einen frischen Grabhügel. Sie stemmte die Arme ins Kreuz und richtete sich mit einem Stöhnen auf. Betrachtete ihr Werk, goss umständlich jede einzelne Blume und wackelte dann krummbeinig zum Ausgang. Hassler blieb neben dem nächstbesten Grab stehen und starrte vor sich auf die Marmorplatte, als sie an ihm vorüberkam.

Die Sonne lag auf den Grabsteinen, über den hinteren Teil des Friedhofs fiel der Schatten der Kapelle. Eine dicke schwarze Katze sonnte sich auf den Stufen. Der intensive Buchsbaumgeruch verursachte Hassler leichte Übelkeit. Er sah auf die Uhr, angelte dann nach seinem Handy und kontrollierte die Zeit. Zwanzig nach vier. Was nahm sich der Kerl heraus! Wollte er ihn nervös machen? War das Taktik? War es – Hassler hielt den Atem an – eine Falle? Rasch sah er um sich. Hinten, gegen das Wäldchen hin, gab es einen zweiten Ausgang. Eine Falle mit zwei Ausgängen, dachte Hassler und verfluchte seine Nachlässigkeit. Was immer Raufer dazu bewogen hatte, sich seiner Aufforderung zu widersetzen – es war dumm, hier herumzustehen und darüber nachzugrübeln. Er musste weg. Hassler wandte sich zum Ausgang. Er erschrak, als er am Tor mit einem Mann zusammenprallte. Der andere rieb sich den linken Oberarm.

»Passen Sie doch auf, verdammt«, fuhr Hassler ihn an. Er hatte Mühe, seine Wut zu bändigen.

Der andere zog den Kopf ein und ging auf Abstand. »Ich wollte …«, begann er, »es tut mir leid. Ich bin zu spät.«

»Selinger?« Hassler maß den Mann, der zögerte, als wäre er sich seiner Identität nicht sicher, mit einem raschen Blick und entspannte sich. »Wo ist Raufer?« Er schob das Kinn vor und legte Verachtung in seinen Blick.

Es wirkte noch immer. Selinger senkte den Kopf und setzte reflexartig zu einer Erklärung an. »Er lässt sich entschuldigen. Er konnte nicht … ist in einer Sitzung … er …«

Hassler schnitt ihm das Wort mit einer raschen Handbewegung ab. »Hast du das Geld?«

Selinger nickte und fuhr sich unter der Jacke in die Herzgegend. Hasslers fasste nach seiner Pistole. Er atmete hörbar aus, als ein weißes längliches Kuvert sichtbar wurde. Er griff danach, riss es hastig auf und zählte das Geld. Er nickte.

»Lässt du ihn jetzt in Ruhe?«, wollte Selinger wissen.

Hassler grinste. Er machte sich Sorgen um sein Herrchen! Es war alles wie früher. Raufer gab einen Befehl aus, Selinger tat wie ihm geheißen. »Was, wenn nicht?«, fragte er lauernd.

»Er wird sich das nicht auf Dauer gefallen lassen.« Selinger machte ein paar Schritte zur Seite. Seine Bewegungen wirkten unsicher. Er hinkte.

»Was will er tun, hä? Zur Polizei gehen, damit ihr beide ins Gefängnis wandert?«

»Es gibt andere Möglichkeiten«, erklärte Selinger. »Ich würde niemals zulassen, dass er … nach allem, was er für mich getan hat.« Er machte eine Pause. Sein Gesicht zuckte. »Vor allem nach dem Unfall.«

»Der Unfall«, wiederholte Hassler, als wüsste er Bescheid. Er hatte nicht die Absicht, Raufer jemals wiederzusehen. Man durfte den Bogen nicht überspannen. Wenn er diese Sache abgeschlossen hatte, würde er abhauen. Nach Thailand. In die Karibik. Irgendwohin, wo es warm war und die Lebenshaltungskosten gering. Wo keiner nachfragte, woher man kam, und er den ganzen Dreck hier vergessen konnte. Neu anfangen. Dennoch konnte er der Versuchung nicht widerstehen, Raufer noch einen Denkzettel zu verpassen. »Kein Wunder«, erklärte er, »sein schlechtes Gewissen plagt ihn.«

»Wovon redest du?«

»Man fährt einen Freund über den Haufen und lässt ihn schwer verletzt am Straßenrand liegen.«

»Der genaue Unfallhergang wurde nie geklärt. Der Fahrer konnte nicht ausgeforscht werden«, wehrte Selinger ab.

»Ein Glück, oder?«, sagte Hassler lauernd. Die Sache begann ihm Spaß zu machen. »Ein Komplize verrottet im Gefängnis. Der andere verröchelt am Straßenrand …«

Selinger starrte ihn offenen Mundes an. Hassler entnahm seinem Mienenspiel, dass es in ihm arbeitete. Unglaube machte Verwirrung Platz. Selingers Blick ging nach innen, als prüfe er seine Erinnerungen, Erlebtes, Gesagtes, als bewerte er die Dinge neu. »Aber er hat doch …«

»Denk nach, Selinger«, forderte Hassler ihn auf, »denk ein einziges Mal in deinem Leben nach, ohne dich auf deinen Herrn und Meister zu verlassen.« Der erwartete Protest blieb aus. »Man hat dich befragt. Dir hätte etwas einfallen können, das ihm das Genick bricht. Da ist es besser, man kümmert sich persönlich um den Verunfallten. Man kann Einfluss nehmen auf seine Erinnerung.«

»Das ist nicht wahr«, protestierte Selinger schwach.

»Warum sollte ich dich belügen, hä? Wir sitzen im selben Boot. Ich habe geschwiegen, den Mund gehalten, nicht erwähnt, dass ihr beide dabei wart – damals.«

»Ich bin gegangen. Da war sie noch am Leben …«, sagte Selinger tonlos.

»Wo war Raufer, als du gegangen bist?«

Selinger zuckte die Achseln.

»Er hat dich geschlagen, weißt du noch?«, bohrte Hassler.

»Ich kann mich nicht mehr erinnern.« Er fuhr sich mit der Hand über die Stirn, als wollte er etwas wegwischen.

»Der Herrenbauer hat sich seine Angelegenheiten immer regeln können. Und wenn er«, Hassler legte etwas wie Mitleid in seinen Blick, »dafür einen Freund über den Haufen fahren muss.«

»An dem Abend haben wir etwas getrunken, drüben im Nachbarort. Ich habe zu viel erwischt. Es gab eine – Unstimmigkeit.«

Hassler schwieg.

»Ich habe damals nicht weit von hier gewohnt. Im Gemeindehaus.« Hassler war sich nicht sicher, ob sein Gegenüber ihn noch wahrnahm. Er sprach wie zu sich selbst. »Er ist noch geblieben. Ich war nicht mehr nüchtern. Ich habe das Auto nicht gesehen. Einen Schlag gespürt. Einen Knall gehört.«

Beide schwiegen.

»Keine Erinnerung«, erklärte Selinger nach einer Weile. »Als ich im Krankenhaus wach wurde, saß er an meinem Bett. Eine seiner ersten Fragen: Hast du ihn gesehen? Woran erinnerst du dich?«

»Du solltest ihn anzeigen«, sagte Hassler. »Ich habe mir meinen Teil geholt. Eine kleine Entschädigung für die Haft. Die Ratte hat alles vergessen: unsere Freundschaft, unsere Versprechen. Der wollte seinen Arsch retten. Nur das.« Hassler spuckte aus. »Ich halte meine Versprechen«, setzte er nach. »Er wird mich nicht mehr sehen. Ich habe damit abgeschlossen. Aber du, Selinger – wie heißt du eigentlich mit Vornamen? –, du solltest dir überlegen, ob …«

»Das Arschloch«, jammerte Selinger. Es klang, als würde er gleich zu weinen beginnen. »Franz«, sagte er dann. »Ich heiße Franz.«

»Du musst dir das nicht gefallen lassen, Franz«, sagte Hassler leise, fast zärtlich. »Er kann dich nicht wie einen Hund behandeln.«

»Ich werde ihn …« Selinger atmete nun heftig und ballte die Fäuste. Seine Mundwinkel zuckten.

»Du musst klug vorgehen. Nachdenken. Nicht in der ersten Wut …«

»Bist du dir denn ganz sicher, dass er mich niedergefahren hat?«, fragte Selinger und schaute Hassler beinahe flehend an.

»Ja, Franz. Leider«, erklärte Hassler. Er blickte betrübt, zuckte die Schultern und schüttelte dann seinem Gegenüber die Hand. »Mach's gut.«

Er ging, ohne sich noch einmal umzudrehen.

NACH DEM NACHTDIENST legte sich Paul hin. Er schlief schlecht, träumte wirres Zeug, wachte immer wieder auf. Als er gegen fünf Uhr am Nachtmittag das Bett verließ, hatte er leichte Kopfschmerzen. Er aß zwei Brote, schmierte sich noch eines und ließ es stehen. Er zog die Rollos hoch und schaute in den Nachbargarten. Die Kinder tobten über den Rasen. Die Erwachsenen saßen nebeneinander und schwiegen sich an. Die Frau hatte den Rock über die Knie hochgeschoben und hielt ihr Gesicht in die Abendsonne. Der Mann trank Bier.

Paul war angespannt. Er schnappte sich zum wiederholten Mal das Aufnahmegerät, schaltete es ein und entfernte sich drei, vier Meter, redete laut vor sich hin, verringerte dann die Distanz. Sprach erneut. Er hörte das Band ab. Alles, selbst seine Schritte, war deutlich zu hören. Wenn er das Ding in einer der Außentaschen seiner Jacke trug … Er ging ins Vorzimmer, das kahl und farblos wirkte, und kam mit der Jacke wieder. Zwei Versuche waren erfolgreich. Es sollte nichts schiefgehen. Die Waffe, sagte er sich, war für den äußersten Notfall. Falls der Kerl nicht allein war. Falls er seiner Forderung Nachdruck verleihen musste. Er würde nicht schießen. Es musste genügen, wenn er ein Geständnis vorlegen konnte. Den Rest würde die Polizei erledigen.

Paul war sich mittlerweile völlig sicher, dass Regina nicht das Geringste mit der Sache zu tun hatte. Der Typ hatte dreimal gemordet, eine Leiche war nie aufgetaucht. Er war nach der Haft irgendwie mit Regina in Kontakt gekommen. Die beiden hatten ein Verhältnis begonnen. Woher sie diese Mappe und warum sie sich auf den Kerl eingelassen hatte, wusste er noch nicht. Das ließ sich aber bestimmt klären, sobald der andere das Feld geräumt hatte. Im besten Fall sah er bereits heute Abend klarer. Fakt war – der Typ hatte allen Grund zu fürchten, dass Paul mit den Unterlagen zur Polizei ging. Mord verjährte nicht. Er würde also zahlen und Paul ihm eine leere Mappe aushändigen. Das bereitete ihm Sorgen. Was, wenn der Kerl sich an Ort und Stelle vom Inhalt überzeugen wollte? Dagegen sprach: Es war dunkel. Er musste es riskieren.

Er spielte die Sache mit dem Geständnis noch einmal durch. Er musste den Kerl bei seiner Eitelkeit packen, dann würde er schon erzählen. Das Schwierigste war sicher der Abgang. Er nahm an, der andere würde zu Fuß zum Treffpunkt kommen. Paul würde das Auto nehmen. Er würde aussteigen, das Gespräch führen, darauf bedacht, möglichst viel an Information zu bekommen. Dem Typen dann die gut verpackte Mappe übergeben und losfahren. (Es ist besser, wir verlassen den Platz nicht gemeinsam.) Er würde seine Waffe einstecken. Er war ein guter Schütze, trainierte regelmäßig. Das gab ihm Sicherheit.

Dann galt es abzuwarten, ob sich der Kerl an die Vereinbarung hielt. Wenn nicht, wanderte das Band zur Polizei. Nein, er würde es in jedem Fall weiterleiten, gleich nach dem Gespräch mit Regina. Der Klärung seiner Fragen und ihrer beider Beziehung.

Er sicherte seine Glock, steckte Brieftasche und Aufnahmegerät ein, nahm die gut verpackte Mappe und griff nach den Autoschlüsseln. In der Dämmerung fuhr er los.

Erst im Auto, als er Regina anrufen wollte, bemerkte Paul, dass er sein Handy zu Hause vergessen hatte.

Hassler war bereits eine gute halbe Stunde vor der vereinbarten Zeit am Treffpunkt. Es war noch hell. Der Platz, auf einer Seite durch eine rote Ziegelmauer begrenzt, war eine Baulücke hinter ein paar Lagerhallen. Daneben staubiges Gestrüpp. Hassler inspizierte das Gelände und entdeckte einen Durchgang auf eine Parallelstraße, die nach einigen Kehren zu einer belebten Einkaufsstraße führte. Gegenüber lag eine U-Bahn-Station. Hassler schlenderte um den Block zurück und betrat den Platz erneut von der anderen Seite. Nach wie vor war niemand zu sehen. Er wartete.

Er war ohne Geld gekommen und hatte umdisponiert. Er würde die Waffe nur im äußersten Notfall ziehen. Es gab bessere, vor allem unauffälligere Möglichkeiten. Er musste an die Mappe kommen und den anderen sofort unschädlich machen. Es galt, darauf zu achten, dass er nicht gesehen wurde und niemand ihn mit der Sache in Verbindung brachte. Der Typ, das hatte Hassler gleich gesehen, hatte keine große Erfahrung mit Erpressung und dergleichen. Er hatte zwar das Auftreten eines Nachwuchspolizisten, war aber vermutlich nur ein drittklassiger Security in einem kleinen Unternehmen, das Objektbewachungen durchführte. Hassler kannte diese Sorte Mann. Der Typ hatte keinen Mumm.

Moment! Hassler stutzte. Sollte der Nachwuchsrambo hier um acht seinen Dienst antreten? Dann würde er womöglich bewaffnet sein. Nach eingehender Prüfung verwarf Hassler diesen Gedanken. Er war schnell. Er würde keine Waffe brauchen. Der Schlagring genügte. Er hatte ein gutes Gefühl.

Pünktlich zum vereinbarten Zeitpunkt fuhr ein PS-starkes Auto mit abgeblendeten Scheinwerfern auf den Platz, drehte eine halbe Runde und blieb dann stehen. Die Lichter erloschen.

Zwei, drei Minuten vergingen. Dann löste sich ein Mann von der Wand einer Lagerhalle und ging langsam auf das Auto zu. Er hielt die Arme leicht vom Körper weggestreckt. Der Kies knirschte.

Die Tür auf der Fahrerseite öffnete sich, die Innenbeleuchtung ging an. Der Fahrer stieg aus, das Licht erlosch. Im Schein der Lampe, die über der Zufahrt zum Gelände am Torbogen schaukelte, bewegten sich die Männer aufeinander zu. Der Fahrer, etwas kleiner als der andere, hielt sich sehr gerade. Er trug ein schmales Paket in der linken Hand, die rechte steckte in seiner Jackentasche. Es war schon kühl.

Sie blieben voreinander stehen. Wechselten ein paar Worte. Der Größere trat näher an den Autofahrer heran und riss plötzlich seinen rechten Arm hoch. Metall blitzte auf. Der andere ging rücklings zu Boden. Der Große setzte nach, beugte sich über ihn und drosch auf ihn ein. Mitten ins Gesicht. Man hörte sein Keuchen und einen dumpfen Laut. Ein hässliches Knirschen.

Dann fiel ein Schuss. Ein zweiter. Ein dritter. Der Große sackte über seinem Kontrahenten zusammen.

Am frühen Morgen, kurz nach der Dämmerung, fand ein älterer Mann mit Hund die beiden Toten.

Die Nachricht verbreitete sich wie ein Lauffeuer im Haus: Paul Marek war erschlagen worden. Auf einem stillgelegten Lagerplatz im zweiten Bezirk, der immer wieder von Huren benutzt wurde. Das Gesicht zertrümmert, hieß es. Er hatte den anderen erschossen.

»Ein guter Schütze«, erklärte ein Kollege, der öfter mit ihm auf dem Schießstand gewesen war.

»Glaubst du, er hatte etwas mit dem Milieu zu tun?«

Der andere zuckte die Schultern. »Du kannst in niemanden hineinschauen.«

Micko fing Regina in der Torwache ab. »Paul ist tot. Ich will dir das bloß sagen, bevor die anderen …«

Reginas Kopf ruckte hoch. »Hat er sich … Ist er …?«

»Kein Selbstmord. Er ist – erschlagen worden. Genaueres weiß ich nicht. Auf einem Parkplatz. Er dürfte den anderen erschossen haben.«

»Den anderen?« Sie war sehr blass.

»Soll mit einem Typen aneinandergeraten sein. Der hat ihm den Schädel zertrümmert.«

Regina taumelte. »Mir ist schlecht«, erklärte sie. Micko zog einen Stuhl heran und drückte sie sanft nieder.

Der Kollege in der Torwache schaute sie besorgt an. »Hast du ihn näher gekannt?«

Sie schüttelte den Kopf. »Wir waren zusammen im Dienst.«

»Friedl, nerv nicht«, fuhr ihn Micko an. Der Mann wandte sich ab.

»Willst du ein Glas Wasser?«

Sie trank in großen Schlucken, dankte und erhob sich. »Ich muss mich umziehen.«

»Er hat erzählt, dass ihr zusammen seid«, erklärte Micko, als sie nebeneinander ins Wachzimmer gingen.

Sie zuckte die Schultern. »Das mag er so gesehen haben.« Sie versuchte ihren Atem zu kontrollieren und erklärte dann: »Wir haben uns ein paarmal getroffen. Er war auch bei mir im Haus.

Hat mir bei der Fassade geholfen, ein Zimmer ausgemalt. Da hat er wohl gedacht, es wird mehr draus.«

Micko nickte. »Es geht mir auch an die Nieren. Er war irgendwie – eigen. Hat wohl ein paar Schwierigkeiten gehabt. Deswegen auch die Versetzung zu uns. Ich hab ihn eigentlich ganz gern gemocht.«

Sie nickte. »Micko?«

»Ja?«

»Was sagen die Kollegen?«

»Dass er sich wahrscheinlich im Rotlichtmilieu bewegt hat. Aber man weiß nichts Genaues. Es ist durchgesickert, dass der andere ein Lebenslanger war. Mehr kann ich dir auch nicht sagen.«

Drei Tage später sprach sie mit Kowalsky. Sie erzählte ihm alles. Von Anfang an. Von Johanna und dem Haus. Vom Knochenfund, ihrer Panik und dem Versuch, alles ungeschehen zu machen. Zu vergessen. Von dem Brief, nach dem das nicht mehr möglich war, und dem Mörder, der sie zu erpressen versuchte. Sie sprach von Paul – und Kowalsky setzte eine teilnahmslose Miene auf. Kurz fiel sie die Angst an: Ich liefere mich ihm aus.

Kowalsky war in ein anderes Zimmer übersiedelt. Der Blick ging auf einen kleinen struppigen Park. Kowalsky betrachtete die Wolken. In seinen hellen Augen spiegelte sich der Himmel. »Was wirfst du dir vor?«, fragte er.

»Feigheit«, sagte sie nach einigem Nachdenken.

Er zuckte die Schultern.

»Dass das Mädchen, dass ihr Tod nicht gesühnt worden ist.«

»Der Mörder ist tot«, knurrte Kowalsky.

»Paul ist tot«, sagte sie leise. »Er wäre … es wäre … wenn ich …«

»Er hat dich nicht gefragt«, unterbrach Kowalsky. »Er hat – warum auch immer – die Entscheidung getroffen, den Kerl aufzusuchen. Er war bewaffnet.« Kowalsky zögerte. »Er war kein einfacher Mensch, Regina. Er hatte mehrfach Schwierigkeiten, hat Probleme gemacht, Kolleginnen gestalkt, ist zweimal nur knapp einer Verurteilung entgangen. Solche Leute sollten nicht bei uns arbeiten. Sie sollten keine Waffe tragen.«

Beide schwiegen.

»Wo liegt deine Schuld?«, begann Kowalsky erneut. »Du hast eine Leiche verborgen, versteckt. Oder das, was von ihr noch übrig ist. Und damit die Justiz behindert. Ein Verfahren verhindert. Dem Mörder lebenslang erspart.«

Regina begann zu zittern. Es fing ganz langsam an und steigerte sich zusehends. Kowalsky griff nach ihrer Hand und hielt sie fest. Sein Blick war ernst.

»Der Mörder ist tot, Regina. Die sterblichen Überreste der jungen Frau wurden begraben, nicht verscharrt. Solange du lebst, wirst du an sie denken, dich an sie, an ihre Geschichte, erinnern.«

Sie nickte. Ihr Herzschlag stolperte. »Und Paul? Paul …«

»Hast du ihn hingeschickt? Hast du ihn gebeten, dich zu retten? Oder war es seine verdammte Eifersucht, die ihn getrieben hat?«

»Wenn ich gefragt werde …«, begann sie.

»Wenn ich gefragt werde, ob ich Paul Marek gekannt habe«, diktierte Kowalsky in sprödem Amtsdeutsch, als verfasse er ein Polizeiprotokoll, »gebe ich an, dass wir Kollegen waren. Wir haben miteinander telefoniert. Marek war auch glaublich vier-, fünfmal bei mir in meinem Haus. Er hat dort für mich Malerarbeiten erledigt. Wir waren nicht näher befreundet.« Er überlegte. »Unter Vorhalt, dass Marek einigen Kollegen gegenüber angedeutet habe, wir wären ein Paar, gebe ich an, dass das nicht den Tatsachen entspricht. Es mag sein, dass Marek sich eine Beziehung mit mir hätte vorstellen können. Ich habe aber keine solche mit ihm geführt. Warum er das behauptet hat, weiß ich nicht.«

Regina schüttelte den Kopf. »In meinem Traum hast du mich erschossen, Edi.«

Er ging nicht darauf ein. »Was willst du?«, fragte er und wandte sich um. »Du hättest viel früher darüber mit mir reden sollen.«

»Was hättest du mir geraten? Den Bagger abzuwürgen und zur Polizei zu gehen.«

»Ja«, sagte er. »Wahrscheinlich.«

»Und jetzt?«

»Versuch damit zu leben. Wem hilft es, wenn du jetzt reinen Tisch machst, alles noch einmal aufrollst? Was erwartest du dir? Ihn kann man nicht mehr anklagen.«

Wieder schwiegen sie. Eine Schwester kam und brachte das Mittagessen. Kowalsky ließ es unberührt.

»Es ist unwahrscheinlich, dass jemand eine Verbindung zwischen dir und dem Mörder herstellt«, beruhigte sie Kowalsky, nachdem die Schwester den Raum verlassen hatte. »Denke ich jedenfalls«, setzte er nach.

Die Befragung wenige Tage später war kurz und lief im Wesentlichen so ab, wie Kowalsky es vorhergesagt hatte. Der Beamte fragte noch nach, ob sie sich von Marek verfolgt gefühlt habe. Regina verneinte. Von Hassler war nicht die Rede. Und niemand fragte nach dem Haus.

»Ein schöner Garten«, lobte der Beamte, der sie wegen eines Nachtrags zum Protokoll eine Woche später nochmals aufsuchte. »Und so viele Rosen.«

Anne Goldmann

Das Leben ist schmutzig

Ariadne Krimi 1194 · ISBN 978-3-86754-194-7

»Anne Goldmann beweist gleich mit ihrem Erstling, dass sich auf dem weiten Feld des Kriminalromans immer noch ein neues Pflänzchen ziehen lässt. *Das Leben ist schmutzig* ist ein vielstimmiges Porträt eines Mietshauses. Anne Goldmann malt ihr Bild von den Rändern her, langsam füllt sie die Umrisse aus. Kriminell wird es erst spät, aber gern ist man auch vorher schon stiller Mitbewohner in diesem Wiener Haus.« Sylvia Staude, *Frankfurter Rundschau*

»Ein Krimi für Krimiverweigerer: die Nase reinstecken in den liebevoll beschriebenen Makrokosmos der vom Leben gebeutelten Kleinbürger. Gut!« *Wienerin*

»Sehr präzise, sehr liebevoll und mit einer ganz eigenwilligen Spannung, die nicht aus der erzählten Geschichte, sondern aus den Eigentümlichkeiten des Lebens selber zu stammen scheint. Anne Goldmann gelingt mit ihrem lustvoll im Behäbigen wühlenden Ton ein paradoxes Meisterstück – ein Provinzroman aus der voll entschleunigten Metropole Wien.« Günther Grosser, *Berliner Zeitung*

»Melancholisch und kriminell: Mief, Hader, Spitzeleien, Schikanen, Kleinkriege und üble Nachrede gehören zu einem ordentlichen Mietshaus wie die Leiche in den Krimi. Anne Goldmann schildert verständnisvoll, wenn auch spitzzüngig, Einsamkeit und Überforderung, Widersprüche und Brüche … Ein Roman über das Verstreichen des Lebens in den kleinen Wohnwaben der Stadt.« Thomas Klingenmaier, *Tages-Anzeiger*

»Es gibt in diesem Buch keine tragende Ermittlergestalt, keine kunstvoll aufgebaute Kulisse der Bedrohung, keine ausgiebigen Schilderungen von Gewaltexzessen. *Das Leben ist schmutzig* spielt in einer Welt, die von deutschsprachigen Schriftstellern in den vergangenen Jahren fast völlig ausgeblendet wurde. Kaleidoskopartig und in mitunter an Trägheit grenzender Ruhe schildert Goldmann das Leben ihrer Figuren. Ihr Blick ist warmherzig, menschenfreundlich, geradezu sensationell unzynisch.« Sebastian Hammelehle auf *Spiegel online*

Herbjørg Wassmo

Deutschenkind

Literaturbibliothek · ISBN 978-3-88619-490-2

Nachkriegszeit auf einer kleinen Fischerinsel im Norden Norwegens. Tora wächst mit dem Stigma heran, Kind eines Soldaten der verhassten Besatzungsmacht zu sein. Das macht aus ihr praktisch Freiwild …

Sie war Tora. Da war nichts dran zu ändern. Elisif hatte ihr mehr als einmal gesagt, dass sie nicht verstehen könne, dass eine so schöne und gut gebaute Frau wie Ingrid sie bekommen habe. Es müsse das fremde Blut sein und der Sünde Sold, die das bewirkt hätten.
Tora verstand allmählich, was sie meinte, und wurde rot bis zu den Ohrläppchen.
Das fremde Blut war das Schlimmste, das gehörte zum Krieg, von dem die Mutter niemals sprach. Das mit der Sünde Sold nahm Tora nicht so schwer. Da konnte man schummeln, das hatte sie gesehen. Aber wenn auch der Spiegel über dem Ausguss Tora erzählte, wer sie war, so lebte sie doch ihr eigenes geheimes Leben unter dem Federbett in ihrer Kammer. In der Dunkelheit und allein mit sich war sie die, die sie sein wollte. Da streifte sie unter dem kleingeblümten Bettbezug ihre Haut ab, wärmte sich mit ihren eigenen kalten Händen, liebkoste sich selbst, während sie eine andere Tora heraufbeschwor. Wenn sie allein zu Hause war, konnte sie die eigentliche Tora vollständig vergessen.
Für eine Weile konnte alles, was am Tag an ihr nagte, verschwinden, als ob es nie da gewesen wäre. Die Gefahr? Die verschwand auch.

Deutschenkind ist Band 1 der berühmten *Tora-Trilogie*, einer Romanfolge, die für das kaum zu Ertragende eine großartige Sprache findet. Herbjørg Wassmo schildert einen historischen sozialen Kosmos – den Alltag der auf den Fischfang angewiesenen Inselbewohner Nordnorwegens in den 1950er Jahren. Mal drastisch, mal komisch, mal erschütternd entfaltet sich die Erlebniswelt eines Kindes an der Schwelle zur jungen Frau. Ein zeitloser Roman, für den Herbjørg Wassmo mit dem norwegischen Kritikerpreis geehrt wurde.

Dagmar Scharsich

»Von erstaunlicher schriftstellerischer Meisterschaft und umwerfend originell.« *Stiftung Lesen*

Der grüne Chinese

Ariadne Krimi 1180 · ISBN 978-3-86754-180-0

Marie Baer ist Antiquarin in Berlin Mitte. Kiezbewohner gehen bei ihr ein und aus; sie kauft, verkauft und unterhält Touristen mit Anekdoten. Eines Tages bekommt sie ein paar uralte Romanhefte angeboten: Wanda von Brannburg, Deutschlands Meisterdetectivin. Eine weibliche Heldin in einer Groschenheft-Serie aus der Kaiserzeit? Da gab es doch noch gar keine Detektivinnen! Aber das Manuskript, das Marie dann in die Hände fällt, ist von 1909 und anscheinend das Tagebuch einer jungen Baronesse, die in einen hochdramatischen Polit-Thriller verstrickt wird. Ist Wanda eine literarische Figur, oder hat sie wirklich gelebt?

In Dagmar Scharsichs filigranem Zwei-Zeiten-Roman sieht man förmlich, wie der erste Zeppelin über der Hauptstadt kreist: ein kriminell-berauschendes Sittenbild des alten und neuen Berlin.

Die gefrorene Charlotte

Ariadne Krimi 1048 · ISBN 978-3-88619-548-0

Berlin, August 1989, die letzten Wochen der DDR. Die stille Cora bekommt zum 30. Geburtstag sechs Gefrorene Charlotten, zarte Porzellanwesen aus Tantes kostbarer Puppensammlung. Dann plötzlich droht Pfändung, Cora trifft einen Antiquitätenexperten – ein Mord geschieht! Zugleich spitzt sich ringsum die Atmosphäre zu: In Berlin wächst der politische Unmut, bürokratischer Stellungskrieg und Verdächtigungen blühen. Wem kann Cora jetzt noch trauen?

»Ein ›Wendekrimi‹ über Antiquitäten, Stasi, Flucht, DDR-Alltag. Intensive Spannung!« *Sender Freies Berlin*

Nora Miedler

Die Musenfalle

Ariadne Krimi 1190 · ISBN 978-3-86754-190-9

Lilly, arbeitslose Schauspielerin, wittert ihre große Karrierechance – doch plötzlich steht sie unter Mordverdacht. Ob die Theaterkommune der illustren Frieda Bernhard etwas mit dem Verbrechen zu tun hat? Lilly schleust sich undercover dort ein. Ein gewagtes Unterfangen …

»Das ist die Geburtsstunde einer neuen österreichischen Krimi-Serie. Fix ist das noch keineswegs, aber es muss einfach so sein. Denn für einen einzigen Roman ist Lilly Sommer zu schade. Zu wild. Zu ausgefeilt.« Peter Pisa im *Kurier*

»Die angenehm alltagstaugliche Heldin macht genüsslich Kleinholz aus allen Brave-Mädchen-Klischees: Sie ist impulsiv und unsensibel, laut, aggressiv und promisk, ein wunderbar gelungenes Großmaul.« Literaturhaus Wien (www.literaturhaus.at)

»Ein Twist folgt dem anderen, unwahrscheinliche Konstellationen treffen auf radikale Lösungen, und der Schluss ist so finster, wie man sich das nur wünschen kann. Ein neuer Höhepunkt der deutschsprachigen Krimiszene.« *Buchkultur*, Schmauchspuren von Peter Hiess

Warten auf Poirot

Ariadne Krimi 1182 · ISBN 978-3-86754-182-4

Charlie führt ein stilles Leben und verachtet sich selbst. Ein Urlaub mit Freundinnen soll Abwechslung bringen, doch der Trip auf die Berghütte verläuft anders als geplant. Es gibt Schneesturm, die Handys sind tot. Geheimnisse vergiften die Stimmung. Ein Leben endet gewaltsam, und weit und breit ist kein rettender Detektiv in Sicht … Packendes Verwirrspiel um Illusion und Selbstzerstörung.

»Ein verlockendes, witziges und spannendes Stück Kriminalliteratur: Miedler führt uns mit sicherer Hand durch ein Kriegsgebiet und heil wieder heraus.« *Krimicouch*

»Klassischer Whodunnit wandelt sich unversehens zum mit Survival-Horror-Elementen abgeschmeckten klaustrophobischen Thriller … eine gute Geschichte, und die auch noch gut erzählt.« *Evolver*